乡村振兴路上的追梦人

田丰 著

吉林人民出版社

图书在版编目(CIP)数据

乡村振兴路上的追梦人 / 田丰著. --长春：吉林人民出版社，2022.7

ISBN 978-7-206-19380-4

Ⅰ.①乡… Ⅱ.①田… Ⅲ.①纪实文学–作品集–中国–当代 Ⅳ.①I25

中国版本图书馆 CIP 数据核字(2022)第 176141 号

乡村振兴路上的追梦人

XIANGCUN ZHENXING LUSHANG DE ZHUIMENGREN

著　者：田　丰
责任编辑：孙　一　　　　　　　　封面设计：书香力扬
出版发行：吉林人民出版社(长春市人民大街 7548 号　邮政编码：130022)
印　　刷：长春市华远印务有限公司
开　　本：145mm×210mm　1/32
印　　张：9.125　　　　　　　　字　　数：165 千字
标准书号：ISBN　978-7-206-19380-4
版　　次：2022 年 9 月第 1 版　　　印　　次：2023 年 1 月第 1 次印刷
定　　价：65.00 元

黄河滩上一粒沙（代序）

陈银生

田丰是黄河岸边一位颇具才华的睿智汉子，是黄河滩上一粒沙，亦是一枚闪闪发光的贝壳。

我是在 20 世纪 80 年代中期认识他的，已交往近 40 年了。

当时正值改革开放初期，国内各种文体不断涌现，流行各种文学思潮，如"寻根文学""伤痕文学""朦胧诗""知青文学"等，各种文学派别此起彼伏，各类文学社团风起云涌般地兴起。1987 年，田丰还在上中学，他们十多个文学青年也成立了一个文学社团，取名"东明县业余作者联谊会"，创办了四开四版的油印小报《福河源文学报》作为会刊，每月一期。编辑部就设在他家，创办有三年多，后来田丰弃笔从戎了，也就停了下来。他们办报时聘请了县文化馆杨洁老师当顾问，每期稿子都给老师审阅。我也是杨老师创作班里的学生，从那时开始，我接触田丰的机会就多了起来。后来在政协，我们又共事，他经常与我沟通交流文学上的一些事。

贝壳的思念

20世纪70年代末至90年代中期，杨洁老师在文化馆办了个文学创作讲座班，每月向学员授课一次，一般都在每月十五日晚上举行，授课时间为三个小时，特殊情况下，每月举行两次。农闲季节，还深入到重点乡镇为农村业余作者进行授课。为了办好讲座，先后聘请外地作家、编辑、诗人前来授课，我和田丰时不时地也来听课。田丰正值血气方刚的年华，业余时间写了不少诗歌、散文作品。

当时创作班讲课不拘形式，小说、散文、诗歌、报告文学、戏剧等啥都讲，或讲某个专题，或讲某个社会现象，或对业余作者的一篇文章进行详细剖析，或介绍外地作家的创作动态。因为杨洁老师办班从来不向学员收取任何费用，许多农村男女业余作者月月都按时听课，并把自己创作的作品带到讲座上，请大家一起分析、研究，提出修改意见。不少业余作者距县城五六十里路，不管刮风、下雨、下雪，都风雨无阻地前往参加文学创作班。这个文学创作学习班不仅受到菏泽地区文艺界领导的重视，还受到山东省作家协会领导的大力支持和表扬。中国作家协会山东分会主办的《作家信息报》在1987年3月15日头版以《东明县文学讲座办得好》刊载，报道了此事。

1990年田丰入伍后，穿上军装，在部队这座大学校里经受锻炼。四年里，他开阔了视野，思想品德得到了升华，先后在《解放军报》《人民前线》《福建日报》《福州晚报》《福建广播电视报》《福建人民广播电台》等媒体上发表了许多文学和新闻作品，写作能力得到了进一步提升。

退伍后，他被安排在乡镇做基层工作。这期间，他当过报刊通讯员、记者、网络编辑等。由于工作需要，他经常走南闯北，广泛地接触社会各个角落，接触各个阶层中的各色人和事。这种十年如一日地奔走在基层一线，为他写诗、写散文、写新闻打下了坚实的基础。在报刊上经常能读到他发表的通讯、特写、诗歌、散文和散文诗等佳作。

2016年8月，田丰的散文诗集《贝壳的思念》出版，请杨洁老师为他作序，杨老师便给他写了篇《一枚闪闪发光的贝壳》。

散文诗是兼有诗与散文特点的一种现代文学体裁，是介于散文与诗之间的一种文体，是适应当代社会人们敏感、多思、复杂、缜密等心理特征而发展起来的。它融合了诗的表现性和散文描写性的某些特点。它是诗中的散文，散文中的诗。

在散文诗这块园地里，田丰也是一位辛勤耕耘的佼佼者。他为人热情、坦率，遇事善思善感，丰富的人生阅历是他创作散文诗的源泉。他的散文诗文如其人，辑辑洋溢着热情奔放的文人情怀；篇篇充满着深思、感怀、浮想联翩的意蕴；章章直抒胸臆，直接地或间接地表述着某一个哲理。《贝壳的思念》收入他创作的九辑140多章散文诗。这些散文诗从贝壳的思念到家乡的小屋；从江河海之恋到江南茶乡；从八闽山水到西部寻梦；从两个人的风景，到常青的季节和岁月如歌，无不情真意切，灵魂动荡，梦幻波动，且不受任何约束，意象的营构十分巧妙，合理的夸张和浪漫张弛有度，精美的语言更显得出诗的品味浓郁。

田丰的散文诗，是从他切身的生活体验中而来，是在现实生活的激发下，遵从自己心灵的呼唤而诞生。他没有把写散文诗看作一种平常的爱好，也不是虚情假意地附庸风雅。他一直把写散文诗看作一种神圣的责任和使命。通过写散文诗，他似乎觉得自己的心灵已融入中华民族的崇高事业，汇入华夏文明的长河之中。他采用直抒式的手法写"家乡的小调"——"听到'花木兰我羞答答……'不免胸襟中的情愫沸腾起来，仿佛让自己又回到了阔别已久的故园，见到了可爱可亲的父母双亲"。他采用想象式的手法写"春天的呼唤"——"春天来了，生命的希望更新了，未来更多更好的故事需要我们去填写"。他运用哲理式的手法写"岁月如歌"——"生命的意义在于超越自我，只有通过不断的努力，在人生的价值取舍上有点新的高度，以获取对社会的贡献，达到人生的目的"。他运用象征式的手法写"贝壳的思念"——"思念的情感注入贝壳，用细细的丝绸线缀满心田，愈加浓郁、深沉，从此，贝壳成了一种新的象征，永远也采撷不下来，扯不开去"。

田丰的散文诗不论是写景、抒情、感怀、想象，读后都会给人一种梦幻似的联想，给人一种耳目一新的美感。

慧眼妙笔写春秋

1994年12月，田丰退伍回到家乡，怀揣着自己的作品剪报集，开始在家乡这片大地上追逐他的"作家梦""新闻梦"。

刚刚回到家乡的兴奋劲，让春节期间走亲访友的田丰没有忘却搜集新闻线索，在东明石化公司办公室、他的同学那里，他获悉了他们获"省思想政治工作优秀企业""省化工系统先进工会"等殊荣，于是就写了一篇新闻稿，稿件写好后，他找公司有关人员核实盖了章，投寄给《菏泽日报》。没过多久，这一篇稿件便在1995年2月28日《菏泽日报》二版上刊登了，这篇稿件虽然仅是200多字的短消息，但还是让他兴奋异常，因为这毕竟是在家乡的党报上第一次发表作品，从此使他增添了投稿的信心。

不久，他到县公安局办公室帮忙写材料，采写的有关公安系统的稿件，陆续在《菏泽日报》《警界》《曹州公安》等报刊的"社会写真""警界传真"等栏目里刊出。当年年底，退伍兵分配时，他申请去乡镇的志愿如愿以偿实现了。

乡镇农村广阔的田野对田丰有着极大的诱惑，他是在黄河边上出生、长大的农村孩子，黄河故道里的风，黄河故道里的雨，他都情有独钟，激励着他用手中的笔和心中的情，来讴歌这片热土上的人和事。农村工作千头万绪纷繁复杂，他与农民朋友接触最多的方式就是谈心叙事、聊天交朋友，农民朋友是真诚的，所以，从笔下流出的许多作品都不长，是"小豆腐块""火柴盒"，刊载的版面也大多在《菏泽日报》二版上。

他不满足于现状，开始搜集采写一些重头稿件，但事与愿违，往往费了很大劲采写的稿子却销声匿迹、不见踪影，他那上头版的目标时时不见转机。1999年底，田丰被《菏泽日报》社评为"优秀通讯员"，好运也开始接踵而来。2000年2月1日头版《菏泽大地》栏目不经意间刊登了他的百字简讯《焦楼乡敬老院被省民政厅命名为一级敬老院》，家乡党报一版第一次用他的稿件，这着实让他兴奋了许久，稿子可以上头版啦！接着3月1日头版倒头条用花边大题目刊登了他采写的通讯《50年的奉献情——一位老党员义务护树养路的故事》，这篇头版稿件的发表，也带动了他的一些"大块头"稿件在《菏泽日报》及其他报刊的上稿率，使他新闻写作的劲头更足了。

一场车祸与合乡并镇，让田丰歇笔了几年。但他研究新闻与文学写作的步伐始终没有停止，一生追求的梦想始终没有停歇，他在业余时间不间断地写了许多诗歌和散文诗，以达到练笔的目的，每每在报刊、网上发现一个好的新闻题目都会记在笔记本上，认真揣摩，遇见认为好的文章都会研究一番，看上个两三天。妻子总会说他入了魔界，得了神经病，他却不以为意，涛声依旧，潜心钻研自己的新闻课题。各种新闻写作的书籍不知买了多少，遍布在房间的床头、桌上、厕所、手提袋里，无论出差、下乡，总会时不时地拿出来翻翻。

上班以来，田丰一直在镇经委工作，对全镇经济工作比较了解，便由此下笔。2006年5月19日《菏泽日报》二版头条"新闻观察"栏目刊载了反映镇经济发展工作的调查报告《工业兴镇好热闹》；接着5月26日《菏泽日报》B版"新闻关注"栏目刊载了他采写的第一篇三千多字的头版头条《我被传销撞了一下腰》，篇幅占了大半个版面；6月9日《菏泽日报》B版"新闻关注"栏目，再次发表了他的第二篇头版头条文章《少林俗家弟子的办学梦》。

从做上"新闻梦""作家梦"开始，田丰先后发表新闻与文学作品3000余篇，计300余万字，多次荣获市县两级"新闻先进个人""报社优秀通讯员"称号。由于田丰曾经是一个兵，也被县人武部连年聘为"民兵报道员"。《菏泽新闻界》通讯员之页曾刊登过他写的《我的第一篇》，他觉得这很像他自己的个性，爱在一个又一个的"第一"中去赢得人生的价值，赢得生活的乐趣。这些年以来，田丰先后在《工人日报》《农民日报》《中国国防报》《中国民兵》《中国保险报》《中国气象报》《中国化工报》等报刊上发表了多篇新闻作品，一些文学作品先后刊载在《中国报告文学》《时代报告》《当代散文》《山东牡丹文学》等刊物上。

写人物，每一次采访后的写作，对于他都是一次考验，面对不同的人物，如何写出好的文章，这是他孜孜不倦追求的梦想，到现在，这个梦他一直还在做着。2020年10月，田丰汇集了多年来采写的报告文学和人物通讯100篇共28万字，由团结出版社出版了《慧眼妙笔写春秋》一书。

从2021年6月到2022年春节，他每周在"齐鲁晚报·齐鲁壹点"网络平台上发布一篇人物纪实文学，每篇6000字左右。稿子发出来后，社会反响很是不错。田丰编辑完成的《乡村振兴路上的追梦人》，全书近30篇文章，20万字，我预祝他成功！

筑梦黄河滩

田丰喜欢写时代的新视点、新面貌、新事物，这么多年来，他一直这样做着。2020年年初，疫情突发荆楚，蔓延全国，田丰抓住时机，采写了一篇近万字的报告文学《"方舱"医院的守护者——记东明县援鄂抗疫"三勇士"》，被2020年第8期《中国报告文学》采用。2021年7月20日，暴雨突袭郑州，地铁灌水、医院被淹、汽车漂浮、人员受困，暴雨牵动着东明人民的心，各级部门及时投入了紧急救援。27日，田丰及时采写了此次救援过程，写下了5000字的《逆行出征，情系中州——东明县救援团队驰援河南灾区纪实》一文，《齐鲁晚报·齐鲁壹点·青未了》《菏泽日报·菏泽通》等媒体予以了刊载。2021年10月，黄河山东段发生了36年以来最严重秋汛，10月9日20时，黄河小浪底水库水位达建库以来最高，作为黄河入鲁第一县的东明县，面对如此罕见的秋汛如何应对、又是如何做好险情的风险防范呢？田丰用8000多字的纪实文学《战秋汛——东明县打赢黄河秋汛防御战纪实》，详细报道了县内各单位奋力抗争秋汛的感人故事。

2021年11月，国家领导人视察黄河入海口，把黄河流域生态保护和高质量发展上升为国家战略时，田丰立即进入采写状态，很快写出了7000多字的纪实文学《大河奔流——东明县黄河流域生态保护和高质量发展纪实》，让周而复始、代代如此的"三年攒钱、三年筑台、三年建房、三年还账"东明县黄河滩区的历史生活写照成为过去。

2017年5月15日上午，在"黄河入鲁第一乡"东明县焦园乡的黄河滩区上，近百辆挖掘机、推土机、装卸机开足马力开始运送土方。菏泽市在全省率先拉开了黄河滩区居民迁建工程的序幕，东明县黄河滩区居民迁建工程举行开工仪式，这也标志着这项工程全面启动。

当田丰看到这一消息时，他认为这是历史的千年大计工程。他马上开始收集资料，想写一篇短篇报告文学作品。于是，他经常去黄河滩区看看建设的情况，留意每一个环节，思索每一个场地的变迁。可是，当资料搜集到40多万字的时候，他认识到这是一部书的工作量，完全可以写一部书出来。

田丰从小长在黄河岸边，小时候就爱在河边玩耍、嬉戏。

长大后，在黄河滩区里干活的时间就比较长了，在南滩西岸的地界里，漫无天际的大太阳下，一眼望不到头的地心，手拿镰刀或者锄杆，不是锄麦就是割豆，滩区内没有一棵树木，没有一个房檐可以让自己遮挡一下阳光，累了想歇歇，没有坐的地方，还不如干着活凉快，那就继续干吧。忘不了那年黄河水漫滩后的秋收，蹚在水中，每人手推一个洗衣服用的大盆，用镰刀削着水中露出的大豆的顶尖，然后放到盆子里，满了再推着盆子往高岗上运。晚上，就着方便面和花生米，啃着火腿肠，几个人喝点小酒，酒后躺在滩涂的地上，盖上薄薄的毛巾被，酣睡在黄河滩。

上班后，遇到了 2003 年东明黄河涨大水，黄河水离大堤岸顶只有一米多高，一个大的浪头打来，水就有可能翻越大堤，他守护管理着 5 个护堤小分队的帐篷，在大堤上，一住就是一个多月，一直持续到大水退去。大水退后的新村迁建，他更是亲身经历。那场面非常壮观，每天，到处都是一辆辆拉着红砖的拖拉机、三轮车、四轮车奔驰在路上，车轮碾压下，荡起来的尘土满天际都是。很快，一栋栋民房拔地而起，一排排，整齐地排列在原本空旷的田野上。六个新村建好了，村民搬进来了，鞭炮声、嬉笑声回荡在黄河岸畔，黄河大堤两侧一派喜气洋洋的景象。

再然后，东明黄河滩区的每一个村庄，田丰几乎都走到了，这源于他是"色友"和"驴友"的缘故吧。"色友"就是爱好摄影的朋友。或是骑行，或是徒步，喜欢结伴去黄河边拍摄黄河的落日、黄河的旭阳、滩区的村民、村落里的房台，以及有关黄河的一切。"驴友"就是爱好户外徒步旅行的朋友。因为他们计划穿越鳌太线。那年春末的一天，5 位伙伴说要重装走一下黄河，大家先练练腿。头天晚上住在了黄河森林公园，第二天天还蒙蒙亮时就拆帐篷出发，一路西行，背负着 40 公斤左右的背包，到了黄河岸边开始沿黄河往北前行。当天"驴"行了 26 公里，在竹林村旁的草地上扎营，晚上露宿在黄河岸边，好美好惬意啊，点起篝火，在帐篷里伸出头数星星，看月亮，听不知名小鸟的鸣叫声……

那年夏天，他们 8 位"游友"上午 9 点从东明黄河铁路大桥下水，一路下游 10 多公里，到下午 2 点多，才从高村处爬上岸，实现了畅游黄河的愿望。

随着滩区迁建的深入推进，将会有更多滩区群众陆续搬离黄河、走向新的生活，留在黄河边的"乡愁"只能成为记忆中的一个画面。对于生活在黄河边的群众来讲，纵然有万般不舍，依然要奔向更美好的生活。

一直到 2020 年，田丰才有时间开始正式下笔，他要写一部记录历史的书，把黄河滩区的迁建记入历史。我们俩探讨了全书的章节如何去勾勒，本着如实记录东明县黄河滩区居民迁建的过程，把迁建的由来、经过等一切写下来，让历史记住这一刻，让时光留下这一段，让时间定格在这一天。以后所有有梦想的滩区百姓，都会永远记住这段时光、这段历史。他整整写了一年，又经过修改打磨，2021 年 1 月，一部 29 万字的《筑梦黄河滩——山东省东明县黄河滩区居民迁建纪实》正式出版，里面还有他拍摄的现场照片。书正式出版后，其语音版被学习强国平台全文推出；2021 年 12 月 3 日，该书又荣获"山东省政协系统优秀文史书刊一等奖"。

2021 年 6 月，田丰被山东省作家协会吸纳为会员。现在，他正在创作一部 50 万字的长篇报告文学《大迁建》，他说，写作的路很长，需要攀登一个又一个高峰。

作者：陈银生，又名陈耕，笔名秋歌，山东东明人。山东省散文学会、菏泽市作家协会会员，政协东明县委员会文化文史和学习委员会原主任。

目录

CONTENTS

追梦故事

孙建兴：乡村振兴路上的追梦人

我与孙建兴是同学，前些日子他来找我写点东西，我答应了下来。原来，他在东明县的几个西甜瓜种植基地由于涝灾严重，损失不小，让我给他写一份补助申请报告，我很快写好给了他。

前些年我们接触得较多，这几年他远走外地，便很少再有联系。不过前不久，他突然给我发来喜报：他所申报的哈密瓜自测糖度值获得最甜世界纪录！这给我不少惊喜。但我并不了解其中的含义，这两天，他邀请我去他的基地转了一圈，品尝了他种的哈密瓜，确实很甜很甜，不愧是世界之最，我忽然感觉他很了不起，是我敬仰的榜样和楷模。

翻看着孙建兴的简历，他的履历让我十分震惊。2019 年他带动农户发展西甜瓜种植，采取公司加农户的方式，大力发展西甜瓜种植基地，带动 500 多位农户共种植精品西甜瓜 3000 多亩，当年实现产值超亿元，帮助 100 多位农户脱贫致富。2020 年 4 月成立山东老孙蜜瓜有限公司，先后联手刘楼镇政府共建邓王庄基地、东明县城投公司共建东明县农业科技示范园，均取得了良好的经济效益和社会效益。2020 年 10 月，他当选为菏泽市西甜瓜协会会长，在专业从事西甜瓜生产、技术指导的 20 多年里，他一直致力于生产培育高品质西瓜、甜瓜，对外对接国内大型连锁超市，对内对接广大种植农户和众多种植基地。

那还是在 2008 年前后的日子里，我先后在《农村大众》《新晨报》《山东商报》《菏泽日报》《牡丹晚报》《菏泽广播电视报》，以及大众网、中国菏泽网等媒体上写了《一切为了壮大西瓜产业》《科技致富能手》《痴迷西瓜追梦人》等有关孙建兴的报道。而今，孙建兴已经是一位神奇的种瓜人了，国家级推广研究员、蜜瓜最高含糖量（中心含糖 23.4 度）世界纪录保持者，专注于蜜瓜生产 30 余年，依据《道德经》"道法自然"、《黄帝内经》"阴阳平衡"学说，提出了"顺其自然，适当调节"的先进理念，形成了一套独特的生产管理流程，研发出一款具有核心技术的专用施肥配方，确保蜜瓜的高品质、零农残。

世界纪录的蜜瓜到底有多甜？《道德经》《黄帝内经》与种蜜瓜又有啥关系呢？带着种种疑虑，我走进他的基地、他的空间、他的世界。

一生痴迷的甜蜜事业，一心一意做蜜瓜

黄河，一条奔腾不息的母亲河，孕育了灿烂的华夏文明，承载着感天动地的人文故事，书写着高质量发展的壮丽新篇。在这条大河的中下游拐弯处，就属于山东的地界了，离黄河不远处，有一个叫朱寨村的小村庄，属于东明县城关街道办事处梁庄行政村，今年 53 岁的孙建兴就是这个小村庄的村民。

走进孙建兴的大棚基地，里面到处是一望无际的碧绿瓜田，或绿或黑、或长或圆的西甜瓜在绿油油的瓜蔓中若隐若现，甚是喜人。

20 世纪 90 年代的孙建兴在东明县城关镇当瓜菜技术员多年，

受聘为东明县科技特派员，这给了他施展才华的机会和舞台。他除了下乡直接为农户服务外，在西瓜研究所搞研究期间，每天接待来访群众咨询数十人次，宁肯停下手头重要的工作，也要耐心地给他们答疑解惑，让每一个人充满希望而来，满意而归。不少人慕名而来，请他讲授西甜瓜技术，不管多忙，他总是如约而至，足迹踏遍了东明县每个乡镇及西瓜产区的所有行政村，还多次应邀到牡丹区的杜庄、黄土罡及濮阳、兰考等周边县区进行技术指导。

刚开始受聘为科技特派员时，孙建兴就特别注重示范引导，与陆圈镇马军营村31位农户结成利益共同体，为他们提供从选地块、耕作到选种、育苗、生产管理及产品销售的一条龙式全方位服务，一季下来，31位农户总收入160多万元。城关镇的刘墙村、雷庄村、王寨村、梁庄村一直都是靠种蔬菜为生，几年下来，蔬菜产业供大于求，经济效益一直不是太好，他看在眼里，急在心中，多次亲自或派科技人员前去指导，让100多户菜农改种西瓜、甜瓜。一年下来，涌现出收入超过10万元的示范户40多户，三年下来已有十几个年收入过百万元的尖子户。孙建兴的这一举动影响了一片，也带动了一片，让更多的农户加入到这个利益共同体中。

2002年5月，东明县西瓜研究所成立。2006年，孙建兴注册了"建兴"西瓜商标，开发以黑皮有籽大果型西瓜为主，花皮西瓜、无籽西瓜为辅的特色优良品种体系；以夏季种植，七八月份集中上市为主，早春、秋延迟、冬季反季节栽培为辅，全年供应鲜瓜的生产格局。规模大、品质优、品牌强、销路好成为东明西瓜的显著优势和特点。2007年，低成本供应优质西瓜、甜瓜种苗220多万株，专用配方肥料36万吨，促进了瓜区农民增产增收。

他还多次南下海南、上海，北上北京、天津等地，考察西瓜市场，与各大市场和重要客户建立直销关系，全年共外销西瓜、甜瓜112万吨。

2007年，孙建兴选派优秀的技术员远下海南岛，揭开了东明西瓜研究的新篇章，在中国园艺学会西瓜甜瓜专业委员会秘书长马跃的指导和帮助下，各项研究取得了优秀成果，同时他还利用各种机会，组织农民走出去，先后外派500多名技术员及有经验的2600多名农民工，每个人都实现了可观的收入。他利用自己的技术嫁接改造了中原油田采油六厂科技园，每年为油田增收100余万元，取得了良好的经济和社会效益。借助中央农科频道网络远程教育，他建起了500多平方米的全天候培训场地，以开辟科技专栏、印发科技资料、接受科技咨询等形式，开展科普宣传和先进实用技术培训。

孙建兴在1999年4月20日培育成甜度达18.5度的洋香瓜，验证了配方，优选了品种，确立了科学的生产管理技术，创立了一个品牌。从此，他开始大面积试种，生产的洋香瓜含糖均在18度以上，最高的达到21度，而且色、香、味俱佳。该技术应用在西瓜上，糖度也明显提高。同时他不断创新，增加新品种，种出了方形西瓜、带字西瓜、图案西瓜等。多年来，他先后开展了"礼品西瓜越冬茬生产""绿色食品西瓜技术开发""洋香瓜品质改良""中国方形西瓜研究""西甜瓜无土育苗技术""西瓜嫁接砧木品种选育"等十几项科研攻关课题，都取得了显著成果。从元旦、春节一直到早春二三月份都有鲜瓜供应；提高了品质，增加了收入，创造了高档礼品瓜每公斤26元、亩棚年收入8万元的高效益，研究所每年生产精品西甜瓜十多万斤，多次被作为礼品瓜而抢购一空，实现了卖瓜不出园。

他三次去新疆，四次下海南，多次上北京、甘肃等地考察，更是在海南一待就是一整年，并在三亚多次拜访了西甜瓜界泰斗吴明珠院士。在传授给当地瓜农种瓜技术的基础上，也学到了很多在山东学不到的东西，受到了很大启发。

靠着对事业的执着追求和技术的不断创新，孙建兴一步一个台阶，取得了累累硕果。

蜜瓜产业是孙建兴认准的"甜蜜事业"。他一生专注一件事，一心一意做蜜瓜，源于他对蜜瓜的情有独钟，对技术的不断探知，对事业的执着追求。他先后在老家东明县、滨州惠民、甘肃、新疆、内蒙古、海南等地，包地种棚、打拼创业，足迹遍及国内各大蜜瓜主产区。他有过收获的喜悦，更尝过失败的酸楚，但他始终信念坚定，虽经百折而初心不改，曾历千辛而愈发奋起。一代匠心的恪守，他培育出的是顶级品质的蜜瓜，更是为了那份笃深的情怀、甜蜜的梦想，书写他从草根到巅峰的人生传奇。

一款响亮的蜜瓜品牌，一位致富领路人

在北纬 35°左右、母亲河水滋养的地方，有一方美丽富饶的风水宝地。那里肥沃的土壤，充足的光照，良好的原生态环境，得天独厚的自然资源条件，成为黄河蜜瓜的优渥产区。

他沿着黄河种，跟着太阳转，选择最适宜的地区、最适合的季节、最适用的技术、最优质的品种，尽得天时、地利与人和，既保证了肉厚质细、甜爽香郁、营养安全、外观靓丽的品质特点，又实现了压茬生产，全年供应。孙建兴确立的品质、品位、品牌"三品"发展提升战略，植入文化元素，着力打造高品位、

有内涵的"老孙蜜瓜"特色品牌，讲好黄河故事，让客户在尊享美味的同时，充分领略更厚重的黄河文化底蕴。

东明西瓜种植，可谓由来已久。据《东明县志》记载，种植历史最早可上溯到宋代。1995年国务院命名首批特产之乡，东明能获得"中国西瓜之乡"的称号并非偶然。东明西瓜生长在优质土壤水质中，科研人员研究发现，东明土层深厚肥沃，砂质土壤面积广，水质为弱化矿水，加上土壤含钾量丰富，所产西瓜沙甜爽口，口感纯正，含糖量最高可达15%。东明西瓜个大形美，早在1959年，当时的大屯公社社员戴会典种植的西瓜有三个超过百斤（103斤、106斤、107斤）。1994年，马头乡梁坊村村民梁新田种植的西瓜单株产28个，总重量达167.8公斤，创造了单瓜个最大、单株结瓜最多、单株产量最高的三个"全国之最"。

孙建兴种西瓜，当年还真种出了名堂在他的西瓜研究所高温大棚前，他卖瓜有"口不二价、10元一斤"的底气，在当时小有名气。孙建兴是全县屈指可数的开着自家小轿车为农民提供技术服务的科技特派员。之所以有此底气，在于他生产和指导农民种植的精品西瓜、甜瓜，糖度在18~21度，高温塑料大棚亩收入高达6万元。他的赢利模式是，除了自己的27个温室大棚收益外，还通过为近千户农民提供本人探索的良种、良法获得收益。西瓜走出去，瓜农种瓜也不局限于本地，他当年在海南包地200亩，利用海南冬季温和的气候，每年8月份开始种植，赶在春节前上市。

孙建兴还利用远程教育，承担着科研攻关课题，《反季节厚皮甜瓜高糖度栽培技术研究》项目获得了山东省科技进步二等奖，他先后获得"全国科普惠农兴村带头人""全国先进科普工作者""全国优秀科技特派员""山东省科技星火带头人""山东省科技致富能手""山东省劳动模范""菏泽地区科技大王""菏泽市科技拔尖人才""菏泽市十佳科技特派员""东明县重大科技贡献奖"等殊荣，1998年入选东明县政协常委，职称也晋级至农艺师。

大屯镇南元村种植西瓜历史悠久，作为传统优势产业，一直是农民收入的重要来源。但大多数村民采取的是麦田套种模式，这种模式种植的西瓜价位低、多病害、易受淹，收入很难得到保证。为了让瓜农能够真正从发展西瓜产业中受益，得到更多、更大的实惠。镇里聘请县西瓜研究所孙建兴所长，定期去村里讲授西瓜高效种植技术，深入田间现场指导，先后举办多期培训班，受训500余人次，帮助群众确立了"改革种植模式、更新品种、改善品质、提高效益"的发展路径，大力倡导和推广"小拱棚西瓜+棉花"的高效种植模式，颇受群众欢迎，在连续几届"东明西瓜节"上，选送的西甜瓜都获得了"瓜王"奖。

这些年，孙建兴先后注册了"建兴蜜瓜""忆小番""老孙蜜瓜""绿信黄河蜜瓜""仙藤""馨蜜"等多个不同品牌的商标，根据瓜的形状、含糖量、颜色等出品不同的产品，深受不同客户喜爱。

孙建兴出名了。中央电视台、科技部网站，《中国西瓜甜瓜》《大众日报》《齐鲁晚报》《菏泽日报》《牡丹晚报》等媒体多次报道他的事迹。山东人民广播电台《专家热线》、山东电视台《乡村季风》、菏泽电视台《田园风》、东明县电视台《乡村科技》等栏目也多次邀请他直播，为更多的瓜农及农技工作者答疑解惑。《东明县志》里把"建兴牌"西甜瓜列为"东明特吃、名吃"，《东明人物志》《东明政协志》也对孙建兴的事迹做了详细记录。

一条风雨蜜瓜路，一个痴迷追梦人

提起蜜瓜最高含糖量世界纪录的创造过程，还得从头说起。那是 2018 年 6 月 6 日，自测哈密瓜糖度值 23.1%；2018 年 6 月 10 日，自测哈密瓜糖度值 23.3%。2018 年 6 月 21 日，送中国农业部果品检测中心检测值最高值 23.4%，最低值 22.5%，平均值 22.6%。无论最高值，还是平均值，均超过了原世界纪录 21.9%。哪怕是最低值 22.5% 也远远超过吉尼斯世界纪录。世界上甜瓜类最高糖度世界纪录诞生了！

发生过程是这样的。1989 年，孙建兴大学毕业后出任东明县城关镇农业技术员，开始接触从国外进口的厚皮甜瓜，当时叫"洋香瓜"。品种以"伊丽莎白""西博洛托"等为主，但当时受国内技术环境所限，生产的产品质量远远不及其他国家。一度有过"洋香瓜好看不好吃"的传言，致使厚皮甜瓜的发展一度受阻。因其靓丽的外观，加上这类甜瓜作为很多发达国家的高档水果被媒体争先报道，深深吸引着孙建兴，学农学的他下定决心，想要在厚皮甜瓜品质改良上有所突破。

1994 年，孙建兴开始在自家大棚里研究试验，由于国内技术不成熟，科研经费异常艰难，他家里的饭菜曾三个多月不见油。1997 年 7 月，孙建兴出任东明县城关镇科技示范园总经理，国内市场也有了较多的厚皮甜瓜品种供选择。他根据前几年的经验和试验数据，自制了上百条的肥料配方和技术管理模式，选择了几十个品种。终于在 1998 年 6 月 6 日那天，测得了一个含糖量 18% 的厚皮甜瓜。

从此，优质厚皮甜瓜初现雏形，改变了在我国东部地区种植优质"洋香瓜"的困难现状。

由于政府的推动及媒体的报道，第二年，这项技术的部分就在东明县当地及周边地区进行了推广种植，一直到现在，含糖量17%～18%的甜瓜仍然是东明县的拳头产品。

此后，孙建兴带领着他的团队继续研究实验，把以化肥为主导的配方加以改进，逐步减少化肥施用量，增加土壤有机质含量，改善土壤环境，使植物根系生长在一个适宜的环境，增加植物各方面的抗逆能力，使甜瓜地上部分生长趋于一个优良的平衡状态，不但减少了植株死亡率，还增加了产量，提高了产品品质。到2000年，产量由原来的3000斤1亩，增加到4000斤1亩，含糖量也由原来的18%提高到20%，增加了两个百分点的含糖量，培育的西甜瓜也在1999年昆明世界园艺博览会上荣获国际金奖。

科研条件进一步提升，团队素质进一步提高，他的研究方向也更加清晰明确，那就是在保证西甜瓜生态种植、低残留的基础上，让瓜更甜、产量更高、外观更精致，均达到AA级绿色食品标准。当年，孙建兴就自掏腰包，投资300余万元，建起了占地56亩的研发试验基地。

2003年5月20日，在东明县西瓜研究站研发实验基地，由东明县政府主持，特邀中国园艺学会西瓜甜瓜专业委员会秘书长等人现场对西甜瓜进行测试，测得最高的一个含糖量达21.5%，许多专家表示达到了前所未有的高度。当时的网络还没有那么发达，信息比较闭塞，但其实在当时就已经超过了世界纪录。

2015年初，孙建兴的研发团队受邀到滨州山东鑫诚农业科技有限责任公司，继续西甜瓜的技术研发与生产。此时，他研究的目标也有新转变，原来一直以研究新技术、新模式、新品种、高品质为主，商品性生产为辅。进入企业就应该向以商品性、盈利性、研发的思想转变。好在公司董事长、总经理思路开阔，卓有远见，让他做高端市场研发，以高品质为基础，兼顾产量、成本、商品性，给予了场地、资金设备等硬件的大力支持，让这个团队更接地气，更贴近实用。

由于种植地域的改变，需要一个适应的过程。2015年6月，出产第一批甜瓜，甜度达21%，产量7000斤/亩，经检测为AA级绿色食品，成效还是显著的，当年就被评为"山东惠民地方名吃"。2017年，孙建兴和公司决定扩大种植规模，斥资1500万元，扩建350座高档日光温室，并全部采取订单销售，没有订单的一个不卖，结果还是供不应求。

2018年6月6日，在公司甜瓜基地进行常规检查测试，在48号实验棚测试一个新品种时，竟测出了23.3%的含糖量，这让大家喜出望外，继续几个这个品种测试了，结果都超过了22.5%，个别达到了23.4%。经过网上比对，发现纪录原保持者的含糖量是21.9%，吉尼斯世界纪录原保持者是20.2%，此次检测值远远超过了原数值。孙建兴和公司果断决定：申报世界纪录！送检第三方——农业部果品检测中心，测得的数据最高值为23.4%，平均值为22.6%，都远远超过原记录。

2018年7月7日，英国伦敦的吉尼斯世界纪录总部，在与全世界数据比对、核实后，给孙建兴及其团队颁发了证书。

在老孙蜜瓜武胜基地的种植园区，孙建兴承包了300亩耕地种植甜瓜、西瓜，始终把客户的需求和满意根植于心，实行生产全流程质量控制，专业的采摘、优选、包装、新鲜直达、售后及时跟踪服务，让信义、信用、信誉不断传承光大，为广大消费者和合作商提供品质更好、性价比更高、更值得信赖的良心产品和贴心服务。孙建兴介绍说:"这些瓜甜度更高,实行订单式种植,主要销往南方,因为那边的人更喜欢吃甜,这些瓜能卖出更好的价格。"

孙建兴个头一米七二,长得憨厚敦实,不善言辞,但讲起蜜瓜来却是一套一套的。他告诉我,他有一个梦想:要让全世界的瓜农都种出这样的瓜,让全世界的人都能吃到这样的瓜!

我衷心祝愿孙建兴在农业科技普及的大路上越走越远!他的蜜瓜越来越甜!

(齐鲁晚报·齐鲁壹点·青未了·菏泽创作基地 2021–10–21,《时代报告》2021 年第 12 期)

郑强胜："跑烂八双鞋"的故事

在对东明县黄河滩区居民迁建的采访过程中，我印象较深的事情很多，值得回味的故事也很多。郑强胜，焦园乡 8 号村台管区书记，他"跑烂八双鞋"的故事，让我记忆犹新，时时想起，久久不能忘怀。

每次见到他，他都会给我不一样的感觉。他给我的第一印象，是一名普普通通的农民，他的脸颊黝黑，衣服上总像有一层土一层灰似的，头发上总是满满的灰尘，一米七二的身高显得他十分敦实。他说起话来，当当的，给人一种雷厉风行的感觉。

一面旗帜：诚心、恒心、爱心

今年"七一"前夕，菏泽市"两优一先"表彰大会顺利召开，在菏泽市优秀共产党员表彰对象名单中，东明县焦园乡党委委员、武装部部长郑强胜位列其中。

一名共产党员就是一面旗帜。郑强胜，一名中共党员，自从负责焦园乡试点 8 号村台以来，便没有了节假日。他对我说："只有用'诚心、恒心、爱心'做群众工作，才能深得群众的信任，为了让滩区群众早日搬进新居，我宁愿跑烂八双鞋也心甘情愿。"一打听，他的"跑烂八双鞋"的故事一度成为大家谈论的话题。在郑强胜的带领下，焦园乡试点村台相继完成了村台淤筑、地基处理、社区规划、群众自筹款收缴、迁建、社区建设、入户等工作。看到如此喜人的成绩，我问他到底跑烂了几双鞋？他说，四年多的时间里，他也不知道他鞋子磨烂了多少双。其实，他跑烂的又岂止八双鞋，具体有多少双，郑强胜已不记得了，但"跑烂八双鞋"的故事让人感悟颇深。

焦园乡是黄河入鲁第一乡，属于纯滩区乡镇。作为东明县滩区脱贫迁建的主战场，全乡共涉及 24 个行政村，48 个自然村，12251 户，43178 人，需建设村台 10 个。8 号村台作为先期试点村台，占地 929.7 亩，涉及荆东、荆西、荆南、汤庄（前汤、后汤、汤马庄）4 个行政村、6 个自然村、1537 户、5345 人。

我在焦园乡 8 号村台上采访，提起郑强胜，人们都予以高度赞扬。他冒严寒战酷暑，风里来雨里去，在 8 号村台施工现场随时随地都能看到他忙碌的身影，试点村台启动以来，他以村台为家，一心扑在村台上，不辜负党的重托、滩区群众的期望，尽职尽责，埋头苦干，倾注了全部的心力。

一个"实"字概括了他的人生。

了解郑强胜的人都知道，他为人的最大特点就是"实"：实实在在地做人，实实在在地做事。凭借着一名共产党员的信念和对工作的踏实严谨、无私情怀，在黄河滩区居民迁建工程建设上取得了傲人成绩。

2017 年春节刚过，郑强胜就带领管区一班人深入到 8 号村台全身心投入战斗，他既当指挥官，带领管区包村干部不怕苦、不怕累，吃住在工地上，加班加点，日夜奋战；又当战斗员，带头深入群众家中，用心走访座谈，用心宣讲政策，用心消除疑惑，用心拉近距离，共走访群众1800多人次。他到工程涉及的各行政村中多次召开党员干部会议，统一思想，坚定信心，严格按照上级党委政府的部署要求，充分调动村党支部和党员的战斗堡垒和先锋模范作用。村"两委"班子成员精诚团结，密切配合；村与村之间，加强沟通，相互支持，形成了凝心聚力抓迁建、攻坚克难搞工作的强大合力。部分群众的思想由原来的抵触变为接受，由原来的迷惑变得清楚，由原来的忧愁变得坦然。

在迁建动员、村庄合并、村台选址、面积丈量等基础工作中，他带领管区干部相继召开党员、支部和群众大会，倾心听取群众意见，挨家挨户细致地做村民的思想工作，使村民们真正认识到脱贫迁建是拔掉滩区穷根的重大举措，是一项功在当代、利在千秋的民心工程。

郑强胜心怀使命，勇于担当，他善于打硬仗、啃硬骨头，克服种种困难，加班加点化解矛盾，赢得和谐。按照上级要求的时间节点完成区域内的林木、坟墓、房屋、学校、厂房、饭店以及移动、电信线路的清除工作。他带领管区干部耐心细致地做群众的思想工作，这不是一蹴而就那么简单的事情，利用早晨和晚上到群众家里做工作，讲政策、讲意义，从工作角度到群众利益，他时刻提醒自己，越是困难关键时期，越要保持冷静，越要鼓足处理问题和克服困难的勇气。为了按时完成任务，他始终坚守在清障第一线，天未亮，已在路上，夜已深，仍未归来，一棵棵树木、一座座坟头都如实清点。遇到雨雪天气，脚上、裤腿上沾满泥点，鞋子被泥粘掉了，抹一抹泥继续前行。鞋都跑烂了，也顾不上回家，打电话让妻子买一双让客车捎过来。他常说："我跑烂一双鞋没有关系，因为我是一名党员；跑烂两双鞋也没有关系，因为我是一名干部，我最大的心愿是能把8号村台建成，哪怕跑烂八双鞋，因为我是8号村台的管区书记。"

党员干部就应时刻冲向前。郑强胜在受命任8号村台试点村台管区书记的那一刻起，他就铁了心要把这一艰巨的工作干好。他说："作为一个年轻干部，我没有理由不努力工作；作为一名共产党员，我就应时刻冲向前。"工作中，他充分发挥管区书记前沿"冲锋号"作用，用行动诠释自己的诺言。

倒排工期：日督导、周调度、月复核

在吹沙管道丈量过程中，头顶烈日，脚踏麦茬，一米一米地丈量，袜子上沾满麦芒，刺得难受，他就干脆把袜子脱了。3万多米量下来，双脚起满了血泡。在大王寨管道清障时，由于高温酷暑，来回奔波，郑强胜身体严重透支，几乎晕倒，几名同志扶着他，用矿泉水往他身上浇，他的咬牙坚持。有一次他感冒发烧，夜里说胡话还是清障的事。短短三个多月时间，他83公斤的体重降到了71公斤。

为按时完成区域内拆迁任务，他在乡党委、政府的大力支持下，带领管区人员与时间赛跑，同困难作战，帮助群众搬家具、拆门窗、卸砖瓦，无论什么样的艰难险阻都难以阻止他前进的脚步。一个村民房屋拆除后，郑强胜主动给他买来塑料布搭建窝棚，夜里下雨，他顶着雨去村民住处看窝棚是否漏雨。回到指挥部，自己淋成了落汤鸡，感冒多日仍坚持在工地。

在区域内坟墓迁移的过程中，很多村民因习俗原因不理解，郑强胜顶住各种压力，做自己亲戚、朋友的工作，为迁坟工作的顺利开展带了个好头。他还和管区干部、村干部明确分工、责任到人，利用村民干活回家和夜晚在家的时间三番五次地入户与村民交心谈心，宣传政策，解惑答疑，为迁坟工作的顺利完成创造有利条件。在迁坟的过程中，有不少农户找不到新坟址而使清障工作搁浅，在很大程度上延误了清障工作的顺利进行。针对这种情况，郑强胜带领管区主任和四个村党支部书记及时碰头，协商解决的办法，经过研究商定，在汤庄村临近荆东的土地内划出一个区域，集中安置，解决了荆东村80余座坟墓无处迁移的问题。

在村台占压土地调整分配过程中，郑强胜带领村干部往玉米地里钻，查看地块，丈量面积，汗水湿透了衣服，拧干再穿上，利用一个月的时间，把土地调整到户。

2017年5月15日上午，在"黄河入鲁第一乡"焦园乡8号村台的黄河滩区上，近百辆挖掘机、推土机、装卸机开足马力开始运送土方。在全省率先拉开了黄河滩区脱贫迁建工程的序幕，东明县黄河滩区脱贫迁建工程开工仪式的举行，标志着这项工程全面启动。

焦园8号村台建设正式拉开帷幕，标志着东明黄河滩区脱贫迁建正式开始，滩区12万群众深受黄河水患的历史即将结束。本着"地相近、人相亲、俗相同"的原则，在黄河滩区内建设大村台，既帮助群众实现安居梦，又不增加生产半径，这是东明县对黄河滩区脱贫迁建最实际、最管用、最受欢迎的尝试和探索。

村台安置社区，均采取就近就地淤筑村台的做法，受河床空间限制，引黄抽沙分试点、一期、二期3个批次，工程规模大，时间紧，此前也没有成熟经验可供借鉴。2018年11月24日上午，初冬的东明黄河滩区寒风瑟瑟，但在焦园乡8号村台施工现场，却是一派热火朝天的景象。从10公里外的黄河内滩延伸出条条输沙管道，喷出混浊的泥浆流向定点地段，几名工人来回巡检，查看输沙管道安全情况。郑强胜一边打着电话，一边询问当天的出沙含量，"施工方的挖泥船在黄河内滩挖取的泥沙，通过排沙管道输送到指定地点进行填筑，每天的出沙含量直接影响工程的进度"。

自施工以来，各级政府与施工单位一起日夜奋战，迎难而上，确保各项工作如期推进。为解决黄河含沙量少、管线距离远、维修时间长等难题，郑强胜在指挥部采取多项措施确保村台吹填进度。在原设计输沙管线的基础上，增加输沙管线和加压泵站；备齐施工机械易损件，缩短维修时间；每条抽沙管线安排两名巡查人员及时排查、解决问题；建立健全督导机制；坚持"日督导、周调度、月复核"，将任务分解到每一天、每条管线，一天一统计、一周一核算、一月一复核，倒排工期，盯死靠牢，排除重重困难，使工程进度稳步推进。

致富路上：搬得出、稳得住、可致富

2018年12月28日，焦园乡8号村台经过前期的吹沙沉降，村台地基正在固结、稳定，为加快工期建设，形成了均匀、密实的地基，开始进入村台试夯阶段。郑强胜组织试夯，试夯完了以后安排15台机械同时施工，预计工期30天进行强夯，强夯是为了夯实村台（地基），加速村台积水的渗出。

每天一大早，郑强胜就来到村台上查看建设进度，这是他每天必做的工作。和工人简单沟通后，郑强胜就回到指挥部，召集各施工单位负责人开会，就目前的建设进度和建设过程中遇到的问题进行讨论。

焦园乡8号村台是东明县2017年先期启动的两个试点村台之一，按照先行先试要求，试点村台建设没有经验可循，没有固定模式可依，如何科学稳定推进，一个个问题摆在了决策者面前。"只有尽快地发现问题，才能有效地解决问题，保证建设工期。"这是郑强胜说得最多的话。而正是他的这种工作精神，才让焦园乡8号村台在短短的几个月时间里，住房全部封顶，主体全部完工。

焦园乡副乡长、8号村台乡级指挥长汤晨杰说："指挥部刚建好，在那个地坪还发软、湿漉漉的情况下，郑部长就开始睡在那个房间里，当时我印象最深的是，里面非常潮湿还特别冷，正月十五那天，我从家给他带了一个电暖气，给他烤着，要不然晚上没法睡觉，说实话，他真是一天24小时都待在这里。"

建了指挥部，就开始清点附着物。在建村台的施工范围内，清点树木、庄稼、房屋等。劝说村民搬迁成了郑强胜上任后面对的首个难题。村民不理解，郑强胜就带领工作人员一家一户地做工作，一遍遍地讲政策。特别是迁坟的时候，他找村里的那几个老党员，夜里十一二点还待在党员的家里给他做工作，想让党员带头，发挥模范作用，弄得党员都不好意思了，他们就主动带头去做迁坟这项工作了。

如何在滩区内建起坚固高大的村台？郑强胜提出就近取材，利用黄河沙土资源，进行吹沙沉降就成为最科学、最现实的选择。但是8号村台没有可供借鉴的案例，设计方就按以往经验，提出淤筑村台在自然沉降半年后就可以开工建设。这个时候，郑强胜却提出了疑问。"当时我问设计村台的设计院，问他们你们为什么这样设计？再一个沉降期为什么是六个月？如果沉降期六个月不具备建设条件怎么办？他们就说淤村台沉降六个月，是根据当时淤筑黄河大堤、黄河大堤北侧淤筑的二层堤来设计的，但是我说那个上面没有建房子，这个需要建房子，这个沉降期可能不够。以前老百姓流传一句话就是三年建台，三年建房，三年筹钱。这个三年实际就是沉降。"

村台淤筑后，郑强胜每个月都要对村台强度进行检测，半年后发现果然沉降不达标。工期表摆在眼前，怎么办？经过多次研讨和试验，指挥部最终决定用强夯的方法。"就是用强夯机吊起来16吨的夯锤，升到16米的高度，让它往下降、砸，它的冲击力是2000千牛，这样通过两遍梅花夯，第三遍是排夯，经过这三遍夯，把这个村台就压实了、夯实了。"

最终，经历了两遍点夯、一遍排夯后，村台建设任务如期完成，而且密实度和承载率均高于原定的标准。正是有了焦园乡8号村台的成功经验，后期在建设其他村台时才大大节省了时间。

2020年2月8日，东明县滩建调度会传达上级要求，滩区迁建不能停，工程进度不能拖，在做好疫情防控的同时要立即开工。郑强胜要求工人们采取封闭式管理，每天填写村台外来人员登记及体温监测表，工人进出工地都要测量体温，每天都对工地公共区域进行消毒，工人分批次隔离用餐，尽可能减少人员聚集。这种做法非常有效，既不影响工期，又做好了疫情防控。

黄河滩区居民迁建是一项十分重要的民生工程，疫情防控形势仍然严峻，郑强胜坚持统筹推进滩区迁建工程复工和疫情防控工作，牢固树立"万无一失、一失就万无"的责任意识，精准科学地将各项防控措施落实到位。

如今，滩区群众已经搬上了大村台，没有了后顾之忧，开始建设自己美丽的家园。为让滩区群众"搬得出、稳得住、能发展、可致富"，郑强胜在滩区建设中强调要着力规划与迁建配套的产业发展模式，通过以点带面的方式，加快推进黄河滩区生态高效农业观光示范园等一批重点项目建设，将黄河滩区打造成现代农业发展的聚集区。

郑强胜，面对困难，面对考验，他没有畏缩，没有借口，没有休息日的概念，顽强直面，克服困难，奋勇当先，用无声的行动抒写了新时代共产党员的新华章。

（齐鲁晚报·齐鲁壹点·青未了2021-07-06，《东明文艺》2021年第五期，指尖东明2021-07-07）

冷钢法："答题超人" 是如何炼成的？

初见冷钢法时，感觉他不像是所谓的"齐鲁答题超人"，也不像一个取得国家执业药师资格证书的人，更不具备一个审核员应有的敏捷和细致。那么，他取得的这些成绩是如何得来的呢？山东省"齐鲁答题超人"称号又是如何炼成的呢？

11 月中旬的一天下午，那天，是二十四节气的小雪时节。冬季开始变冷，家家户户开始腌制食物，以备过冬，民间有"冬腊风腌，蓄以御冬"的习俗。我就在那天，在他单位的办公室里和他见了面。

今年 54 岁的冷钢法是东明县医药公司储运科科长，身体稍显发福的他双目犹似一泓清水，极像一个睿智的人，头上的青丝泛起白发，黑白相间，显得愈加成熟。带着疑问，我问了他几个为什么，他不善言谈，说话前先是微笑，话不是很多。黄昏时分，天渐渐暗下来，华灯初上，城市又是另一番景象。他站起来打开房间里的灯，满屋都亮起来了，我们的谈话也开始变得畅快些，他的"话匣子"被一点点地打开。

"学习强国"帮他养成好习惯

1985 年他被招工进入东明县医药公司上班，1990 年通过考试进入菏泽地区职工中专技术学校，进行了为期三年的专业学习取得了中专毕业证。

2016 年时，由于工作需要，他需要考取全国执业药师证书。备考时的艰辛只有他自己知道，他说："太难了，太难了，记得自从报考执业药师后，我就一个人毅然决然地从堂屋搬到了配房，住到了南屋。在屋里没日没夜地学习，每天晚上学到很晚，经常不知不觉就到了天亮。有时候看着看着就睡着了，手中的书掉在地上，把自己吓醒，还要接着学习。报名离考试的时间不到半年时间，光学习笔记，我写了整整五大本。"

考试成绩一公布，他的心里高兴也有，失望也有，只通过了药事管理与法规、专业知识与技能、药学专业知识二，而药学专业知识一只差两分，没有通过。第二年他又报了药学专业知识一的考试，知识一里面的内容很多，包括药剂学、药理学和药物化学。既然选择了，就要去努力拼搏一下，等考试后心情仍然没有轻松下来，就像一个学生期盼着高考分数一样，又期盼又地忐忑。

成绩终于出来了。他过了全国执业药师考试，成为山东执业药师协会的一员。同时，他也带动了公司考执业药师的热潮，第二年就有十多个同事报考了执业药师，和他一个科室的有两人报了名。自从他们报名后，由于工作的便利，和冷钢法在一起工作的同事，他都给予了很多的帮助，他把学习资料和五本厚厚的笔记送给了他们。每天都和他们讨论学习上的问题，比如他发现一个新知识，就利用下班时间，及时地告诉他们。2019 年他们全部如愿通过了考试。

自从执业药师证发下来，冷钢法在学习上有了突飞猛进的进步，在学习的方式方法上有了一定的认识，学习的精神、劲头十足。

提及"学习强国"，由于他年龄大，又是老花眼，当时公司让下载"学习强国"APP，他不会操作，就没有下载。一次，在会上，听他们说好像只有一个人没有下载，他就对号入座，肯定是他了，于是就让同事给下载，慢慢地就学习使用。他每天早上睁开眼睛就把听"文化"栏目里的音乐打开，一边听音乐一边做其他事情，利用刷牙的时间把音乐试听积分完成后，再答答题，一段时间后感觉自己的表达能力好了很多，一目十行的本领也练成了。很快，他每天早上上班前就轻松地完成了任务。

　　记得第一次下载完"学习强国"APP，打开后映入眼帘的是《论语》中的一句话："学而时习之，不亦说乎?"画面是一滴水，慢慢滴下来，汇集到更多的水中，这个画面一下子吸引了他。他觉得这个画面有两层意思，一个是让你通过"学习强国"体会到学习的乐趣，另外还要发挥水滴石穿、坚持到底的精神，使自己的知识汇成知识的海洋。从开始学习到现在，他的"学习强国"积分早已经突破五万了，在小组内稳居第一名，从一开始的被动学习、笨手笨脚，到现在的主动学习、轻车熟路，学习成为生活的一部分，现在的他乐在其中，受益匪浅。

　　在"齐鲁答题超人"比赛中，当时，比赛规则是以四人赛的每天30积分的得分数来计算的，为了得到每天30道题的30积分，冷钢法在挑战答题版块中练习。为了取得好成绩，他把挑战答题板块的题全部通关完成，并且每天都要通关一遍。

　　参加"齐鲁答题超人"比赛是冷钢法难以忘怀的事情。每天晚上通关、答题、四人赛。1800多道题，每天只有一次复活的机会，一旦复活，又要重新再做，通关一次需要一个多小时。他干啥事都想突出，他的性格就是这样，也就是一个"傻"字，他姐姐说他，只要一工作、一给别人干活，命就不要了。

知识点是如何记忆的呢？他有一套独特的记忆方法——联想记忆法，就是利用事物间的联系、通过联想进行记忆的方法。他说，联想是有规律可循的，比如说在一道题目里，当出现"霞"字时，冷钢法就会联想到他的一个名叫"霞"的外甥女，把这些东西记住，开始挑战答题。联想记忆法里有接近、类似、对比、从属、聚散、形象、奇特联想法等方法，冷钢法深谙其道，把题按照不同类型分为接近联想，用相互接近的事物进行联想，如历史上彼得一世的改革和明治维新；相似联想，用相似的事物联想，如意大利的地图像靴子；对比联想，由相反事物的一方想到另一方，如民主和专政是辩证的统一；归类联想，从同类事物中来联想；因果联想，从原因想结果或从结果想原因，如遗传与变异；创新联想，人为创造一种联系进行的联想，如万有引力与库仑定律。

他原来打太极打得很有名气，那时，他16天学会了88式杨氏太极拳。由于他每天需要学习"学习强国"，慢慢地，打太极的老业务也变得生疏起来，好多招式似乎都快渐渐淡忘了。

"持之以恒"改变了他

在单位，冷钢法每天提前半小时上班，下班走得也晚，他人品好，老是感觉自己要带好头。作为一名单位中层领导，他更要起到模范带头作用，带头学习，要用好"学习强国"，不断加强学习，增强个人自身修养和自身素质。

早上醒来，冷钢法习惯性打开学习"学习强国"，半个小时的《新闻联播》成为每天早上家中定时响起的"交响乐"；晚上吃过饭，阅读用典模块下的讲故事，让他在古今中外的故事中感受思想的力量。不知不觉中，"学习强国"已成为他生活的一部分，它让他的生活更充实、眼界更开阔、信念更坚定。

"今天登录了吗？""有多少积分？""学习最新讲话精神没？""今天挑战答题你答对几道题？"这是冷钢法和同事在工作之余聊得最多的话题。比比积分、聊聊感想、说说心得，大家互相分享交流，"学习强国"无形中拉近了同事之间的关系，让他们的"战友情"更加亲密无间。

"学习强国"让冷钢法学会了做一个坚持不懈的人。他知道，万事开头难，万事坚持难，好的开端是成功的一半，记得最初开始用"学习强国"时，他时常抱怨，时常断线，三天打鱼两天晒网。后来，他在微信群中看到单位里有同事每天都在晒学习记录、转发学习信息，这种"润物细无声"的教育，让他羞愧于自己曾经的行为，同时也开始转变自己的观念，从曾经的抱怨到后来的接受，从曾经的时断时续到后来的坚持和热爱，甚至是离不开。无论上班期间，还是周末、节假日，他每天都坚持在"学习强国"上学习，因此铸就了他持之以恒的人生态度。

2020年10月16日至10月23日，中共山东省委讲师团、"学习强国"山东学习平台在全省范围内组织开展"齐鲁答题超人"决赛。在决赛评选环节中，共设置了决赛初星、决赛增星、挑战答题、投票数四个环节。2020年10月31日，比赛最终评选出200名"齐鲁答题超人"，其中一等奖40名，东明县学员冷钢法等5人获得一等奖，获奖总人数居菏泽各区县首位。2021年1月12日，东明县委宣传部主办的"学习强国"齐鲁答题超人经验交流会召开，冷钢法在会上说："古人读书讲究三上，即马上、枕上、厕上，我就是这样利用自己的碎片化时间，有空就学习里面的挑战答题，'学习强国'也帮助我养成了管理自己时间、勤于学习的好习惯。"

答题学习不仅让冷钢法对历史文化、科学技术、英雄伟人有了新的认知和了解，也丰富和提高了自身的知识水平，开阔了视野，"学习强国"为他的生活和工作打开了一扇窗。他认真务实地学习里面的内容，学而思，思而用，真正让"学习强国"成为他成长过程中的奋斗底色。

平日里，他会把书本上经典的某句话、某个考点或者某道题用自己的手机拍下来，在不影响工作的情况下，随时翻阅查看。

从视频学习到各类文章，"学习强国"让冷钢法坚定了信念。通过学习，那些围绕在身边的感动，告诉了他什么是执着的科学精神、什么是坚定的理想信念，什么是真正的爱国情怀。他们用实际行动诠释了理想信念的含义，用不懈奋斗感染着身边的每一个人。通过阅读他们的人生，他更加坚定了学习"学习强国"的决心和信心。

现在冷钢法已经养成了规律的学习习惯，先浏览要闻，再学习每日金句、新思想、理论，然后答题，这是每天的固定内容。每周空闲时候听听广播，学学新课，固定一个时间看党史，利用碎片化时间浏览地方频道等。他的学习思路越来越清晰，对平台的认识也越来越深刻，在学习中感受无穷的力量，在学习中感悟榜样的无私，实现了从浏览式学习到研究式学习的转变，冷钢法说："积分只是学习历程中的数据符号，更重要的是让学习成为自己工作和生活的一部分。"

有时冷钢法会和同事们一起交流"学习强国"的学习方法，探讨得分技巧，比一比相互的差距，看着他们学习的热情，给予他的是更多激励，有种追赶似的学习气息，让他看到自身还有很多不足。

2019 年 3 月，在菏泽市"学习强国"推广使用工作中，冷钢法荣获"学习标兵"荣誉称号；2019 年 6 月，东明县委宣传部组织的"学习强国"挑战答题达人竞赛中荣获优秀奖；2020 年 3 月，他被"学习强国"山东学习平台聘为志愿审核员；2020 年 10 月，获得山东省"齐鲁答题超人"称号。

如果说这几年知识信息的来源渠道最多出自哪里，冷钢法会毫不犹豫地说："学习强国。"时光荏苒，不知不觉，"学习强国"已陪伴他整整三年，在这三年中，学习平台让他的视野开阔了起来，闲暇时间也越发充实。自从有了"学习强国"每天的陪伴，冷刚法的日常生活变得逐渐丰富，他说："活到老，学到老，学习伴我成长，强国深入我心，愿我们的国家越来越好！"

"志愿审核员"的使命和担当

一次偶然的机会，他看到"学习强国"山东学习平台招募志愿审核员，他义无反顾报了名。最终，平台只招收了 11 名，他有幸成为其中的一员。录用了！他心里别提多高兴，有亲人和同事问他给钱给工资吗？冷钢法总是笑而不语，因为他知道所得所不得，皆不如心安理得，"学习强国"山东学习平台就像链接自己与全国、中国与世界的一扇窗，他愿把它擦拭得更亮。

冷钢法说："我虽然没有什么红马甲、黄马甲、红丝带、黄丝带，但我知道我也是其中的一员，志愿者！"平日里，他不拿手机看电影，而是学习"学习强国"里面的文章，审核、复核着，纠正里面的错别字，把病句找出来。冷钢法说，荣誉证书不能白发，也不是白发的。

比如在全国人民全力阻击疫情的时候，如何预防病毒感染是每一个人都关心的事情，许多医生、专家都通过各种途径进行各项防治措施的科普，其中最为重要的一点，就是要求大家"外出一定要戴口罩"。冷钢法知道，"戴""带"两字的区别虽然经常提及，但是依然容易出现差错。现代汉语中，动词"戴""带"分工明确，各尽其职，"戴"表示把某物加在能发挥其功能的身体的某一部位，"带"表示携带、随身拿着。口罩加于鼻和嘴之上，才能隔绝外界病毒对呼吸系统的入侵，显然应当为"戴"。如果仅仅是"带"而不"戴"，岂不是白费功夫？冷钢法讲得我心服口服，看得出来他在工作上的认真劲儿。

他会发现书中的引号中的引号是否用了单引号，结尾处是否把句号放到里面了，连续书名号中间是否有顿号。每当找到病句或者不对的字和符号后，他就截图发到群里，然后让平台修改。有时候看到一篇好的文章时，他很是激动，但细看文章里面的标点符号有错误时，心里也很别扭。

"学而不思则罔，思而不学则殆。"在刚刚过去的大年夜，冷钢法一家人欢聚一堂，吃完年夜饭，大家掏出手机，打开"学习强国"开始做挑战答题，根据提前说好的游戏约定，看谁做完100道挑战答题用的时间最短。第二轮是在十分钟时间里，看谁做的题最多。再后来在双人对战环节中，家人纷纷向冷钢法发起挑战。窗外此起彼伏的鞭炮声，好像在为他们"摇旗呐喊、擂鼓助威"。室内的比赛气氛也是你追我赶，热火朝天。他游刃有余地答题，以绝对优势赢了他们，儿媳妇拿来草莓花束献给了他。他手捧着草莓做成的"鲜花"，儿子也伸出大拇指对他说："'鼠'你最'牛'！"顿时爱的空间里飘荡起欢声笑语，透着温馨，浓浓的爱意在大年夜里飘散开来。

我们在办公室里慢慢地聊着，他的同事们也早已下班。

他回忆起小时候的事情，略显害羞，但听到他儿时的故事后，我觉得值得写上一笔。他说，在他十四五岁的那年夏天，在老家村头的三角坑里，几个小伙伴洗澡时，有一个小孩突然在水面挣扎，其他小伙伴吓得慌忙爬上岸，呆呆地看着，冷钢法刚好骑车经过这里，他见后二话没说，"扑通"一下跳进水里，把小孩救了出来。另外一次，他的家就在黄河边上，小孩们喜欢在黄河里洗澡游泳，靠近黄河边上有一些抽沙灌淤的澄沙池，水澄清澈后，顺着一个粗粗的皮管子流出。有一个小孩在排水口附近游泳时，不小心被管道里的吸引力给吸住了，怎样也爬不出来，吓得孩子"哇哇"直哭。他见到后，立即跑到另一头，用他那瘦弱的胸脯堵住管口减少吸引力，然后让别的伙伴去硬拽小孩，直到把小孩拽出来。每次在放学的路上看到有拉地排车的村民，艰难地上大堤陡坡时，他就跑上去帮忙推推车。一次在单位的大门口，见同事们围着一个老大爷，听老大爷说他迷路了，家是朱口村的，冷钢法便骑车把他送回家，快到朱口村时，老大爷的女儿赶过来，把他接走了……

从 2021 年 6 月开始，冷钢法又开始学习国画，每天画山水、花鸟、老虎等。童年时，他就喜欢画画，儿时的玩伴也非常羡慕。那时候没有笔墨纸张，他就用一根在锅底烧黑的木炭棍在墙上画，上班后在货架上画鹤、画松鹤延年。后来他没有坚持下来，现在快退休了，就想起了过去的爱好，他计划用一年时间学习画画，一定要画出个样子来，用一年的蜕变，使自己在人生的舞台上变个样。由于很久没有拿毛笔，手都有些发抖，但等时间久了，一切也都好起来，刚一拿起毛笔来，冷刚法说："至于能不能圆儿时的梦，精彩不精彩，就要看我努力多少了。"

"学习强国"陪伴他一路走来，让他爱上了它，天天学习，学到新知识，天天充电，获得正能量，让每天都充实而又快乐。路漫漫其修远兮，学习可以让人生更充实，让他的思想更丰满，让沿途的风景更美好。在人生与事业的道路上，"学习强国"给予他的既是导师，又是伙伴，为他的生命注入了灵魂，为他的成长注入了力量，为他的心灵增添了震撼，冷钢法说："我愿一直走在学习的道路上，不断收获，不断成长。"

（齐鲁晚报·齐鲁壹点·青未了·菏泽创作基地2021-11-30）

韩国瑞：把画做出粮食的味道

用普普通通的大米、小米、红豆、高粱等五谷杂粮，在寻常的白色瓷盘甚至木板上，拼接出一幅幅色彩斑斓、栩栩如生的动物画、山水画，这便是东明粮画制作技艺。

东明粮画，在东明、菏泽、山东，乃至全国都闻名遐迩，东明粮画非遗传承人韩国瑞，更是小有名气。

我早就想去采访韩国瑞了，想去了解东明粮画的由来，只是一直没有抽出时间。一次偶尔的机会，让我认识了韩国瑞，让我了解了东明粮画。

那天，在东明县政协文史委，韩国瑞来办事，他想出本有关他与东明粮画方面的书籍，特来了解相关的情况，于是，我与他就算正式认识了。

让粮食在手里开"花"

东明粮画，又称"福籽绘"，始于古代的五谷祭祀活动，在当地已有二百多年的历史，是一种巧妙利用五谷杂粮的自然形状和颜色，经过防腐防虫处理后，精心拼粘而成的民间传统工艺画，被人们称为挂在墙上的"精神食粮"。东明粮画的传承发展和经济的起伏息息相关，它的兴盛从侧面反映出百姓物阜民丰的生活和国家繁荣昌盛的局面。

今年41岁的韩国瑞，出生于东明县武胜桥镇韩楼村，逢年过节的时候，族人会用大米、小米、红豆等粮食在盘子上摆出图案或文字。对于韩国瑞而言，粮画是儿时最深刻的记忆，让他记忆犹新。"粮画是东明当地十里八乡比较有名的工艺。我小时候在外婆家见过，每到逢年过节经常有人去做一些粮画图案，应一下景。"家人用大米等粮食在盘子上摆出简单的图案或文字用来祈福，这是韩国瑞对粮画最初的印象。那时的韩国瑞并没想到，这种简朴的粮画会与自己深深结缘。

从小喜欢书画艺术的韩国瑞，上学时曾专门学习过一段时间的书画，大学毕业后到了广东省一所小学任教，韩国瑞主要负责德育及特色课开发工作。在工作中，一个偶然的契机让他重拾了家乡的粮画工艺。2006年，学校要开设特色校本课程，韩国瑞灵光一现。"老家那个粮画工艺在广东很少见，我就想是不是可以利用学校这个平台搞一个课题，然后跟学生一起分享，同时帮助学生认识粮食，提高动手和动脑能力。"韩国瑞说。

对于韩国瑞而言，粮画是儿时最深刻的记忆。"那时候的粮画多作为食物，就像过年时做的红枣花糕。记忆中，姥姥以面团做底，用五谷杂粮点缀成画，那是餐桌上可以吃的'粮画'。"

很快，粮画课程在学校开设起来，韩国瑞也逐渐在简单的课题之上做了深入的研究。"我们一开始做的粮画是和传统的方法一样，用一些大颗粒的豆类和玉米、小麦来做，后来因为对粮画作品的表现力要求越来越高，有些画面表现需要各种颜色，就像画画的颜料一样，颜料丰富，能够表现的东西才会越来越细腻，我们就开始想尽办法收集粮食。"

从最初的超市、粮店，扩展到花鸟市场甚至深山老林，韩国瑞从简单的搜集扩展到了采摘，搜集到的创作原料越来越多，作品也越来越漂亮。"有时候偶尔发现田间地头的野草草籽用起来还不错，颜色比较鲜亮，颗粒也比较细小，就像照片的像素一样，颗粒越小表现得就越好看。"

2013年5月，他在广东某学校任副校长，待遇优厚，可是他心里却一直有一种说不出的故乡情结。小时候跟姥姥赵桂芳学做粮画的情景时时在他的脑中闪现，五颜六色的小种子在老人的手里，经过道道工序，就做成了一幅幅栩栩如生的画，有字、有花、有鸟、有动物……小时候的鲁西南，乡间很是贫困，农民没有机会接触字画，但一粒粒种子在老人的手里，做成粮画，或拿来送人，或挂在墙上，成为了乡间最普通的艺术享受。

为了更好地传承粮画文化，发展粮画产业，与朋友的一次聚会让他坚定地重新拾起粮画，并走向了创新发展的道路。"不仅是保留传统的粮画，更是要发展粮画。"这是韩国瑞对自己的要求和定位，于是，他萌生了回家乡创建自己的粮画艺术工作室的想法。韩国瑞毅然决然放弃了高薪工作，辞职回到家乡，开始了粮画的研究和创作，坚守着这门古老的技艺。在多年的粮画创作与探索中，他博采众家之长，自成一派。现在他的粮画制作技术有二十多道工艺流程，每个环节都严格要求，可以达到防虫、防蛀、防腐、防霉、抗氧化的效果，使粮画作品不变形、不褪色、不冷缩、不热胀、不霉变、不虫蛀、不发芽，可经久保存。

粮画，亦称"粮艺"，民间的"围仓"和"花馍"习俗，是中国一种独立独特的传统民间工艺画种。韩国瑞说："它始于皇家，传于民间，兴于盛世，迄今已有1700多年的历史，是很多心灵手巧的民间艺人利用粮食的种子的自然形状和颜色，加之染、切、拼、粘、排、雕等工艺，运用构图、线条、明暗、色彩等造型手法，精心创作而成的书法、山水、人物、花鸟等形象的工艺美术作品。不但天然环保，充满乡土气息，而且有'国泰民安、五谷丰登'的美好寓意。东明粮画制作技艺是中国粮画为数不多的流派中最具代表性的画派之一。"

2014 年，韩国瑞创作的《蒙娜丽莎》作品，以一万元的价格售出，被媒体誉为"一斤粮卖了一万块钱""将粮食变成金沙"。4 月，韩国瑞的粮画作品参加了第二届中国菏泽工艺美术精品展，其中粮画作品《马到成功》和《国色天香》荣获金奖，个人荣获"贡献奖"；10 月，他的粮画作品《鸿运当头》在济南第六届中国（山东）工艺美术精品展中获得金奖；同时还参加了济南第三届中国非物质遗产博览会；12 月，他被评为"菏泽市第二批乡土文艺人才"。

2016 年 3 月，东明粮画制作技艺被列为"山东省非物质文化遗产代表性项目"。2018 年 1 月，被菏泽市旅游局评为"菏泽市乡村旅游特色商品"。

韩国瑞的粮画作品风格独特，浮雕感强，粗犷中有着细致，淳朴中蕴含意境，屡获国家级、省级大奖，多幅作品被高价拍卖或收藏。慕名前来参观和学习以及邀约展示和培训的人络绎不绝，喜爱粮画的人越来越多，东明粮画发展呈现出欣欣向荣的喜人景象。

传统粮画题材有五谷丰登、吉祥八宝、金玉满堂、四季平安、事事如意、黄金万两、双喜临门等，拼粘图案多以大颗粒的豆类和米类为主，有造型单一、画面粗糙的缺陷，已经不能适应现代人的审美需求。粮画材料十分难收集，韩国瑞为了使粮画表现力更细腻丰富，满足新的市场需求，一方面千方百计收集各类种子两百多种，包括各种粮食、草籽、花种、香料和草药等，各种粮食颜色不一，大小不同，其中最小的种子颗粒像线一样细小，能穿过针眼，简直就像一场"种子大会"。另一方面，韩国瑞带领团队创作出书法、写意、工笔、油彩等粮画新风格作品500多种，还可以根据客户需求量身定做粮画肖像作品。这些新式粮画作品质感独特、画面精美、寓意美好、独具匠心，深受人们的喜爱。

在文化和旅游主管部门的组织下，东明粮画多次参加文博会、非遗博览会、京交会、工艺美术博览会等大型展会，屡获国家级、省级大奖。目前韩国瑞和徒弟们的作品共荣获国家级金奖1次、银奖1次、铜奖2次，省级金奖3次、银奖2次、铜奖3次，市级金奖8次，多幅作品被国内外文化机构收藏。

让粮画在五湖四海结"果"

"忆昔开元全盛日，小邑犹藏万家室。稻米流脂粟米白，公私仓廪俱丰实。"杜甫在《忆昔》中描述了粮食丰收的景象。自此之后，坊市之间悄然兴起了五谷粮食画制作，寓意并庆贺五谷丰登、国泰民安。从古至今，为表现丰收景象而产生的粮画一直备受民间百姓喜爱。

韩国瑞说："艺人利用粮食等颗粒的自然形状和颜色，经过防腐处理后，在木板或瓷盘上拼粘各种吉祥图案，祈求风调雨顺，五谷丰登，国泰民安。"

传统粮画主要做在花糕或盘子上，应用于民间节庆或者祭祀活动，而且防腐技术不成熟，时间久了容易生虫发霉，所以人们为了不浪费粮食，粮画摆放一段时间就被分吃掉了。

随着时代和经济的发展，粮画受新工业商品的冲击，它的作用日渐消退，而且会做粮画的老人年龄越来越大，很多年轻人也不愿意学，粮画的传承面临青黄不接的困境。韩国瑞为了使粮画艺术重新焕发生机和活力，大胆改变思路，提出把传统粮画功能转变为市场工艺美术品的设想，在粮画防腐技术上做了深入的课题研究。历经数年，韩国瑞在相关专家和教授的指导下，反复实验上千次，最终将传统工艺与现代先进科学技术相结合，研发出了一套环保、无毒、经济的粮画防腐新技术，可以使粮画存放百年以上，攻克了粮画走向市场的一个短板。

为了发扬粮画文化，发展粮画产业，韩国瑞千方百计搜集五谷杂粮，锲而不舍地研发粮画防腐技术，设计和创新粮画新图案，并带领公司团队充分利用线上线下平台，成功把粮画推向了国内外市场。

"搜集粮食的种子成为了我新的乐趣。每一粒种子的形状和颜色都是大自然的馈赠，也只有这些才能把粮画做出'粮食的味道'。"韩国瑞发自内心的话语掷地有声。

为了使粮画中的梅花花瓣更加生动形象，韩国瑞从偶然发现的红玉米颗粒开始入手，亲自培育种植红玉米。"红玉米用作梅花花瓣非常有质感，但并不多见。市面上少见，那我就自己种。但种子成长为红玉米只有 50% 的几率，而且色泽、大小不一，所以前几年红玉米非常金贵，我们都舍不得拿出来用。"韩国瑞笑着说，"我用了 5 年时间种植红玉米，现在红玉米颗粒的数量完全可以满足做粮画的日常需求。但在当时，技艺需要改良、粮画需要推广宣传，近 30 万元的资金投入真有点撑不住了。名气有了，但粮画在市场上并不好卖。2015 年销售额仅仅十几万元，还不够养家糊口的，所以我必须想办法把粮画市场打开。"韩国瑞觉得2015年是最心累的一年。

2015年，韩国瑞的粮画被意大利米兰世博会指定为"纪念品"，5月，韩国瑞在东明粮画工作室的基础上，创办了山东粮画文化产业股份有限公司。2016年，东明粮画制作技艺被列为"山东省省级非物质文化遗产代表性项目"。

为了进一步弘扬粮画艺术，传承粮画技艺，韩国瑞积极响应国家"非遗传习从娃娃抓起"的号召，他还花了两年的时间亲手在塑胶上设计、刻印了500多套寓教于乐的粮画手工教材，少年儿童通过动手制作粮画，可以认识五谷杂粮，学习传统文化，传承非遗技艺，提高动手能力，提升集中定力，陶冶生活情趣，可谓一举多得，所以粮画非遗进校园课程深受广大师生和家长们的赞同。截至目前，东明粮画手工课程已经和当地及济南、日照、临沂、北京、深圳、沈阳、成都等地的多家图书馆、少年宫、中小学、幼儿园、景区研学点等相结合，开展了一系列非遗进校园和研学游活动，体验人次50万以上，使东明粮画艺术在国内遍地开花，在学生们的心里生根发芽，同时也为东明粮画的传承与发展培养了强大的后备力量。

东明粮画非遗进校园活动也是韩国瑞2015年就开始做的，每周为学生们上两节粮画课，至今已为2万余名学生和老师授教。为了粮画得以传承，他专门为学生们研发了粮画传习教材和教具，其中教具包括工具包、材料包，主要有镊子、胶水、毛笔以及若干粮食种子。目前，粮画手工教材教具销售已达2万多套。"虽然经常雕刻到深夜，但现在还很怀念那段时光，粮画让学生们既认识了五谷杂粮，学习了传统文化，又提高了动手能力，比玩手机强多了。"韩国瑞说。

粮画的防腐技术从清漆、水性漆换为树脂调和胶，风格由自我决定转向由市场决定，包装从纸盒换成实木礼盒……韩国瑞做事精益求精，踏踏实实地努力着。抱着不成功便成仁的态度加上一颗执着的内心，韩国瑞成功了。他让粮食在更多人的手里开了"花"、让粮画在五湖四海结了"果"，2016年，他终于把粮画销售额做到了60万元，朝年销售额100万元的目标进发。

在韩国瑞看来，对于这项传统工艺而言，怎样克服受潮发霉使其能够长久保存也是制作中的关键之处。传统的防腐技术就是用大蒜汁来消毒杀菌，干了之后用鸡蛋清增亮增固。然而遇到潮湿天气，霉变的现象依然无法避免。为实现粮画的长久保存，韩国瑞先后尝试过油漆和胶水等多种材料，最终选择了效果最好的类似于树脂的一种调和胶。"这种方法可以把粮食表面做到真空式的封闭，同时起到了增亮增固的作用，保存时间大大延长了，可以直接挂在墙上触摸。"韩国瑞解释道。

对于传统粮画的创新，不仅体现在方法上，也体现在画作种类的不断拓展延伸中。作为一种源于五谷祭祀的工艺，传统粮画来源于生活，以丰收类景象为主，寓意美好。韩国瑞在传承过程中进行延伸，让粮画实现了东西方画作的结合。

韩国瑞说："目前我们创作的粮画有五大类，包括相对比较简单的书法类、描绘山水花鸟的写意类、比较细腻的需要勾线的工笔类和根据客户需要定制的肖像类，此外还创作了重彩类的典型西方油画类作品，实现了粮画创作内容的创新。"

粮画创新的过程需要适应现代人的审美需求，在传统粮画图案的基础上，韩国瑞在保留了原来拼粘组合技法的同时，对粮画表现的画种划分进行了创新。"粮画原来的功能是祭祀和节庆祝福，不光是装饰品，也是民间民俗活动的产物。通过对粮画原材料种子的丰富、画作表现力的增强、防腐技术的革新，让粮画艺术重新焕发了生命力。"韩国瑞说。

让五谷杂粮"开花结果"的人

在东明粮画基地，作为东明粮画制作技艺第八代传承人的韩国瑞详细介绍了粮画的工艺流程、历史传承，我在亲自动手制作粮画的过程中，亲身体会着古代农村群众的艺术结晶，品味着艺术家创作艺术作品的陶醉状态，感受着传统文化走向艺术之巅的精神境界。

韩国瑞的粮画从菏泽当地走了出来，名气也越来越大。但在他看来，这是一门传统的家乡手工艺，应该在当地得到人们更广泛的参与。

粮画来源于民间生活，由百姓创作传承而来，也回归到了长期生活在这片土地上的人民手中。为更好地实现粮画工艺的传承，韩国瑞在当地成立了粮画传习班，对当地赋闲在家的妇女进行粮画制作技能培训，值得注意的是，传习班还特别面向残疾人开设，以促进其就业。"目前参与粮画学习制作的培训人员总共有48名，其中残疾人有23名。"韩国瑞说，"普通人通过几个月的认真学习就可以掌握基本的制作技艺。"

以传承、研发、销售粮画作品为主要业务，以集中免费培训、散户加工回收的模式进行创作生产，韩国瑞的返乡为很多农村贫困户提供了就业机会。此外，韩国瑞还通过非遗进校园等活动让粮画走进孩子们的生活，推进粮画在当下的传承。

工艺传承的道路也是乡村振兴的发展方向，对于粮画的未来，韩国瑞心中已然有了设想："计划在改善培训基地的基础上建立粮画传习基地和博物馆，将收集的种子放到展厅中展示，并在文旅融合的当下打造成一个展示景点，盘活我们当地的特色产业。"

为了打造东明粮画品牌，找准营销策略，韩国瑞在文化和旅游主管部门的组织下，带领团队在传承中不断创新，大力发展粮画加工产业，扶贫助残，打造东明粮画品牌，并利用互联网+和国内外文化交流平台，通过自己的网站、淘宝、微商等网络平台进行宣传销售，并根据客户需求量身定做各种中国水墨、西洋油画等风格的粮画作品，使粮画订单日趋上升。还把粮画作品销售到国内外市场，多次参加各类工艺美术和文化产业方面的培训班，结识了很多在文化产业领域比较成功的朋友，还聘请一些专家学者做顾问，为东明粮画文化产业的发展出谋划策，逐渐探索出了一条粮画发展之路。

活态传承是非遗的特性，而在非遗项目的生产保护过程中，如何成为可以对外交流展示并售卖的商品则是推动乡村产业发展的必经之路。由于粮画是纯手工制作，人工成本高，当地属于欠发达地区，需求量不大，所以韩国瑞带领团队充分利用现代互联网营销优势，通过各种电商平台进行推广销售，使粮画订单日趋上升，远销国内外。近年来，东明粮画先后被评选为"2015米兰世博会山东周活动指定纪念品""首届菏泽最具特色旅游商品""菏泽市乡村旅游特色商品""菏泽市网售商品包装设计大赛优秀作品"等。

韩国瑞多次作为山东省优秀非遗传承人代表，先后在意大利米兰世博会、上合组织青岛峰会、外交部山东全球推荐活动、儒商大会等重大活动上精彩展演粮画技艺，并随团到欧美、日韩、东南亚和港澳台等地区进行文化交流活动，受到了中央和山东省委主要领导的亲切接见，以及很多中外嘉宾的一致好评，使东明粮画艺术成为当地一张闪亮的文化名片，享誉海内外。

东明粮画项目在韩国瑞的努力下，发展迅速，成绩显著，韩国瑞个人也先后获"文化和旅游部 2019 年度乡村文化和旅游能人""齐鲁文化之星""山东省工艺美术名人""山东省乡村旅游创业之星""山东省乡村好青年""菏泽市民间粮画艺术家""菏泽工匠"等荣誉称号和"菏泽市五一劳动奖章""菏泽市牡丹文艺奖"等奖项。

大地静美，五谷缤纷，韩国瑞和乡亲们一起"五谷巧绘幸福路，粮食作画奔小康"的事迹，多次被新华社、中央电视台、新华网、新浪网、中国网、山东卫视、凤凰卫视、《大众日报》《齐鲁晚报》《山东商报》《菏泽日报》《牡丹晚报》，以及国外媒体采访报道，使东明粮画这张文化名片耀眼夺目。东明粮画基地和公司先后被政府评选为菏泽市文化产业示范基地、菏泽市十佳文化企业和武胜桥镇精准扶贫产业示范点。韩国瑞先后加入并担任东明县美术家协会常务理事、菏泽市创意文化产业协会副会长、菏泽市工艺美术协会副秘书长、山东省工艺美术协会理事、山东省青年美术家协会会员等。

一颗颗种子落在土地里生根发芽，一粒粒粮食聚在一起开花结果。如今，在韩国瑞的探索带动下，粮画这门传承千年的工艺不仅绘就了"天下粮仓"的丰收盛景，也逐步走上乡村振兴的道路。

韩国瑞从 2013 年毅然辞职返乡创业，到 2014 年初因万元粮画作品《蒙娜丽莎》名声大振，再到 2016 年，东明粮画入选山东省省级非物质文化遗产，韩国瑞成为非遗传承人，他一直坚持"用良心做好粮画"。韩国瑞让东明粮画走出国门、扬名海外，在全球"开花"。而作为热爱粮画、传承粮画并且发展粮画的非遗代表性传承人，韩国瑞也声名鹊起，成为了一代"网红"。但这成名的背后，是他对粮画技艺痴心不改、甘之如饴的恒念。

华夏农耕文明灿烂悠久，孕育出无数珍贵的民间艺术，东明粮画就是其中的一朵奇葩。展望未来，韩国瑞信心满满，"未来，东明粮画项目将继续在各级主管部门的关怀指导下，依托更多平台，进一步加大资金投入，挖掘粮画内涵，打造粮画品牌，建设传习基地，研发文创产品，讲好粮画故事，发展特色旅游，开发旅游产业，助力精准扶贫，推动乡村振兴"。

"是东明粮画成就了我，但粮画不是属于我个人的，应该属于喜爱、传承它的人们。"现在韩国瑞最大的梦想就是把家乡打造成"粮画村"，以此带动乡村旅游，和父老乡亲们一起致富，建设美丽富饶的乡村。为此，他愿坚守一生。

（齐鲁晚报·齐鲁壹点·青未了·菏泽创作基地 2021-08-24，黄海数字出版社《东明粮画》）

沈刚明："蜜蜂王国"听养蜂人的追花故事

"我酿的酒，喝不醉我自己；你唱的歌，却让我一醉不起……"2021年牛年春晚上，王琪在舞台上把《可可托海的牧羊人》演绎得淋漓尽致。歌曲是根据真实的故事改编成的，其素材源于生活，这是悲凉凄美的一个朴素的哈萨克牧羊人和四川养蜂女的爱情故事，歌声如泣如诉，听者闻歌生情，潸然泪下。

这首歌首发于2020年5月，在网上开始流传时，我便被优美的旋律和歌手深情沧桑的嗓音所吸引，整天如痴如醉地沉迷其中。梦想着要到北疆去，要到可可托海去，去那里遇到一个养蜂人来了解这些事儿，看看养蜂人到底是过着怎样的生活。

前几天去渔沃中学约访一位书法老师，过新石铁路南边的地方看到一个养蜂人。于是，我停下来，开始跟他聊起来。一聊才发现，我居然还与他的堂兄是30多年的老文友，于是谈起话来顺当多了。

因为偶然，我认识了他，从而对养蜂这个职业有了一定的认知。或许，大多数人对于蜂蜜的认知仅限于蜂蜜的诸多好处。但是，关于蜜蜂和蜂蜜你又了解多少？他是否也有故事？他是如何生活的？带着这种种的疑惑，我开始走进他的生活。

从事最"甜蜜"事业的人

蜂场边上摆了张桌子，桌子上放着几瓶蜂蜜，他一边卖着蜂蜜一边与我聊了起来。

他叫沈刚明，是东明县东明集镇顺河集村人。

他穿着一身有"养蜂人"标识的衣服和帽子，人很腼腆，不善言辞。当采访的问题过于尖锐时，他的脸就会通红起来，一看就比较实在，是一个本本分分的老实人。"哪里有花我就到哪里放蜂采蜜，我就是一个'采花大盗'。"沈刚明笑哈哈地对我说。

今年44岁的他，养蜂已有13年，从开始接触养蜂，他就十分钟爱这项事业。在十多年的养蜂日子里，他和妻子一同游历于中国的大江南北。

上初中时，他学习一直名列前茅，在年级总是排名前三。初中毕业那年，哥哥去世，留下年幼的侄儿需要照顾，还得照顾年迈的父母，家庭经济非常困难。当时他想，即使将来考上大学也会因资金的原因去不成，倒不如早点外出挣钱。

1992年初中毕业后，他到了北京。先是干楼房装修，活好干，但欠账不好要。便又去当了保安，每天站岗，也不是很累，总感觉年纪轻轻就吃起"青春饭"不划算，白天6个小时，下班以后就没事了，总觉得不是一个长久之计。他就去北京理工大学报了一个汽车维修专业的函授班，每天晚上6个小时的"夜校"学习，用两年的时间拿到了毕业证。他开始在车行修车，这一干就是20多年，还取得了高级技师证书。在后来那段时间里，他老是咳嗽，加上其他一些事情，2014年他选择回到家乡。

真正养殖蜜蜂是从2008年就开始的。蜂箱是一个老邻居给的，刚开始有 30 多箱，高峰时达到 90 多箱。他还在北京修车时，利用每月四天的休息时间回家伺奉蜂箱。由于不会防治蜜蜂的疾病，再加上技术欠缺，最后，仅剩下七八箱。为了生计，他把养蜂当成副业看待，也没在乎。继续养下去又发展到 30 多箱，这时，邻村的一个朋友把 30 多箱蜜蜂给了他，成为了他下定决心养蜂的开始。

养蜂人即蜂农，是实实在在的农村人。沈刚明多年生活在深山、田间、老林中，以养育蜜蜂、出售蜂蜜来维持家庭开支。沈刚明很满足，尤其是与蜜蜂打交道，生活也会多份乐趣。

2014 年 6 月 1 日，他先去了河南安阳的林州，那里有紫荆花，盛产荆条蜜。由于自身技术不过关，看到有个将近 70 岁的姓付的老大爷养蜂颇有心得，他就经常骑摩托车找他讨教，每次去都不空手，总会带些青菜、面粉什么的，偶尔自己做了好吃的，也会给送去。付大爷带他在林州周边地区教他如何看地形、如何判断花期、如何寻找蜜源，接着，又与他一道去了湖北。虽说为了生计，日子过得很艰苦，但让沈刚明感到温暖的是，湖北的乡亲热情好客，把他当朋友对待，给予不少帮助，逢年过节的时候，常喊他们去家里吃饭，平时洗衣服什么的也会帮忙。

"养蜂人是第一个走进春天的人。"沈刚明说，每年都要赶在百花盛开之前，让过冬的蜜蜂尽快适应这里的环境，那一缕缕烟火就像约定的号令，吸引着散兵游勇般的野生蜜蜂，从四面八方纷纷归队，雄心勃勃地迎战即将到来的盛大花事。闻着花香而来的沈刚明撑开军绿色的帐篷，把一个个长方形的木桶，零零星星地摆放在草地上，然后燃起一缕烟火，开始了新一天的忙碌。在崇山峻岭之中，像沈刚明这样的平常却不平凡的养蜂户们饲养着蜜蜂，蜜蜂们自由地呼吸着山风，犹如大山之精灵，不知疲倦地在天地间舞蹈，在花丛中歌唱，把毕生的精力奉献给大自然、奉献给人类。

"最辛苦、最累的自然是采蜜。"沈刚明说，蜂蜜相当于蜜蜂的口粮。蜜蜂不轻易蜇人，一旦蜇了人，它自己也就活不了了。一到花期尾季，每天的采蜜量比较少，这时蜜蜂就比较凶，一看有人要夺走蜂蜜，不管是不是主人，见人就蜇，"有时候会被蜇得满手都是包，不过，被蜜蜂蜇了是好事，对人体免疫力有帮助。"沈刚明说，"采蜜时，养蜂人要用刷子把爬在上面的数千只蜜蜂刷掉，被激怒的蜜蜂自然群起攻之，尽管养蜂人戴着遮蜂帽，但有时候也难免挨蜇。"

如今，蜜蜂所酿之蜜，被人们捧为了至上，除了门店有售，超市里面各种不同包装的蜂蜜更是琳琅满目。"蜜蜂采百药花之蜜，百草皆药，酿成了'百药花王'蜂蜜，味道甘醇绵长，药用、滋补价值极高，成了市场的抢手货。"沈明刚说。蜜蜂工作时，自觉积极，无需安排监督，它还可以帮助植物传粉受精，促进了生态系统的优化，是公认的公益性产业，深得政府扶持，以至养蜂人越来越多，养蜂规模越来越大，成了脱贫致富的传统产业。

嫩绿的小草如雨后春笋般，在枯黄的杂草间冒出头来，把瑰丽的高山原野染成了迷彩，铁筷子、苦糖果、报春花、蜀侧金盏花等早春植物，率先送来了一束束鲜花，像天上的星星，点亮了无垠的原野。养蜂人还有一个富有诗意的称谓——"追花的人"。在沈刚明看来，他在10多年的时间里一路追花，每年从南方到北方，一路追随花期。"每个地方的花期都不一样，应季的蜂蜜也就不一样。"沈刚明取出的是蜜，甜却在心头。

追花的"游牧者"

对于蜂农来说，沈刚明的职业就是哪里有花就往哪里跑，一年四季飘游不定。一首现代诗如此描述养蜂人，"只能不停地迁徙，去守住下一片初晴花季"，也的确是这样。

每年油菜花 3 月底开完。泡桐花也到 3 月底，与油菜花同期开放。4 月 20 日，是槐花开放的时节，5 月 5 日结束。西瓜花 7 月开，另外还有杂花，如棉花、玉米等在 6 月至 9 月开花，但是蜜源不多，比较差。说起花期，沈刚明如数家珍。

沈刚明说："在外地时间久了，有时会思念孩子和家人。12 月中旬计划外出，先去江西井冈山，在那里待到 3 月 20 日，这期间有山花、春桂、油菜花、龙须草等，再去安徽芜湖待 10 天半个月，这里有油菜花，4 月 5 日再去蒙城，4 月 15 日回家休息一周，5 月 15 日到山西，6 月 1 日再去东北，一个多月搬一次，我就跟着花期走。"

在沈明刚看来，只要能挣到钱，在外辛苦点也无所谓，去年在井冈山停留一段时间，夫妻俩是在江西过的年。过完年后，辗转到了安徽，每年春天在安徽广阔的长江中下游平原，油菜花开得正盛。一望无际的花海不仅是赏心悦目的美景，还能产出清香甘甜的蜂蜜。

对于"逐花而居"的养蜂人，先前我对他们的漂泊生活并没有太直接的概念，直到沈刚明给我说，他经常要转场，我闻听，心里禁不住一沉。这些年，他先后去过山西和顺、武乡、长治、沁县，陕西南泥湾，河北秦皇岛，下一步准备黑龙江虎林地区，那是与俄罗斯临界的地方。

日常时间，沈刚明基本上都与蜜蜂生活在一起，专心养着蜜蜂、维修着蜂箱，想着风雨交加时，蜜蜂也能有遮挡风雨的港湾。现在，他有200多个蜂箱，分布在全县的几个地方。蜜蜂冬天是要吃白糖的，每年都需要3吨多。沈刚明说："真正的养蜂人关心蜜蜂的死活，因为他们希望每年都能获取足够的蜂蜜，会熬白糖水补充蜜蜂食料，虽然它们都同样能熬过冬季，迎来春天，可吃了糖水的蜜蜂身体好、繁殖快、工作效率高。"

据沈明刚介绍，蜜蜂是各有分工的。侦察蜂，是寻找蜜源的，可以飞到200多米的高空俯瞰蜂场周边的蜜源，转一圈，看到蜜源时，就振动翅膀，招呼伙伴前往；守箱的蜂，防止外来物种进去偷蜜；打扫垃圾的蜂，负责清理蜂箱内的卫生；扶持蜂王的蜂，负责让蜂王吃蜂王浆；伺候幼蜂的蜂，相当于保姆；还有负责温度的蜂、负责养蜜的蜂，等等。在蜂箱内，蜂箱分单蜂王箱和双蜂王箱两种。此外，蜜蜂家族由蜂王、雄蜂、工蜂组成。蜂王，也就是母蜂，每只蜂箱中有一只或者两只，生殖能力极强；雄蜂，是极少量体质最健壮的工蜂，专司与蜂王交配；工蜂，采蜜的生力军，是蜂王与雄蜂的奴隶，一个箱里有几只到几百只工蜂，它们只要交配一次就会死去，一窝蜂都是一个蜂王产的。蜂王在蜂群中有着重要的地位，是扩大蜂群势力的重要因素，因为它一生会产出大量的蜂卵，而这些蜂卵最后会全部发育成蜂群中的蜜蜂。

如何寻找蜂王呢？沈刚明说，蜂群里最多的是工蜂，而蜂王的体形虽然与工蜂相似，但是却存在根本不同，最大的差别就在蜜蜂的肚子上，因为蜂王的肚子会比工蜂的肚子大出好多，十分明显；另外蜂王的个头相对于工蜂来说，也大一些，依据这些特点，很容易就能识别出蜂群中的蜂王。

我们不要感叹人生的苦短，要知道，工蜂的生命相对于人的生命来说犹如惊鸿一瞥。它们从出生到死亡最多也不过五六十天的艰苦历程。在这五六十天里，仅有三天的试飞、约一个星期的试采，直至最后因劳作而死。除三天的试飞外，它们奉献给人类的全是甜蜜。工蜂们从来就不会因艰辛而怨天尤人。在春暖花开的季节，工蜂们被养蜂人用花粉、糖类等从冬眠中诱醒后，就疯狂地在花丛间吮吸飞舞，在花丛与蜂巢间穿梭劳作，从不偷懒歇息。"吃进去的是花粉，吐出来的是甜蜜。"沈刚明说。在花盛开的季节里，工蜂试采后一般只能存活短短的十几天，大部分工蜂十天后都会被活活地累死。而在别的季节里，工蜂们又会到处寻寻觅觅，远至五六里外去采集草花等零星花粉酿蜜来养家糊口，以维持蜂王及雄蜂的生命。

就这样沈刚明与蜜蜂朝夕相处了十多年，他对蜜蜂的热情始终不减当年。他戴着自己改装的奇特面具，在草帽边沿缝上一块黑纱，围成一个圆柱形，乍一看，仿如世外高人，气定神闲，统领着"千军万马"。招蜂、分桶、杀害虫，以及蜂巢的遮阳、避雨，无不让他们费心，为的是让蜜蜂有一个安全舒适的生活、繁衍和工作环境，以获取尽可能多的蜂蜜。如果天气好，时晴时雨，他们每隔几天就可以取一次蜜。漂泊与辛劳也会有回报，当晶莹剔透的蜂蜜从蜂箱里取出，沈刚明内心充满了喜悦。

风餐露宿养蜂人

养蜂是一个特殊的行业，养蜂人为了发展甜蜜的事业，不畏艰辛四处奔波，像蜜蜂一样追风逐蜜。

在沈刚明过去的 13 年中，他平均一个多月就要搬家一次，风餐露宿、四海为家，哪里鲜花盛开，哪里就是他的家。除了帐篷、炊具、铺盖、书籍，蜂箱是他不可缺少的家当。沈刚明说："每次搬家，都有前来帮忙的蜂农朋友们，在外的日子，每次遇到搬迁的事宜，大家都是彼此帮扶，不遗余力。在每个落日的余晖中，养蜂人即将走天涯，温馨的时刻总是短暂，转眼又是离别。既然选择了养蜂这个行业，就只能风雨兼程。"是的，这就是养蜂人的生活，一年四季追着花期行走，走到哪，就把家安到哪。

在追赶花期的日子里，蜂蜜是如何管理呢？沈刚明给我解答了疑惑，"蜜蜂都是白天外出，晚上回箱休息，等它们都进去后，往车上一装，晚上开车赶路，白天再停车放它们出来。"

养蜂人主要是跟着花期走，哪里有花，他们就去哪里，然后住上一两个月放蜂采蜜，在沈刚明看来，不同的花期、不同品种的花，采出来蜂蜜的风味都是不一样的。沈刚明天南地北地走着，陪伴他的就只有蜜蜂和书，他说，有书和蜜蜂陪伴就够了，他可以读书、读花期、读自然、读山水、读世态人情，这些对于他就足够了。

谈话间，沈刚明回忆起一次危险的经历。2016 年的一个夏天，在湖北大悟县大武山，夜里的萤火虫很多，到处乱飞，70 多岁的父亲因为腰椎不好，沈刚明没让父亲住在蜂场的帐篷里，让他住在林场的房子里。一天下大雨，天上打着闪电，晚上父亲出来小便，看到一个西瓜大的火球飞进了沈刚明的帐篷，第二天他才发现帐篷被烧了一个大洞。

说起父亲，沈刚明最难忘的是父亲去世，这对他打击最大。那是 2017 年的春节期间，春节前，沈刚明感觉腰间肋骨内很疼，计划过年回家去检查，顺便回家待几天。当时蜂场在江西井冈山一带，父亲电话里说好像是感冒了，要去吉安市医院诊疗。大年初二，沈刚明搭车赶往吉安，看到父亲经医院治疗后好了很多。初三一早他送父亲去火车站，但送到火车站时，父亲就不让他再送，让回去照看蜂场。等他刚到蜂场时，突然接到一位好心人打来的电话，说他父亲在火车站晕倒了，他一边让那人帮忙把父亲送往医院，一边火速赶往。当赶到时，父亲说话还好好的，但没过一会儿，就开始大量吐血，很快就休克了。父亲晚上输了血，到第二天好多了，医生要求动手术，说动手术的成功几率是10%。不动手术的话，那就一点希望都没有。父亲得的是胃出血，手术结束后，半夜父亲就去世了。他常年漂泊在外，经常不能与家人团圆，后来父亲也跟着往外跑。回忆起那段时光，他只请父亲吃过三顿饭，父亲一生都没有吃过丰盛的食物、没有穿过名贵的衣服，相反，请父亲吃顿饭，父亲就很满足。父亲年龄大了以后，沈刚明多次让他下山休养，父亲也多次拒绝。他想起来都会后悔，很内疚。沈刚明在与我交流谈话时，眼角泛起酸楚的泪花。

沈刚明每年都可以收获大量的蜂蜜，足足有几十吨，这么多的蜂蜜要是换了别人，一定会愁销路。但是他的蜂蜜，一般情况下，到年底就会全部卖完，而且是销售给本地顾客。他就在蜂场附近卖，十多年都没有挪过地方，顾客都是老顾客，可见他的信誉是非常好的。良好的信誉使他的养蜂事业从当初的几十箱蜜蜂发展到目前的200多箱，并且还在不断发展壮大。

在外地如何消遣业余时间呢？他说，一般蜂场周边都有很多养蜂人，三里五里的，大部分都是老乡，没事时，大家就会聚在一起吃吃饭、喝点酒、聊聊家常。他每次都把摩托车带在身边，有事骑个车到哪里都很方便，日常也可以用来买菜和人际交往，最重要的是可以用来寻找花源。

问起他最开心的事，他说是在湖北大武山的那段时光。大武山山顶上有一块二亩地大小的平台，中间有个凹槽，里面是一个温泉，一年四季水都可以洗澡，每天泡泡温泉，很是温馨。晚上躺在帐篷里，看着萤火虫飞来飞去，享受着生活，洋溢极了。

爱因斯坦曾预言，蜜蜂消失的话，人类就只能活4年。这绝不是危言耸听。根据科学家们的数据来看，地球上超过40%的野生植物都来源于动物授粉，蜜蜂作为动物授粉的领导者，一旦消失后，地球上的农作物产量会大大降低，农作物一旦降低，人类将面临饥饿，甚至还会引发战争。蜜蜂消失后，地球上找不到任何动物能够代替它，所以它的消失甚至会导致整个生态系统彻底崩溃，并且绝对没有修复的可能性。所以蜜蜂是永远离不开的朋友，人类食用的蜂蜜，也是蜜蜂一生的结晶。

赶蜂十多年，沈刚明几乎走遍了大半个中国。养蜂给了沈刚明一片崭新的天空，给了他勇敢生活下去的希望。他虽然创业起步较晚，但干着他喜欢的事业、做着他的甜蜜梦，是他最大的满足。

临别时，沈刚明给了我一小瓶槐花蜜，到家我尝了口，还真是很香很甜很真，我慢慢地品着、回味着、沉思着，耳边又响起了那首熟悉的歌曲："毡房外又有驼铃声声响起，我知道，那一定不是你；再没人能唱出，像你那样动人的歌曲……"

（齐鲁晚报·齐鲁壹点·青未了·菏泽创作基地2021-11-16）

艺林求索

薄慕周：把人物请进令词来

第 37 个教师节马上就到了，想给老师们写篇文章，于是，想到了薄慕周。他一生都在教书育人，退休前，教未成年人；退休后，教社会上的成年人。是个标准的"老教授"了。

——题记

20 世纪 80 年代，我与薄慕周就认识，是在我们创办《福河源文学报》的时候认识的。当时我还在上中学，全国各地文学社团风起云涌般地兴起。1987 年，我们十多个文学青年也成立了一个文学社团，取名"东明县业余作者联谊会"，创办了会刊《福河源文学报》，是四开四版的油印小报，计划每月一期。编辑部就设在我家，创办有三年多后，我弃笔从戎了，小报也就停了下来，后与其他人创办《鲁西南文学报》。当时，在编辑部里我担任责任编辑，薄慕周任副主编，每期稿子他都认真地去看去改，极其负责，小报的质量也很高，每期出来后送往各单位、学校，影响极大，每月投稿就有几十封。

这两年，我与薄慕周都是《东明文艺》的栏目编辑，又一起比肩共事，相交多年了，友谊也就一直延续到现在。这些年来，薄慕周在诗词创作上成绩斐然，先后出版了个人诗集《云中鹤诗词选》《花甲童吟草》两本书，诗词曲赋600余首。

薄慕周，笔名云中鹤，长期从事诗词创作、诗词研究、诗词评论、诗词教学、诗刊编辑工作。约好了时间，我们在南华公园的南华山下，一个水中小亭里坐下来，我慢慢地听他讲他的故事。

写诗词"高原期"的困惑

1956年9月出生的薄慕周，出身教育世家。他的父亲是一位德高望重的中学教师，早在20世纪60年代，就以学识渊博，且诲人不倦而深受学生爱戴。薄慕周在这样的家庭氛围熏陶下，从小就勤奋好学，执着与奋进，使他在教学中取得了卓越成果，以中学高级教师职称奉献于教坛。2016年9月退休后，他致力于诗词的学习创作和研究，取得了丰硕的成果。

最早，薄慕周是写小说和诗歌的，在《东方文艺》上发表的小说《情依依》曾获二等奖；在作家函授学院，发表小说《太爷泪》；诗歌《公章的话》获黄山杯诗词大赛二等奖，《父亲的犁》获一等奖。

为了提高诗词创作水平，薄慕周先后求学于南京文学讲习所、青春文学院、吉林省文学艺术函授大学、《诗刊》刊授学院、中华诗词学会诗词普及班和高级研修班。得到阿芒、陈仕持、熊东邈、吴国水、裴天祥、枫园牧人、李世瑜等老师的悉心指点，让他的诗词创作水平不断提高。

1992年夏天，在湖南湘潭师范大学作家函授院学习课间，陈仕持教授点评薄慕周的诗词时这样说道："你的新诗很有古典味道，你不如写古体诗，你不该在新诗里面打拼。"1993年8月，薄慕周在南京大学文学讲习所"青春文学院"参加学习班，刘显生教授讲的"古典文学中诗词的影响"对薄慕周有很大的影响。"现在，很多人提出古体诗过时了，我不这样认为，我认为古体诗才是诗歌的精髓。"于是，薄慕周开始转向古体诗的学习与创作。一转眼，他写古体诗已经写了30年。

学习古体诗，薄慕周崇拜李杜的浪漫主义和现实主义，后来学习写词，他开始专攻苏轼、辛弃疾为代表的豪放派，接着学习柳永、李清照为代表的婉约派，使他的诗词作品豪放与婉约共存，形成了他自己独特的风格。

任何人学习写作，都会进入一个"高原期"，也就是所谓的"高原现象"，指在写作达到一定高度时，会停滞不前。学习者在学习过程中都会遇到这样一个阶段，在创作水平上呈现出提高的速度减慢的情形，有的人甚至长时间停滞不前，不能再跃上一个台阶。高原现象是很多诗人作家难以翻越的一道坎。我问薄慕周："你是如何走出'高原期'的呢？"他说："诗词创作要有灵感和感情，要想走出'高原期'，首先要改变自己，做到化茧成蝶。自己的写作风格、写作方式、写作习惯、思维习惯、写作流派就像一道道蚕丝，束缚了自己，形成了坚硬的茧壳，束缚了我们的手脚，必须打破它，破壳而出，实现蝶变，我们才能张开翅膀，在诗词创作的天地里自由飞翔。我为了走出写作'高原期'，花费了不少时间，做了很多尝试。例如对某一事物进行长期的观察思考，进行多向探索，跨界互动，自我重塑。对写这一事物的诗词进行研究，采用换观念、换角度、换笔法去创作，修辞、章法、布局、立意、诗境都来一番重塑，形成自己新的风格。融古通今，力求破旧立新，破茧而飞，开启新我。敢于挑战自己，才能有新的突破，要想创作出与众不同的精品力作，真正走出诗词创作的'高原期'。要想感动别人，首先感动自己。情是诗的生命，心中无情莫作诗，只有浓浓的情从笔底流出，打动读者的心，才能称为好诗。虽说诗在有文字处，可是诗之妙在无文字处。"

他接着说："诗，既要考虑自己如何抒情，又要考虑观众能不能接受。作诗不能只追求数量，要追求质量。俗话说'土豆一车不如夜明珠一颗'。我进入'高原期'后，严格遵守'三不'创作原则，即不重复古人、不重复今人、不重复自己。诗人超越不了自己，就走不出诗词创作的'高原期'。"

当问到他的创作情况时，他说："每天作一首诗，我做不到。我写诗，会去反复推敲自己写的诗，倾注自己的心血，发朋友圈让我的文朋诗友们点评、推敲。我的粉丝和好友很多，在他们的指点下，作品会越改越好。我很感谢他们的意见和建议。"

"文化自信，诗词先行；文化强国，诗词先行，我愿意为传承诗词文化做贡献。"在薄慕周看来，诗词的创作要贴近时代，贴近生活，追求卓越，彰显崇高。他说，他要做大地的歌者，做时代的鼓手，要让人民群众走进诗行，让人民群众成为诗词舞台上的主角。他是这样说的，也是这样做的。他诗词中的人物都是普普通通的身边人，如：老中医、买菜女、架线工、外墙涂料工、大棚菜农、花农、环卫工、塔吊工等。他的诗词总会给人一种力量，让人获得美的享受、艺术的享受。他说："诗词要以象传情，以象寓理，理借景显，景依理深，一定要传播正能量。"

一米七五的个头，身材精干，肤色偏黝黑，笑起来让人感觉忠厚、踏实，这就是今年 66 岁的薄慕周给人留下的印象。

薄慕周出生在农村，长在农村，工作在农村，对农村情深意长。在他的诗篇里，可以看到他对田园里花草树木的痴情与钟爱，可以听到鸟语虫鸣，可以嗅到花香及泥土的芬芳。

"如果把诗比作酒，那么，格律诗词则是高度酒，劲足、味醇、香浓、耐品。"薄慕周说，"我喝酒时总喜欢喝高度酒，所以，作诗我总喜欢作格律诗。在此处酿的乡酒，称得上是地地道道的农家风味的上等酒，品尝后能不喜欢吗？"

"祖国的大建设一日千里，看不完听不尽胜利的消息。"看到祖国日新月异的变化，薄慕周为祖国歌唱，为人民喝彩。他创作了一些赞美诗，酿制了一些喜庆酒，在他的诗词中，我们可以品到这些喜临门酒。

在薄慕周的诗词中，我们可以感觉到，在他闲暇时，他会攀登三山五岳，驰骋长江黄河，信步名胜古迹，兴致来时，他会或素描淡雅，或浓彩重墨，诗赋山水，歌咏名川，抒发感慨。让我们从中体会祖国的大好河山、山水田园，体味山水之灵性、山水之壮美，品味到带有山泉清香的美酒佳肴。"走出'高原期'，诗词更精彩。"薄慕周说。

教诗词课中的感悟

薄慕周长期从事教育工作，生性耿直，铁骨铮铮。2009 年 10 月，薄慕周被聘为东明县老年大学诗词专业教师。当他接过聘书的那一刹那，他就知道自己肩上的担子有多重，任务有多么艰巨。

在东明县老年大学，薄慕周从接过教鞭一直教到现在。我问他教了有多少学生了，他说："也就五六百人吧。数字不代表啥，学生来来走走的，很多都不能算。"聊起他的教学成果，他略显自豪，他说："很多人因参加老年大学的诗词课从而进入了诗词的世界，如马卫东、胡石生、李纯生、李新兵、王冠臣、张玉然、张清海、王凤盈、吴向前、王月菊、戴文红、李明坤、徐广臣等在学习班上进步很快，现在都已经成为中华诗词学会的会员，在《中华诗词》《历山诗苑》《诗坛》《曹州诗词》等国家省市级诗词刊物发表了作品，在国家省市级诗词大赛中获奖。2021年《山东省当代散曲》中收录了本班13名学员的61篇散曲作品。值得我去向他们学习啊。2021年，王冠臣还被中国作家协会吸纳为会员，这是我的骄傲，也是我们东明县人的骄傲啊。"

退休前，薄慕周一直都在教语文。退休后，很多私立学校找到他，让他去任教，月薪六七千元，但他没有去，而是乐呵呵地担任起了老年大学诗词班教师。我有些不理解，他说："很多人说我傻，放着高工资不拿，天天还忙得不轻，薪酬不过仨瓜俩枣。"他无奈地笑了笑，但又很坚定地说："可是我不这么认为，我做这个事主要也不是为了挣钱，我是为了弘扬中国的传统文化，传播诗词文化。相反，我很感谢老年大学这个平台，让我有发光发热的地方。"从备课、讲课到批改学生作业，工作忙碌又繁重，薪水却寥寥无几。"对于钱的问题，我有我的看法。钱不在多，够花就行。人是钱的主人，而不是钱的奴隶。金钱上也许我不是最多的人，但精神上我是富翁、大腕就行了。"

在被聘为老年大学诗词教师以后，薄慕周甘当"诗仆"。以传播中国传统文化、普及诗词知识、培养诗词新人为己任，先后在老年大学、诗词学会、庄周书画院、东明石化、沿簧诗联、济南会议中心、北京会议中心等地举行诗词讲座400余场次。2014年开始担任中华诗词论坛新韵部落诗课版主、东方诗词论坛天山风雅常务版主、香港诗词论坛东方诗风副首版、老干部之家诗词论坛版主等，他把诗词课堂搬上网络，学员遍及全国各地。他的学生究竟有多少，他也说不清。

在多年的诗词教学中，薄慕周付出了很多。令学员们印象深刻的是，有一年六月，他骑着单车冒雨去给大家上课，当时他还住在乡下，家里到老年大学有十八里地，尽管穿着雨披，但雨水还是刺得他睁不开眼，风刮得雨披像红旗一样飘在空中。他按时赶到了老年大学，整个人都被浇透了。提起此事，薄慕周淡淡地说了一句："我从不轻易落下学生一节课。"

薄慕周写诗论文章，讲诗词课喜欢拟人的修辞手法。在北京讲课时，他把那些诗词爱好者、专家学者逗得仰面大笑。会后诗友们说："你的课太有意思，太有趣了。听你的课，我们不会打瞌睡。"

老伴说他是"诗疯子"，极言他对诗词的痴迷程度，"我常常告诫自己，要做一个顶顶有趣的人，写顶顶有趣的诗。"他笑着说道。也正是基于此，他才热切地期盼着能带动更多的人学会作诗填词。

和他谈起夕阳红，薄慕周说："和退休的老朋友、老同事在一起，大家最喜欢称自己为'老朽'。我说啊，说老可以，但不能说朽。我们是逐渐衰老了，这是自然规律，谁也无法抗拒。但是，我们不能一老就朽，碌碌无为。我们要继续前进，要让夕阳无限美好，要让余生闪闪发光。"

尽管薄慕周为诗教做出了很多工作，但他从中获得了"满足感"，正如发表在《美国预防医学杂志》上的一项研究成果所示，50 岁以上的成年人，每年至少从事志愿工作 100 小时（每周约 2 小时），死亡率和身体功能受限的风险大大降低，随后，体力活动水平提高，幸福感得到改善。"举个简单的例子，得知在山东省喜迎十九大诗词大赛中，我获得一等奖，几位学生分别获得二等奖、优秀奖时，我高兴得夜不能寐，那种幸福感、充实感，是旁的事没法比的。"薄慕周说。

"我一生与诗为伍，与诗为友，与诗为伴。虽然历尽沧桑，但是对镜心无垢，涉世履无尘。"薄慕周笑了笑，"我把日子过成诗，让日子因诗而幸福；我把生活做成诗，让生活因诗而美好；我把人生做成诗，让人生因诗而辉煌。真可谓'天天仄仄平平里，岁岁唐风宋韵中'。对世事沧桑每有感触，落笔成篇，在感怀中，我为自己打开诗意之门，打开诗意之窗，展示哲理思辨，采撷情感浪花。"我说他："笔耕未断，诗心未改，童心未泯。"我俩一起哈哈大笑起来。

接地气的诗词理论研究

薄慕周发现，现在写诗词的人很多，而研究诗词的人很少，研究诗词理论的就更少了。他致力于做好诗词的研究，把诗词理论研究学习好，他说："这也算是自己对一生耕耘的诗坛的奉献吧。"

在诗词创作上，薄慕周喜欢追根溯源，植根于华夏土壤、民族传统，学"洋"壮"土"，做有根有气的真学问。"诗词应该是天天见面的陌生人，追求立意独步，惟新是图，始终对古典、前贤保持敬意，但又不能拘泥古贤，异乎常景。"薄慕周努力让自己的诗词作品句秀、骨秀、神秀，做到用诗词沉淀自己、成就自己。在诗词研究上他更是精耕细作，多年来一直植根于中国格律诗词这块肥沃的土壤。

2017年山东省诗词大赛，薄慕周获得一等奖的作品《唐多令·扶贫书记探家》中写道："吃住在田间，半年半夜还。母心疼，妻抚伤肩。一脸尘沙胡子满，明月下，泪潸潸。天亮又回田，牵襟嘱几番。去扶贫，莫把家牵。民众家家登富路，切莫忘，喜来传。"它为什么能获奖，就是因为这首小词贴近时代、贴近生活，通篇都在写人，把扶贫书记一家人的形象描摹得栩栩如生，把他们一家人爱国、爱家，为大家舍小家情怀表达得淋漓尽致。这些情感都依附于人物之上，所以受到大家的青睐和喜爱。

在济南举行的全国宋词研讨会上，薄慕周发表了《把人物请进令词来》的演讲。薄慕周说："词言情，而人是词中支柱。人柱立，则情有所附，人在情在，人在词立；人去情失，即使有点情分，无体可附，成不了精品力作。把人物请进令词来，是让诗词走出假大空怪圈的必由之路。不能再让我们浓烈、纯真的情感，绕词三匝，无枝可依。"

薄慕周的《夕吟》有句："老夫不是追风客，翡翠诗行少世尘。"这应该就是他的追求、他的目标。朝着这个目标，他付出了极大的努力，学习诗词经典，从《诗经》《楚辞》到《乐府》，再到唐诗宋词，无不涉猎。一方面学习经典，一方面讲授诗词创作，同时将自己所学运用到诗词创作实践中，加上编辑诗刊，学用一体，理论指导写作，大大提高了自己的诗作水平，让他的诗词有了一个质的提升，这自然是最为难能可贵的。

诗词创作来源于生活，薄慕周的作品植根于民族沃土，反映了时代特点，写出了自己的萍踪，是心声所系，如家乡夕阳红剧团演出、黄河号子、自己教学等。他的作品中还有不少篇章是对党的政策的歌颂，对英雄、模范、传统美德和良好风尚的赞扬，不愧为时代剪影。

薄慕周的理论文章通俗易懂，接地气，看得懂、学得会。把深奥的理论简易化。先后发表诗论文章 39 篇，诗词、诗词理论作品散见于《中华诗词》《中国诗词月刊》《东坡赤壁诗词》《九州诗词》《中华古韵》《中国现代诗人》《历山诗刊》《诗坛》《老干部之家》《牡丹文学》《快乐老人报》等专业诗刊及报纸杂志。《填词与养气》《把诗词做成多味奶酪》《谈诗说眼》《谈骨说肉》《谈诗说澜》《谈诗说小》《谈诗说线》《谈词说豆》《莫让诗词成为早产儿》《让笔走进情感的深处》《诗词与梦》《化无为有韵味浓》《谈诗说象》《点点染染写好诗》《诗词中的画与话》等诗论文章，不用读，只看诗论文章的题目，我们就可以看出他的诗论文章是多么接地气、多么有趣味、多么有用处。除此之外，薄慕周还先后在屈原杯、二安杯、华夏情、莲花颂等诗词大赛中获金奖、银奖，2015、2016 年又荣获"羲之杯"全国诗词大赛一等奖，2017 年荣获山东省诗词大赛一等奖、菏泽市诗词大赛一等奖。

薄慕周目前是中华诗词学会、山东省诗词学会会员，世界华人诗词艺术家协会名誉主席，中国诗词家协会名誉会长，中国沿黄诗联学会副会长，中华诗词创作研究会理事，中华诗词论坛新韵部落版主，东方诗词论坛天山风雅常务版主，香港诗词论坛东方诗风副首版，菏泽市诗词学会常务理事，东明县诗词学会副会长兼秘书长，《奔流诗苑》《曹州诗词》《东明文艺》编辑，《南华诗韵》副总编，《金秋诗刊》执行主编。参与编写出版《当代诗词三百首鉴赏》《中国古今名人百家诗词通鉴》《鲁西南少儿游戏》《古韵新声曹州行》《东明县古今诗词集成》等书籍。诗词被收入《百年诗词精选》《中国当代诗词精品库》等典籍。

开始我把写薄慕周文章的题目定为《把人物请进诗词来》，

与他沟通后，他认为还是《把人物请进令词来》要更好些，因为令词（也叫小令或令曲）是长短句散曲中的短调，令词比诗词要更能说明小令是词曲的一种，而用诗词来言，相应没有诗词曲的效果了。于是，我把题目定格为《把人物请进令词来》。

（齐鲁晚报·齐鲁壹点·青未了·菏泽创作基地 2021-09-07）

袁长海：跟随庄子采真游

　　与袁长海相识是在 2008 年，那时我在大众网负责东明频道，由于网站报道的方向做了重大调整，工业方面突出石化产业、农业方面突出西瓜之乡、人物则突出庄子文化。为了做好人物报道，我开始深入了解有关庄子的故事，于是我认识了袁长海。

　　当时，我认为东明县在庄子文化研究方面，王守义先生侧重史料、史迹的发现挖掘，李福禄先生侧重庄学理论的研究，袁长海先生侧重有关文学方面的著述，我则重点在新闻报道上下功夫。就这样，我与他们几个"庄学大师"交往颇深，写出了很多有深度的文章，甚至还与王守义先生成了忘年交，给他编辑出版了《南华真人在南华探寻之路》《庄子故里考》两本书。但没有真正地给袁长海写过一篇像样的文章，因此内疚多年，现在终于有时间来写写他了。

　　目前，袁长海在菏泽市工作，每到周末才有时间回东明，于是，我们约好了周六见面。在南华社区的南华广场的廊亭下，我们开始了这场采访。

跟随庄子采真游

袁长海原是县棉麻系统的一名职工。他没有啥大的背景，只有一股勤奋劲，这么多年以来，就是这股勤奋劲，把他推到了一个又一个庄子文学创作的高度上。

袁长海对庄子的喜爱始于中学时期。在学习庄子的《逍遥游》时，被其中描写的大鹏"扶摇直上九万里"的气势所震撼，觉得庄子散文的想象力丰富，语言辞藻设置绝妙，构筑奇巧，汪洋恣肆，堪称"百家之冠"。于是，他喜欢上了庄子，开始阅读《庄子》，留心有关庄子的文章，想进一步地了解庄子。

1995 年 11 月，全国庄子故里及生平思想座谈会第一次在东明县召开，袁长海因此了解了庄子与东明的历史渊源，原来庄子离自己这么近，与庄子生活密切相关的漆园、濮水、南华山等都在东明境内，这一切原来与自己这么有缘分。2007 年 7 月，第二次全国庄子研讨会再次在东明召开，袁长海有幸接触到几位庄子研究专家和大量庄学研究资料，更是增加了他对庄子文化学习与研究的兴趣。庄子故里在东明的事实，已被许多庄子研究专家和学者认可，这让他颇为震惊和激动，他认为，大贤庄子是自己的东明老乡，自己也就自然可以与庄子握手交谈了。

庄子（约前 369 年—前 286 年），名周，字子休，是战国中期伟大的思想家、哲学家、文学家。庄子漆园为吏、濮水垂钓、南华隐居著述授徒、货粟于监河（黄河）侯、仙逝葬身和子孙繁衍等，都发生在今东明县及其周边地区。这些在古籍文献、地方史志中都有明确记载，境内遗迹、遗存颇多，遗风、遗俗犹存。为了有助于庄子文化的学习与研究，袁长海决心将部分有关庄子的资料汇集成册，献给读者，供研究参考，还原一个真实的庄子。

袁长海在学习中发现，国内有关庄子学术研究的书籍很多，但关于庄子方面的纯文学作品，诸如小说、人物传记之类的书籍很少，几乎是一个空白。为了填补这项空白，袁长海决定自己去尝试一下，写一部关于庄子的长篇小说或人物传记。萌生了这种想法以后，他开始收集各种资料，认真研读《庄子》原著，学习了萧若然编写的《"南华真人"在南华——"庄子故里在东明"故实与研讨》一书，以及历代关于这方面的文献资料。在历史的长河中，司马迁的《史记·老子韩非列传》中的《庄子本传》只有234个字，但在《庄子》原著中，有二十多个庄子故事，东明县也流传着几十个庄子的传说故事，于是他以《庄子》原著为底本，参考庄子时代的有关历史事件、史料和庄子传说故事，从2008年初着手下笔，前前后后历时一年，每天晚上他几乎没有在12点前睡过觉。那时写稿子，不像现在有电脑，都是手写，要一个字一个字地撰写，极其费力。一稿出来有60万字，光底稿纸就有40多本，一尺多厚的高度。从2009年初开始整理，前后整理了不知道多少遍，最后定稿在40多万字，光油笔芯就用掉了几百支。书稿出来后，通过打字社把样稿打印出来，再进行校对修改，再打印，再修改，反反复复，那种艰辛，是常人无法理解的。有时为了一句话，为了一个字，甚至是一个标点符号的修改，他都会常常半夜爬起来拿笔记下来，妻子程雪芝说他是又发神经了，他说不立即记下来怕再也想不出来了。为了写作，袁长海真可谓是绞尽脑汁、费尽心血。妻子在袁长海刚开始写作时，不是很理解，总认为写作不能顶吃顶喝，既费时间又费精力，还往上面贴钱，得不偿失。后来，袁长海写得时间长了、久了，她也就慢慢习惯了，开始默默支持他的工作了，只是心疼他熬夜的时间太长、休息的时间太短。

初步定稿后，袁长海经过反复思考，把书命名为《非常道》。《非常道》的书稿是写出来了，但下一步该怎么办，他不知道，有时候一个人坐在那里对着书稿发呆，有时也去翻翻书稿做些修改。一个偶然的机会，他结识了县广电局的刘凤田先生，刘先生看了书稿后惊叹不已，大加赞赏，并建议他找有关专家学者给把把关、拿拿主意。于是他先后拜访了东明县文史界知名人士王守义、刘青峰、李福禄、王岳汉、萧若然等几位老师，请他们审阅书稿，提出修改意见。老师们都对袁长海的书稿给予了充分肯定，也提出了不少修改建议，特别是李福禄先生，在百忙之中，通览了全稿，并逐字逐句进行修改，还亲自动手改写了部分章节。根据几位老师的修改意见，在李福禄先生的指导下，袁长海经过近半年时间的反复修改，30 多万字的《非常道》一书定稿完成，并在李福禄先生的建议下把书名更改为《跟随庄子采真游》。后来，经过李福禄先生的推荐，该书纳入了由菏泽市诗词学会主编的《曹州文韵丛书》出版计划，山东省作协副主席、著名作家王光明先生亲自为该书作序，我国著名历史学家安作璋先生题写了书名。2010 年 10 月，《跟随庄子采真游》一书由中国文联出版社出版发行，此书依据历史文献和古今学者对庄子其人其事其书的研究成果，以文学的笔法描写了庄子的生平事迹，客观地展现了庄子的思想、才华和品格，再现了群雄争霸、百家争鸣的战国时期风貌，反映了庄子长期生活在菏泽、东明一带的历史真相。

《跟随庄子采真游》的出版，对袁长海是一种莫大鼓励和鞭策，给他更好地从事庄子文化方面的学习与研究带来了极大方便。袁长海对东明县庄子文化事业所作出的努力和贡献，得到了菏泽市原纪委书记温新月、东明县原政协主席程宪芳、时任东明县人大常委会主任庄副阁、县委宣传部部长李海滨等领导的充分肯定，从那以后，他对庄子文化工作投入更加专注了。2011 年初，经程宪芳先生举荐，袁长海加入了东明县庄子文化研究会，并担任了常务理事一职，在这里，他得以与程宪芳、王守义、寻玉兰等专家学者一起工作和学习，并共同筹备了第三届"全国弘扬庄子文化座谈会"。在南华庄子观、南华公园等城市建设上，他负责文字方面的工作，并以庄学研究者的身份参加了 2011 年 9 月在东明召开的第三届"全国弘扬庄子文化座谈会"，与华东师范大学方勇教授、曲阜师范大学崔茂新教授、菏泽市委党校萧若然教授等国内知名庄学研究专家、学者交流与学习，接触到更多更全面的关于庄子的资料，眼界更开阔了。同时发现自己原来的作品内容仍不够全面，想再去为庄子写一部学术性强的人物传记。

南华真人传

2012 年 10 月，《菏泽文化》创刊号上刊登了袁长海撰写的《文哲大师庄周》一文，影响极大。接着，袁长海开始了《南华真人传》一书的创作。

《南华真人传》以《跟随庄子采真游》为基础，参考了国内外特别是东明县庄子文化研究的最新成果。袁长海在睡觉时、在饭桌上，都会随时下手去写。写作是个苦差事，对字词的造句，都要时刻记在心上。

从 2012 年底开始，经过反复加工整理，历时近两年时间，补充调整，修改完善，终于完成了书稿。在《南华真人传》的撰写过程中，袁长海得到了菏泽市委党校萧若然教授的大力支持和帮助。萧教授是国内著名庄学研究专家，出版发表过多部（篇）庄学研究论著（文），他为袁长海提供了大量的庄学研究资料，不厌其烦地反复审阅书稿，提修改建议，并为该书作了题为《还原一个真实的庄子》的序言，令袁长海为之感动。2013 年 10 月，20 多万字的长篇历史人物传记《南华真人传》一书纳入了《中国风文丛（第 9 辑）》的出版计划，并由线装书局出版发行。全书特色十分鲜明，既有科学的严肃性，又有很强的学术性，是一部集知识性、可读性和普及性于一身的优秀读物。袁长海在书中写庄不离《庄子》，展现真实的庄子；述庄不离史，表现动态的庄子；描庄不离家，勾勒菏泽的庄子。众所周知，《庄子》成书年代距今较远，文字艰涩难懂，可谓中国传统哲学典籍中最难读的一部书。在这部传记文学中，袁长海为帮助读者读懂《庄子》做了很大努力，例如写到《庄子》寓言故事时，一般采取直译的办法，尽量忠于原著，不掺杂自己的理解。这可能是个优点，但若从另一个角度看，又产生了一个语言不够通俗、风格不够统一的问题，显然还有打磨加工的空间。对于文学来说，只要符合历史事实和人物思想的发展逻辑，作者就可以合理想象，对故事进行虚构，即所谓艺术的真实性。但袁长海为了求真求实，在书中偏重人物历史的真实性描写，使文章文学韵味清淡，有骨感而少血肉。对于这方面的不足，袁长海本人也是深有感触。

《南华真人传》是一本关于庄子的人物传记，十分注重资料的真实性和严谨性。袁长海为此遍访庄子文化遗迹，先后到古濮水、漆园、南华、古蒙遗址等地考察，并多次到庄子的朋友惠施的墓葬之地——滑县卫南坡考察，从中掌握了不少有关庄子与惠施的传说故事，这个非常重要，因为惠施是庄子的挚友，也是其强有力的论辩对手，庄子与惠施的交往活动轨迹是该书主线之一。他多次到菜园集镇庄寨村走访庄子后裔，认真研读了《东明庄氏谱序》，了解庄子鲜为人知的点点滴滴；他反复研读《庄子》，考校典籍，搜罗志书，辨认碑刻，收集传说，多次请教有关治庄专家学者，历时两年，数易其稿。《南华真人传》以庄周原著《庄子》为基础，以《跟随庄子采真游》为底本，参考《史记》《庄子集释》《庄子全译》《东明县志》《南华真人在南华》等典籍资料，客观深刻地反映了庄子从青年学道，到终老南华一生的主要活动，反映了庄子思想的形成过程，重点反映了庄子长期生活在漆园、濮水、南华山一带的历史真相。通过庄子娶妻、拒楚聘相、漆园为吏、隐居濮水、斥骂曹商、濠梁之辩、南华授徒等生动鲜活的故事，把庄子还原成一个有情有义、放任逍遥、追求自由的普通人，从而了解庄子的道法自然、无为而治的思想渊源。全书内容丰富，历史性强，描写生动，具有很强的可读性。山东师范大学齐鲁文化研究院博士生导师程奇立教授评价《南华真人传》时说："大作是一部集知识性、可读性、普及性于一体的优秀读物，对于介绍、研究庄子及其思想很有价值，既有功于庄子，也有功于庄子研究。"

袁长海为创作《南华真人传》，花费了不少心力。庄周的家到底在哪里，在隋唐时期就已经开始有了争论，至今学界仍然没有一个完全统一的意见。但全国性的庄子研讨会已经在东明县召开过三次，多数专家认为庄周故里及其主要活动区域在菏泽、在东明、在曹县。袁长海把庄周的青少年时期的生活设计在蒙泽附近，蒙泽在春秋时属宋地，在今曹县东南。汉时在此设置蒙县，隋唐时设置蒙泽县，这与司马迁《史记》中"庄子者，蒙人也"

的记载是一致的。根据《庄子·至乐》中"庄子妻死，惠子吊之"的故事得知，庄周有妻。他把庄周之妻的家乡设计在曹邑，并姓曹，与宋大夫曹商同宗，因为东明一带有曹商是庄周年少时同窗的传说。曹邑是周初武王之弟振铎的封地，在今菏泽、定陶一带。也因此，他把《诗经》中的《曹风》等篇引入书中，增强了人物的地域性。根据《庄子》中"穷巷织履""濮水钓鱼"的记载，吸收了东明县关于庄周的民间传说，例如庄周所织之履，就是东明民间的"草呱嗒"，它是用芦苇之花苇毛缨制成的，生活困难时期鲁西南农村穿着很普遍；招待贵客的大菜"濮水煮白鱼"和钓鱼用的"倒刺钩"均为庄周所创，而且一直沿用至今。《庄子》又称《南华经》，庄周又称为"南华真人"，这个"南华"来源于庄周授徒、著述、隐逸的南华山，南华山遗址就在今东明县的菜园集镇至牡丹区的李村镇一带，菜园集镇的庄寨村有庄子观、庄子墓。看得出，袁长海力避凭空臆造，所著内容均有其源，且广泛吸收了近几年学界对庄子研究的一些最新成果。

这些年来，袁长海在庄子文化的写作道路上投入了很多的人力、物力、财力，但他从不在经济上计较什么，他自己真正喜爱庄子，心甘情愿地去研究、去学习、去探寻庄子。他认为，庄子站得高、看得远，思想博大精深，境界非同凡响；《庄子》中蕴藏的哲理智慧，开掘不尽，时刻闪耀着夺目的光芒；庄子那顺其自然、无为而治，天人合一、和谐发展，淡泊名利、逍遥而游的思想，仍具有很强的生命力和很高的当代价值，将永远陪伴和影响着我们的生活和社会的发展。

袁长海目前是菏泽市作家协会、菏泽市诗词学会、菏泽市中华文化促进会会员，东明县诗词学会理事、东明县庄子文化研究会常务理事。近年来致力于庄子文化和地方史志的学习与研究，参与编撰出版的书籍有《庄子在东明》《庄子故事选编》《崛起之路——东明县工业改革发展 40 年》《东明县旧志集成（点校本）》等。2020 年 7 月，袁长海参加东明县直机关庆祝建党 99 周年主题征文活动，创作的《东明现代英雄赞》获一等奖；2021 年 3 月，参加"东明风"有奖征文比赛，创作的《东明赋》获一等奖；2020 年以来，一直从事县博物馆文史志愿者工作，完成了《东明县革命斗争史简要读本》一书和一些文史资料的编写整理工作，2021 年 5 月被东明县文化和旅游局授予"东明县博物馆优秀志愿者"称号。目前，在庄子文化研究方面，已完成了《〈庄子〉成语百咏》《词解〈庄子〉奥义二十章》的编写；正参加由菏泽市中华文化促进会主编的《菏泽历史文化丛书》的编写工作，并与萧若然教授共同承担其中《道家始祖庄周》一书的编撰任务，全书约 40 多万字，计划 2021 年底完成。

袁长海，在庄子思想和理论的精髓里不断挖掘，朝着庄子文化的深远方向上前行，我衷心地祝愿他在庄学的研学道路上越来越好，越走越快，为庄子文化事业做出更大的贡献。

（齐鲁晚报·齐鲁壹点·青未了·菏泽创作基地 2021-09-14）

穆绪刚：老渔公

初识穆绪刚是我在县政协工作的时候，那时，他已经从县政协副主席的位置上内退下来了，我们偶尔见面，相互点点头，像谁也不认识谁似的。但后来在一起相处的时间久了，也就慢慢熟悉了。

穆绪刚称自己是"老渔公"。刚开始，我还以为他是自嘲，后来一了解，才发现不是那么回事。他毕业于水利水电大学水利专业，先到水利学校任教，后到县水利局任总工程师，在从政的20余年中，曾任副县长，分管过水利，也曾任县政协副主席，又联系农口，多数是与水利打交道。退休后，又专攻绘画的国画花鸟科，尤善画鱼虾、墨虾，深得白石老人遗风，其作品形神兼备、栩栩如生、情趣盎然、清新优雅，他一生与水、与鱼密不可分，真不愧为"老渔公"。

中秋节后的一天，我在他的画室里，品着茶，和他慢慢聊起他的"渔公"经历、他的"渔公"生活、他的"渔公"故事。

治黄方略

今年64岁的穆绪刚，号木清，斋号闲堂。之前是本村小学的民办教师，后来考入了华北水利水电学院水利系，1983年毕业分配到山东水利学校任教，1986 年调回原籍东明县水利局从事技术工作，先后任设计室副主任、主任、局总工程师，兼县水利学会理事长，1997 年 12 月任东明县人民政府副县长，2007 年 12 月转任东明县政协副主席，2010 年 12 月兼任县工商联主席。

在从事水利技术工作期间，穆绪刚先后两次被山东省水利厅授予"技术改进积极分子"荣誉称号，被市、县评为"先进工作者"，授予"专业技术拔尖人才"荣誉称号。他组织规划设计了高村引黄灌区，参与了谢寨、闫潭引黄灌区的扩大设计，组织设计了闫潭新防沙闸，及干渠引水闸、桥梁十余座，另外开创性地设计了装配式渡槽，组织和参与了多项大型水利工程勘测施工项目。在组织谢寨灌区引黄防沙闸施工时，他把原设计在岸墙的三角形实体扶臂变更为预制装配扶臂式，大大降低了施工难度；同时，变更胸墙，革新闸门板双重止水、铺盖防渗、护坡结构、避雷设施、启闭设备防护等技术，既减少了工程量，增加了美观，又缩短两个多月的工期。他独创的"混凝隐蔽桩断桩'蘑菇'法处理技术"，结束了打"子母桩"和打"抬桩"的历史，先后完成"隐蔽桩钢筋骨架定位和浇注面控制"、闸板钢止水、闸板自动后推技术、平原水闸下游消能工简捷设计及计算方法等 10 多项技术创新。

在任副县长期间，穆绪刚改进了引黄灌溉干渠固孔续灌模式，有效遏制了大漫灌，开辟了县水利土方工程机械化施工的先河。1998 年 7 月黄河漫滩后，他开创"疏导机虹"排水模式；1999 年 4 月在强行平破滩区黄河生产堤时，他向国家防总督察组明确提出"汛前造峰拉沙，疏通河床，小水保生产，大水保安全"的治黄方略，被防总采纳，从而结束了汛前平破生产堤的历史，加固了生产堤，使其成为黄河防洪的第一道防线，有效地确保了安全度汛和滩区群众的财产安全。他撰写的《开发黄河泥沙资源，促进地方经济发展》《变废为宝，科学利用黄河泥沙》《用工程措施开发泥沙资源》《重视价格工作，推动经济发展》先后在《人民日报》《团结》《大众日报》（内参）《山东价格》上发表。

1990年3月，新扩建的谢寨引黄闸防沙闸工程，是穆绪刚记忆犹新的事。"4月8日，已经钻好了第10根基桩的孔，但由于搬运钢筋笼子的工人换上了一部分新人，抬起后步调混乱，造成笼子弯曲变形，我当即下令更换笼子。但到凌晨一点半仍不能就位。第二天早饭后工人们继续进行基桩笼子入孔，但还是不能就位。我去现场找问题在哪，当走到孔口前，用测绳绑上线坠，沿着孔边沿一点点地放绳，经过半个多小时的上下测试，终于发现了桩孔呈现螺母状，原因是钻头进深太快引起的，当时打桩队的技术人员不相信，立即将桩孔里的水抽出去。这才真相大白，就是螺母状造成的。"由于他观察细致，思考严谨，现场解决的施工难题不计其数。

他聊了很多，我听得也很仔细，穆绪刚停顿了一下，喝了一口茶，接着说道："9月23日，新防沙闸全部竣工，实现了工期短、质量好、外观美、标准高的要求，被省水利厅评为'省级优质施工工程'，这是全县第一个省优水工建筑物，跌水齿板式自相消能工、隐蔽桩钢筋骨架导向锁控制荣获'山东省水利厅技术进步'一等奖，变更设计后的谢寨引黄灌区防沙闸又被评为'省级优秀设计'，也是地区水利勘测设计院升级后三年来唯一的一项优秀设计。"这些成绩来之不易，凭借的不仅仅是穆绪刚的钻进和韧劲，更重要的是他倾注了一切可以利用的时间，不管节假日还是酷暑严寒，哪怕是风雨交加、迷雾雪夜，都阻挡不了他在办公室加班到深夜。

在 2006 年第 7 期《中国水利》上发表的《充分利用黄河泥沙资源的建议》一文中，穆绪刚建议在黄河大堤临水和背水面的低洼处，分别布设沉沙淤临和沉沙条渠工程，较高水位时，启用越堤闸前临河沉沙淤临工程，通过逐年沉沙抬高堤根地面；引水灌溉期间，启用布设在越堤闸后的沉沙条渠工程，集中处理引黄泥沙。沉积的泥沙既可固堤，又可作为专用土场，还能把较长的河渠清淤战线缩小在几公里之内，使运行管理便捷，从而降低成本，提高效率，确保引黄输水工程正常运行。穆绪刚说："黄河治堤的根本是控制河床游荡，加强大堤的抗洪能力，如果在黄河大堤的临水面利用河中泥沙，淤宽一百到二百米（顶部低于大堤顶 1.5 米）的护堤安全带，上面有计划地种植果树和观赏林木，边坡种植灌木草皮固坡，带前设置百米宽防浪林，即可减缓行洪时的流速，加速林带中落淤，避免溜堤行洪，确保大堤安全。"正是因为他对治黄研究的独特见解，他结识了山东省政协原副主席、著名治黄专家李殿魁老先生，时常一起探讨黄河下游河道的治理理念和方法，因为两人都热衷于治黄事业的研究，李殿魁主席在一些公开场合给他人介绍时说："我和绪刚是文友，是治黄研究把我们连在一起的。"

大河新辉

2013 年 9 月 30 日，东明县美术家协会成立并召开第一届会员代表大会，穆绪刚作为主要创会人之一，当选为第一届主席。2018 年 11 月，在东明县美术县协会第一届五次常务理事会上被聘为名誉主席。

为开展好新时代文明实践活动，为基层送去新春祝福，2019年1月29日，县委宣传部、县文联组织县美术家协会十余名国家、省、市级会员，在县美术家协会名誉主席穆绪刚、主席李亚平的带领下，自带笔墨纸砚，冒着严寒，来到方明药业等企业送祝福。

2019年5月11日，东明县美术家协会名誉主席穆绪刚等10位知名美术家齐现聚福楼，各显其能，创作出不同风格的美术作品，美术家们现场挥毫泼墨，丰富了文化新生活，讴歌了时代新风采。

2019年5月26日，菏泽市首届教育龙门节正在如火如荼地进行，来自县美术界的十几位知名艺术家济济一堂，群英荟萃，现场笔墨横姿、落笔如风，穆绪刚在致辞中说，参加这次笔会的艺术家们长期耕耘在艺术创作的第一线，创作出很多优秀作品，在艺术界得到了很高的赞誉，是东明传统文化的继承者和发扬者。

用画笔勾勒黄河滩区变迁图，用脚步丈量美丽乡村振兴路。2020年9月11日，为期10天的"助力乡村振兴，决胜脱贫攻坚"山东省美术家协会"黄河滩区"写生采风活动在东明县高村险工处拉开序幕。写生团队围绕东明县黄河流域生态风光、滩区村台迁建、美丽乡村建设三大板块，深入菜园集镇高村、沙窝镇尚庄村、沙窝镇徐炉村、沙窝镇西堡城村、武桥桥镇玉皇新村等地进行重点写生采风，艺术家们用不同的艺术语言描绘"黄河滩区"的时代风光和东明县人民的生活新貌，既是以艺术的形式为乡村建设添彩，也是对乡村振兴的美好阐释，更是对奋力脱贫攻坚成果的真实写照。参加活动的艺术家有30余位，穆绪刚创作的《河水漫滩之后的老屋》《滩区老宅》获得了好评。

穆绪刚在黄河写生创作的作品中国画《大河新辉》，展现出九曲黄河一路欢歌进入东明大地，两座黄河铁路大桥犹如巨龙横卧东西，公路大桥联接鲁豫。黄河控导工程约束了游荡的河床，高村险工为防汛筑起铁壁铜墙。黄河两岸，绿树成荫，金色的时节丰收在望，到处可见的无公害菜地，红红的辣椒硕果累累，颗粒饱满的大豆高粱一望无际，美不胜收。老房台旧屋子和村台新房子形成鲜明对比，村民安居乐业，从一张张朴实的笑脸上可以看到，滩区人民深深体会党的关怀、政策的优越。穆绪刚说："通过写生采风活动，进一步提高了我们对艺术来源于生活、服务于社会的认识。同时也深深感受到，对家乡这块热土的眷恋之情。"

此外，穆绪刚还是一名"诗词家"，他是山东省诗词学会会员、菏泽市诗词协会理事，创作的诗词作品《造峰拉沙，开辟治黄新纪元》等在《联合日报》发表。

我最知鱼

穆绪刚从小就爱画画，其堂兄是 20 世纪 60 年代初下放的小学教师，喜爱画画。穆绪刚没有经过专业的学习，每当堂兄空闲时，穆绪刚就爱去找堂兄画两笔，慢慢地也就成了形。中学时，开始模仿画连环画、挂画等上面的人物、花鸟鱼虫等，渐渐地也就画得有了模样。参加工作后，由于事务繁忙，画得就很少了，到政协工作了以后，时间相对比较宽裕，他就又捡起了画笔，开始自学美术理论基础。在画风上，穆绪刚讲求艺术创作技巧，敢于在前人和他人的基础上迈出自己的步伐，大胆创新，努力形成独特个性风格。

他在艺术思想上有独到见解，很注重对艺术美的追求，即艺术内容美和艺术形式美的完美统一。穆绪刚专攻画鱼虾，并且养鱼虾以观之，潜心钻研鱼虾类画法已经有十余年了，因此他画的鱼虾姿态千变万化，形神各异，有的是鲤跃龙门，有的是莲下嬉戏，他多种手法巧妙运用，风格独特。他的鱼虾充满了浓厚的乡土气息，富有天真烂漫的童心，更拥有"鱼"味的诗意。

穆绪刚说："虾是一种生活在水中的节肢动物，属节肢动物甲壳类，种类繁多，包括南极红虾、青虾、河虾、草虾、对虾、沼湖虾、龙虾等。如果说，同样一个"虾在水里游"的命题，让西方人来画该怎么表现？西方的油画大师可能会画在波光粼粼的水面下游来一群虾。我相信这也是非常生动的，非常写实的。但在中国画里，齐白石先生画的虾，画面里有水么？根本没有画水。但是人们会怀疑这群虾没在水里游吗？不会，这关键在哪呢？"他告诉我说："您看这细节，白石先生其实是画了水的，就在虾的须子上面。虾的须子是动态的，虾在游动的时候，遇到水的阻力以后形成了这种弧度，而水就体现在这里。"我听了，观察后，顿时醒悟过来。

穆绪刚在作品中燃烧着炽热的情感，让作品以感情说话。读他的画作，可以体会到生活的丰富多彩，感受到大自然的质朴亲切，以及事物的韵律意境和生命活力。他说："绘画与做学问一样，贵在脚踏实地，没有窍门和捷径，只有踏实苦练，加上感悟和思考，勤奋才能结出硕果，我的创作实践正是注脚。"在穆绪刚的笔下，游鱼若天马行空，无所依托，但却悠闲自在，生机盎然，再加上荷花或其他植物等的衬托，画面灵动，寓意吉祥。

在现当代国画界的画鱼虾大师中，穆绪刚最喜爱齐白石的作品。他给我讲了一个故事，毕加索看到齐白石的画作时说："中国画真神奇，齐先生画水中的鱼儿，没有一点色、一根线去画水，却使人看到了江河，嗅到了水的清香。"齐白石在九十岁时，曾以篆书为自己写下一联"仁者长寿，君子让人"。齐白石大师虽然是木匠出身，但因艺高而不朽，因品高而长寿，正可为君子的典范。穆绪刚说："比如齐白石的作品《我最知鱼》，画着小鱼围逐钓饵，是齐白石少时作惯之事，故能'知鱼'。他自己补题四字'我最知鱼'，并题款曰：'予少时作惯之事，故能知鱼。'其实，《我最知鱼》一图，正说明他对鱼的熟悉、热爱，知之深，爱之切，八旬老翁对儿时记忆的缅怀，意味深长，感人至深。"

穆绪刚的写意花鸟《鱼水情》洋溢着清新的生活气息和盎然的生命活力，作品中几条鱼造型精致可爱，身形的色彩过渡逼真自然，寥寥数笔，灵动的鱼儿栩栩如生，充分展现了动与静的结合，在动与静中透出飘逸。右侧莲花相衬，层次丰富，开合有度，体现了国画作品中的"入理、入简、入神"的妙境。此作既呈现出花鸟世界恬静、祥和的生态之美，又融入了"鸿运当头""金玉满堂"的美好寓意。

穆绪刚的画作在《联合日报》《菏泽日报》等报刊上发表，《龙腾盛世》2012 年获菏泽市庆祝十八大召开书画展二等奖，多次参加省内外展览，作品被东南亚及海内外人士收藏。穆绪刚自己刻了一方"半作渔公"印章，我问他何意，他自我调侃道："年轻的时候从事水利工作，中年时从政，又与水利黄河打交道，与水有缘，画画是半路出家，喜欢画鱼虾，不就是'养鱼'的渔公么？"

穆绪刚在书画上落款盖印最喜欢用"黄河渔公"这方印，自喻"老渔公"，我看他恰似"老渔翁"。借用清代郑板桥写的《道情》："老渔翁，一钓竿。靠山崖，傍水湾。扁舟来往无牵绊，沙鸥点点轻波远。"这不正是穆绪刚的人品的真实写照吗？

（齐鲁晚报·齐鲁壹点·青未了·菏泽创作基地 2021-10-08）

李亚平：寻找黄河岸边的美术符号

人各有志，凡是潜心于艺术的人，似乎都有一种"自言其中有至乐，适意无异逍遥游"的境界。李亚平在绘画中找到了自己的"至乐"，尤其是油画和水彩画，使他围八极于寸眸，集万物于一纸，他将大自然赋予的灵感凝神于笔下的一山一水、一草一木，这种心灵与自然相互融合的过程，流露在笔端的不仅仅是线条的律动和笔墨的变化，而是大自然对于心灵的折射和映照，更是一首首讴歌天地自然的奏鸣曲。

一次偶然的机缘，我认识了李亚平。席间，一位友人说他是东明县美术家协会主席，是一个很有故事的人，让写写他。李亚平听后，连连挥手，"不用写我，我还不值得去写。"观李亚平的相貌，恰似一位学究，但他又不是；他相貌平平，长着一张国字面，白白净净的，很有艺术范儿；在待人与处事的方式上，他显得为人谦和厚道，说话时语气缓慢而又很有逻辑性、是一个很好相处的人。

接触久了，我俩每天没事时都会在微信上聊上两句。慢慢地，我进入了记者角色，我会问一些问题。一天，他好像突然发现什么似的，说他上了我的当了。我闻言哈哈大笑起来，他也笑了起来。"你做事的态度和劲头感染了我，我虽然经历了一些事情也接触过一些人，但那只是我个人的经历而已，不会随时搬出来，它是我享受孤独时的食粮，但是有人愿意听的话就不同了，我愿意展开交友性质的客观地描述过往的人和事。"李亚平说。

于是，我们在一间漆园茶社里，开始了这场寻找黄河岸边美术符号的访谈。

世纪飓风：北漂的日子

李亚平从小喜欢读书、练字，酷爱绘画。

早早的，李亚平就去部队了，在部队的大舞台上，他开始在属于自己的空间里施展才华，有了属于自己的舞台。那是1983年，当时他还不满19周岁，在部队军营里抄写东西、出板报、写会标、写制度。在没有电脑的情况下，他跟军部里的参谋、干事们学着写仿宋体，他假装以出书的样子写着一本本当作"总结"的本子，他不是书法家，却总能写出很漂亮的字。

业余时间，他去大同市第二十三小学当校外辅导员，给孩子们讲战斗英雄模范的故事，带领同学们参观大同市公园。"当时自己还是个孩子，在课堂上讲故事时总是会紧张，有点尴尬，但老师没有笑话我。"李亚平讲到这里，放慢了语速，深思着，像在回味过去、回味那段历史。

在部队的那段岁月，他每月都会在7元的津贴中拿出一些去购买书法、绘画书籍，利用周末的时间去大同市美术补习班学习，午饭就吃早餐剩下的馒头夹咸菜，虽然生活很窘迫，但他特别珍惜这样的学习机会，李亚平说："以现在的条件要是知道自己的孩子过那样的生活，也许我们做父母的是会落泪的。但在当时，我却非常兴奋，几乎是带着幸福感去学习的。"

李亚平自以为画得有些样子了，1991年自费去了央美进修。在第一堂课上，全国著名的油画家葛鹏仁先生说："我现在有时感觉自己不会画画了，但刚画画或稍有一点点成绩就飘起来落不下来时，那就是高傲自大了。"听了这番话，李亚平就在想，自己的成绩还算成绩吗？不算。那自己这么多年的奋斗不都算付之东流了吗？可是若你真把常识当学问后，便要时刻对其充满希望。想到这里，李亚平茅塞顿开，悟出了其中的道理，他开始拼命地去汲取艺术的营养，让进修生活充实而又快乐。

早期李亚平多画水彩，当过兵的他喜欢用画记录自己的岁月变迁，从1977年至1988年，田间地头、街道、黄河、村庄、大堤、静物、风景、人物，皆入画中。冬天在河边画雪景，落在纸面上的雪花使画作产生了特殊效果，这个意外之喜，使他如醉如痴。在中央美院进修油画期间，他参与组织了一些学术会议和活动，这使他开阔了眼界。"为了生存，我也为人做过雕塑，当然也是源于一次偶然机会，由董超老师介绍认识了我国著名雕塑艺术家包泡老师，跟包老师做雕塑后又认识了钱绍武先生和侯一民先生，他们是国内顶尖学术大师，参与过天安门广场人民英雄纪念碑人物群雕的建设，侯一民先生是蒙古族著名画家，曾参与人民币第三套、第四套的设计和绘画。第一次跟随包老师做的大型雕塑是美国佛罗里达州定制的千手观音，最后材料为铸铜。"李亚平说。

1993年，李亚平成为了中国工艺美术家协会雕塑专业委员会会员，他感慨地说："那个时候就根本没有想过加入什么协会，一门心思就是抬头看大师，低头画自己的画，从未感觉苦和难，现在想来一定是带有神圣、理想和信仰的力量，但一个人的理想和信念会受环境和社会因素影响，人生观、世界观、价值观不会在根本上改变，就像一块石头即使经千百年的流水后冲刷变圆了，但它骨子里还是硬的。"

1994 年由于在北京著名雕塑家包泡老师身边学习，名不见经传的他还被写入了国家有关书刊资料，"自知底子薄，心里发虚啊，那些人都是国内外著名学者专家，但这是我的经历……"李亚平谦虚地说。

1996 年，李亚平去北京跟随包泡、钱绍武老师到北京怀柔八道河乡山区筹建国家森林公园。住在老师买下的原汁原味老房子里，他每天协助老师们看地形、画图纸、接待国内外各方人士，虽然大部分人他都不认得，但有些画家、雕塑家他还是知道的，这段经历让李亚平结识了很多各行各业最优秀的人。"以至于回家后，当身边人说县里某某的画是全国第一时，我脑子的评价坐标就乱了，不知道说什么最为贴切和客观，不知道朋友的底气那么足是从何而来。因此我建议家乡本土画家、美术工作者多了解一些美术史和国内外艺术现状，再结合自己的现况，这样做事情的时候好有个参照。"李亚平说。

1999 年，李亚平独立设计完成了《世纪飓风》，矗立在德州市高科技农业生态园。

对一个艺术家来说，能以自我真挚的感受为铺垫去做人、做事、做作品，并伴有崇高和尊严是毕生的追求。享受绘画是一种生活状态，本质上是让生命更自在充实。李亚平要求自己虽难与贤比肩，却要活在贴近自然和心性之中。踏实做事，尊重同行，不妄言，不怨恨，他说："坚持自己是一种得到，同时也意味着要放弃许多，如何平衡现实与艺术理想是我不断要攻克的难题。"

"支起画架，人在红尘，心在画中。"李亚平常爱这样说，也爱这样做。

做塑型师：新版《西游记》

　　读书是件快乐的事，57 岁的李亚平小时候看画展的机会很少，好在书籍为他打开了艺术之门。每有好书，他都如获至宝，仔细地看，慢慢地体悟、揣摩，爱不释手。有时候一连好几天都不出门，有时候伏案到深夜，他所有的时间在看书、练字、画画中悄悄流过……

　　在绘画的探索过程中，李亚平始终保持理智和清醒。对于传统的经典作品画，他既师从古人之心，又师从古人之迹，先是心悦诚服地学习历代绘画大家的画作，采取"拿来主义"的方法为己所用，而后将其所学慢慢地消化在自己的绘画实践中，绝非泥古不化或保守封闭。在经历了一番"消解"之后，李亚平又向今人学习，虚心研究当代画家的现代画构成，这种"厚古人不薄今人"的态度使他的作品具有了传统性和时代感，其洒脱不羁的线条和变化多端的笔墨呈现出一种淳厚天真、超旷空灵的艺术感觉，这得益于他的勤奋和悟性。

　　由于家庭变故，1998 年后，李亚平在家"正常生活"过几年，那时候他父亲病重，他在工会办公室、生产生活部、工人文化宫都干过。"在单位时间长了，不是有多大能耐，而是应该出把力了。"别看他为了学习总是往外跑，在单位他还是工作踏实、积极主动，努力协调大家的工作。他父亲从 1990 年患脑血栓长达17 年，最后 5 年卧床不起，李亚平的母亲和兄妹尽心尽力。伺候了父亲整整 5 年，他没有任何怨言和不适。李亚平这样轻描淡写地说道，"这个经历使我后来不愿去听别人大谈孝道，因为尽孝的人没有时间去谈这些，能做好就不容易了。"

2006年孩子去北京上大学，李亚平也是蠢蠢欲动，找借口说照顾孩子也要进京。实际上还是想去找个地方画画，他说服了家人，带着愧疚去了宋庄。先是寄住在艺术家庞永杰的工作室，边画画边帮朋友做些事，几个月后，经画家、诗人陈鱼的引见，一画商买了他的《历史记忆》系列油画作品。那段时间他得到很多艺术家的支持与帮助，包括画家李汉、观一、王红等老师、朋友。

借住时间久了，李亚平决定搬出去租间民房小院子，他置办一些生活用必需品，还信誓旦旦地说要五年一小成、十年一大成。朋友鼓励他素描底子好又勤奋，哪里用得了十年，他觉得十分中听，俨然一副马上就要成了的心态劲头。这个时期李亚平画的是油画，内容题材大部分是典型历史记忆性的老照片或家庭老照片，画作呈单色调怀旧气息。由于他喜欢怀旧气息，再加上单色画素描功夫起关键作用，使得有一段时期他画得很顺手，也陆续卖出一些，但看距理想目标还是很遥远，需要一直坚持下去。

李亚平入住北京宋庄艺术家村的这个时期，他以画油画为主，每天读书、画画、练字、参展、观看国内外大师原作展、与画友交流成为了生活的全部。他沉浸其中，享受孤独，思考艺术，潜心学习与钻研，书读百遍，画过千幅，这时期他的绘画水平有了较大提升。在宋庄，他接触到很多著名艺术家，他们才华横溢，却平实可亲；德高望重，却低调内敛，这对他产生了深远的影响，使他看到了绘画以外的东西。他希望像所有的艺术家一样，有怜悯心、有同情心、有爱心、有创造力、优雅而有尊严地活着。为打破习惯技法，寻求新的表现形式，他做了大量的尝试，他发现创作时若能保持没有任何先入之见，任意和含糊便能逐渐萌发出新的东西，这是多么让人激动并快乐的事啊！多彩的世界，令他着迷，在冥想幻化中溢出的形象令他激动不已，他努力地抓住它们，并把它们表现出来。

2008 年，经济危机来了，汶川地震发生了，大家都在关心救援和震中之态势，有钱出钱，有力出力，李亚平和朋友商量后，积极参与义卖，参加抗震救灾义捐活动，一片赤诚。

同年应独立学者游浩的邀请，协助参与南方一景点的设计规划。应佛缘游历了从达摩初祖、二祖到湖北黄梅的三祖、四祖、五祖寺，学到了很多书本上得不到的东西。

2009 年，北影雕塑家王琪、职业画家盛东带队并推荐李亚平做新版《西游记》剧组的塑型师，随拍摄进度全程参与制作所有塑型的任务。那段时间每天除去睡觉就是在工作，吃喝拉撒睡都在剧组，所有妖魔鬼怪、师徒脸型都是李亚平他们塑型组完成泥稿后再经过专业石膏翻制、特制胶模制作、进口发泡胶制作、上色、植毛发等复杂且专业性强的工作制作完成，同时还需要服装、道具、化妆等各部门严密组织协调才可以做好。他们不单要塑型符合演员的脸型和导演的要求，还得把肌肤做得自然，为达到肌理效果，除了常用的各种形状塑型刀、橡皮模具等，他们还用上吃剩下的不同形状的骨头。李亚平这样的工作状态持续了将近一年，无论是造型能力还是做特殊效果的方法都有非常大的提高。从此以后，他再看类似需要特殊塑型的电视剧或电影的时候，就会以专业的角度来看他们的制作，哪里非常好哪里很业余，是塑型、上色、植毛、化妆、灯光效果还是后期制作的问题在他这都暴露无遗。

美术符号：助力乡村文化

李亚平曾经有过一段军旅生涯，在军营中的磨炼铸就了他坚忍不拔的性格和信心，他由此做人厚朴、做事认真、作画勤奋。从部队退伍到地方工作后，其意志更加坚定，其干劲不减当年，不停地创作和学习。李亚平在人生路上因为有了一段当兵的经历，而显得阅历更加丰富和厚重。

2020 年 9 月 11 日，为期 10 天的"助力乡村振兴，决胜脱贫攻坚"山东省美术家协会"黄河滩区"写生采风活动在东明县高村险工处拉开序幕。30 多位艺术家围绕东明县黄河流域生态风光、滩区村台迁建、美丽乡村建设三大板块，深入滩里滩外的村庄进行写生采风，用不同的艺术语言描绘"黄河滩区"的时代风光和东明县人民的生活新貌，这既是以艺术的形式为乡村建设添彩，也对乡村振兴的阐释，更是奋力脱贫攻坚成果的真实写照。李亚平写生创作的《西南庄老屋》《长东黄河铁路大桥》在业内获得了好评。李亚平对写生创作感悟颇深，"我作为生于斯长于斯的本土画家，对黄河滩区乡村的变迁深有感触，这片热土和父老乡亲，有我们的深情和记忆，我们是国家对农民的优惠政策、对黄河滩区新农村建设的投入及运作的见证人。作为基层美术工作者，我们是这次采风写生活动服务员，也是受益者。各位老师通过不同的表现手法、对画面的掌控力、人生感悟及画外修养，谈吐之间、作画之中、活动之后都给予了东明美术界一股清新向上的力量，让我们开阔了视野，打开了思路，对'艺术来源于生活'有了进一步的认识。"

在 2021 年"五一"国际劳动节和山东省总工会成立八十周年前夕，东明县总工会举办全县职工书法、美术培训班活动，东明县美术家协会主席李亚平、秘书长单文峰为大家讲授国画、油画简史及写生与创作等课程。

从 2021 年 5 月开始，为落实省美协山东省新时代文明实践文艺志愿服务暨"寻找山东美术符号 助力乡村文化振兴"启动会议精神，贯彻"一市一品牌，市县有区别，村镇有特色，墙上有体现"，东明县美术家协会立即行动，李亚平等一班人经过三个月的努力，在鲲鹏社区创作了两幅巨幅墙绘，总面积超过100平方米。这次寻找东明美术符号活动，打开了李亚平的创作思路，从美术视角，用笔墨语言宣传推介东明文化名片，提升东明美术的创作高度和水平，借助书画艺术表现乡村特色、美化村容村貌、激发乡村文化发展的内生动力，真正提升乡村振兴的文化软实力。

李亚平的获奖作品不少，我选了几个有代表性的作品拿出来，以飨读者。1987年5月，团地委、文化局等举办的首届菏泽地区青年牡丹艺术节上，两幅水彩作品入展；1998年10月8日，水彩作品《风景》入展地区美术家协会举办的首届美术作品展；2001年7月，水彩作品《清新》入选菏泽市美术家协会的菏泽市庆祝建党80周年美术作品展；2014年12月26日，作品《雪堤》入选陕西当代水彩粉画研究院举办的中国西安首届水彩粉画精品展；2017年1月15日，油画作品入选菏泽市知名书画精品展；2018年3月16日，作品《坝头瑞雪》获得中国写生会大美河山展优秀奖；2018年8月1日，作品获得由菏泽市文联等单位举办的菏泽书画大赛一等奖；2019年4月，山东省美术家协会展出了李亚平水彩作品；写生创作班中水彩作品《浮生》获奖；2020年3月，山东省美术家协会展出了他的水彩作品；2021年5月1日，东明县美术馆永久收藏了他的水彩画……

2021年10月10日至18日，李亚平一行前往沂蒙山写生。"读万卷书，行万里路。"这是古代治学者的座右铭，他铭记在心。中华大地的雄奇和博大是中国山水画家最为得天独厚的课堂，李亚平在这个大课堂里不停地汲取营养，大自然的一切都在陶冶和感染着他的心灵，每一次的远行都是近乎于对灵魂的洗礼。他游览了诸多的山水，极目远眺，忘怀万虑，用心作画，怡然自得。

李亚平，是一位以艺术为"宗教"的跋涉者。他的画作在不断创新、升华，令人回味无穷。

(齐鲁晚报·齐鲁壹点·青未了·菏泽创作基地 2021-11-09)

李银岭：讲台上的书法家

今年 57 岁的李银岭，是东明县渔沃街道办事处中学的一名教师，长期对学生进行书法启蒙教育，曾任副校长一职多年。现为中国书法家协会、中国硬笔书法协会、山东省书法家协会会员，东明县书法家协会副主席。

偶然的机缘，坐在他的课堂下面，我聆听了一场书法家的演说，听着听着，我恍然间走进了他的故事、他的空间、他的世界。

他喜欢上了中国字

小学一年级，李银岭是在村东头一座庙里上的。刚入学时不满 7 岁，常因写不好数字 "3" 而气得直哭，回家母亲问怎么回事，他说 "耳朵" 不会写。母亲不识字，就照着课本上的 "耳朵" 用粉笔描在家的屋门上。李银岭照着门上的 "耳朵" 开始临摹起来，一天一天地，一遍一遍地，放学回家就写，直到老师夸奖后也没停止。后来终于写得满意了，他踩着凳子认真地把 "耳朵" 写在门扇的左上角，保留了很长一段时间。这大概是他最早的一次 "展览" 吧。这件事对他的写字影响深远，长大后还写了篇作文——《我的第一次展览》。

　　小学二年级，教算术课的杨老师阿拉伯数字写得非常流畅，特别是数字"2"最后的横写得很飘逸（后来他才知道那是隶书雁尾的写法），李银岭非常喜欢，模仿得很像，还向同学们炫耀，心里很是得意。

　　小学三年级，父亲去北京探望住院的堂叔，捎回来了两本字帖。他选了一本喜欢的，算是正式开始接触书法。"现在想来，我的那本字帖应该是楷书，字帖与当时的语文课本一样大，每个字和鸡蛋大小差不多。在父亲的要求下，我开始比着字帖临写，当时三天打鱼两天晒网。有时也用铅笔比着字帖写那种个头比较大的美术字，感觉挺好玩，后来每次因写字受到老师的表扬，心里都美滋滋的。"李银岭笑着说。

　　上初中时，他开始写毛笔字。一次，他把年级、姓名用毛笔写到了本子封面上。教语文课的董老师拿着他的本子在课堂上说："这本子皮弄得花里胡哨的，多不雅观呀！"于是他赶紧换了封面。董老师在封面上写下"作文本七年级李银岭"几个字，董老师的毛笔字优美流畅，舒展大方，给李银岭留下了深刻的印象。

　　1978 年 8 月，李银岭考入东明一中。教他语文课的是很有名气的王岳汉老师。王老师不仅知识渊博，且书法很好，上课形象、生动、有趣，同学们都喜欢上他的课。李银岭跟王老师学到了很多东西，在书法上得到了王老师的指导和帮助。

　　在李银岭学习书法的道路上，他还遇到了一位老师——李温良。那是在 1984 年的暑假，在外地上学回到东明的李银岭到县武装部找他表哥，见一位老先生正在房间里写字，喜欢书法的李银岭便凑过去观看。老先生见有人来，便闲聊了几句，顺便说：

"你要没事就帮我拉着点纸吧。"就这样，李银岭一边帮老先生拉着纸，一边认真观看他一笔一画地书写。聊天中，老先生说："我也姓李，叫李温良，是个农民。"此后不久，李银岭去外地上学，这次短暂的相遇慢慢被淡忘了。不料，第二年七月的一天，李银岭毕业刚从外地回到大渔沃村的家里，母亲就对他说："前几天有个老人到村里来打听你，要你回来后去供销社找他。"当他赶到渔沃乡供销社时，李温良正在院中一张大案子上为别人写字。之后，李银岭虽到外地工作，与李老师的联系始终没有断，并且越来越频繁。

李银岭说："李温良老先生既是一位历经沧桑、不屈不挠、豁达乐观的老者，又是一位取得了优异成绩、在当地有很大影响的书法家。"1988年李温良的书法作品进京展览，获得二等奖，是山东省最高奖项获得者，被吸纳为中国农民书法研究会会员；1988年底，在由文化部主办的国际书法大赛上，李温良书法作品又获得了一等奖，在北京人民大会堂，王蒙部长主持颁奖仪式，授予他"中国人民杰出艺术家"称号。时任中国书法协会副主席的刘炳森称赞李温良的作品时说："李温良这幅小楷《陆机文赋》，如线串珠，圆润生辉。"在李温良书法艺术的鼎盛时期，东明县中单位招牌、门市匾额，以及各种需要有字的地方，都会有他的字，曾经风靡一时。只要谁能求得一幅他的作品，便成了一种荣耀。一些青年学子纷纷找上门来拜师学艺，李银岭就是李老师的"十大青年弟子"之一。从认识李温良到2020年老师离世，李银岭与老师交往了36年，他不仅跟随老师学书法，而且还从老师身上学到了许多做人的道理。

李温良老师的教学方法其实很简单，就是"你拿字，他指导"。这种方法有局限性，因此，李温良老师常常鼓励学生走出去、广游历、多交流。有机会到外地进修学习是非常幸运的，可是，李银岭没有这样的机会。每年春节和中秋节，去看望李温良老师是李银岭最期待的时刻。这一天，他们师兄弟都会齐聚老师门下，是一次学习与交流的大好机会。翟永华、黄中航、巩海涛等人都是李温良老师的学生，他们经常外出，或是参加书法培训，或是进行书法交流，活动范围广泛，结交名家众多。每次聚会时，李银岭都是一位最忠实的听众，仔细聆听他们是如何一步一步走向成功的，从他们的交谈中了解到许多新观念、新思潮、新动态。这使他弥补了没有外出学习机会所带来的损失。

在父母及众多老师的影响下，李银岭逐渐喜欢上了汉字。

写春联成就了他的书法梦

李银岭有一位堂伯叫李俊峰，博学多闻，他的书法在县城南这一片很有名气。因受堂伯的影响，从上初一那年开始，李银岭就开始学着为邻里写对联。开始是几家，后来随着送红纸的人多起来，写的也就多起来。从前街到后街，许多人家都贴上了他写的对联。别人夸他写得好，下一年他就写得更带劲。那时候，农村房子都透风，写着写着墨水会结冰，需要放到锅台上暖暖再写。因为写对联，每年他的双手都会被冻烂，有一年，他的右手拇指被冻坏了，到春天长出的新指甲上仍留下了一道四五毫米宽的凹痕。

记得有一位八十多岁的老爷爷让他写对联时，还专门给他买了盒香烟。那位老爷爷对春联的期盼和对写字人的尊敬，给他留下了深刻的印象，激励着他努力学习书法，不忘为大众服务。

李银岭已经坚持了四十多年为邻里乡亲写春联。每年腊月二十以后，别人都是煮肉蒸馍备年货，他却只有一件事，就是写春联。每次都是写很多，摆满整个房间，晾干后收起来，再写满整个房间。虽说费墨费笔搭时间，但家里人也没办法，也不拦他。他老婆说："他喜欢做的事情让他做去吧！谁也拦不住。"有一次，他一个人在办公室写春联写到深夜，感到头晕才停止，下楼梯时要用手扶栏杆，走路时要手扶墙，到家后话都说不清楚了，到这时他才意识到自己是煤气中毒。这回他老婆冲他发火了："年年写！年年写！啥时候把命搭上就不写啦！"李银岭连忙呜拉呜拉说道："不写啦，不写啦，以后不写啦！"但此事过后，他还是年年照写不误。

近年来，东明县书协年年都组织"春联进万家"活动。这项活动往往是进入腊月就开始，利用周末，跑到几个村子上义务为群众写春联，渔沃办事处后渔沃村、唐庄村、城关办事处崔街村、沈庄村、武胜桥镇张楼村、毛相村、陆圈镇郑旗营村、东明集镇西郝庄村等地，都留下李银岭他们义务为群众书写春联的身影。这些活动大都是露天进行，虽说很辛苦，但他总是积极参与。每次进村书对联，群众都很高兴，有时到吃饭时间，群众还将他们团团围着，他们只能晚一会儿再吃饭，满足群众需要。有一次，一位老先生站在桌子旁等了两个多小时，最后说："我喜欢字，也写字，就是写不好。今天，县里来了书法家，正好我家要办喜事，求你给我写幅'中堂'，挂我家堂屋里！"一个"求"字，让李银岭心里很受感动，当即他认真书写了一幅交给了那位老先生。

年年不间断，年年有进步，写春联成就了他的书法梦。2021年6月的一天，为提高黄河滩区迁建居民生活品质，助力村台群众扮靓新家园，李银岭与菏泽市书协翟永华主席、黄中航副主席等人一起走进长兴集乡兴东社区，参加了市妇联、市书协举办的"书法走进村台，助力美丽庭院"活动。他们现场挥毫泼墨，笔走龙蛇，为村台的村民们创作了两百余幅各种样式的颂党爱国和家风家教类的书法作品，饱含了对党的深厚情感和赤诚的家国情怀，表达了对村台发展的深切关注和村民开启新生活的美好祝福。

不仅如此，他们的还走进军营，为可爱的子弟兵书写格言警句，激励战士们安心军营、苦练本领、保卫和平。县委组织部也在最近几年连续组织李银岭等几位书法家书写讴歌党、讴歌人民的好春联，印刷后分发给全县党员和离退休干部。这样一来，他书写的春联张贴得范围更广、作用也更大了。

他喜爱诗词对联，在东明县"红丝带杯"诗词大赛中，他是六位获奖者之一。他与书法家毕红文在诗词唱和中写道："笔歌墨舞日月长，夜深对话见苏黄；唯有青灯与明月，伴我喜来伴我狂。"他还为许多书法同道作了冠名对联，如黄中航的"航渡东洋金奖主，中华大地泰斗星"；巩海涛、翟永华的"学弟海涛，醉心草书，才思飞扬，锋毫挥洒千丈卷。师兄永华，钟情楷法，艺心灵动，笔管拈转万言书"；李红岳的"翰墨家庭，文化事业，日出漆园东方明，红遍九州大地；秦岭高迈，昆仑巍峨，游尽名山胆气豪，岳冠华夏山河"；鲁世杰的"君子敦敦，德高艺厚宽处世；学士坦坦，道正法纯缓称杰"……

由于李银岭多年的不懈努力，他被评为"东明县书法十大杰出人才"。

自编教材进课堂

李银岭1985年毕业后，在烟台市第一染织厂工作。1988年调回东明，先后在沙沃乡政府、城关镇政府、县武装部工作。

后来由于国家形势需要，地方武装部要归现役，这让李银岭不得不改变自己的职业规划。

"1996年县武装部由地方建制收归军队建制时，一是考虑到我本身没有在部队服役的经历，缺少军事素养，不适宜到部队工作，二是即使转为现役军人，到了一定年龄还要再转业到地方工作，等到那时，年龄偏大，难以适应地方工作，所以，不如趁当时比较年轻，直接留在地方工作。当时我县留在地方工作的几位同志，分别进入了公检法司等部门。再三考虑，我决定到教育系统去，做一名教师，也算是实现我多年来的工作愿望吧！"李银岭说。

于是李银岭转业到了渔沃中学任副校长，分管学校政教工作，主要工作内容是做好老师的思想工作、抓好学生纪律、负责学校共青团的工作。他本不用上课，但他要求到教学第一线去，便接了一个班的语文课。李银岭有热情也有干劲，但真正教起课来，还是很费劲的，加上他的普通话也不是很标准，偶尔会感到很吃力。

教了两年，校长找到他，建议他教学生书法课。于是他又成了书法教师。经过反复思考与研讨，他为书法教学确定了思路：初一年级六个班，每周每班一节书法课，主要教学生硬笔字；初二年级不设书法课，主要精力用于文化课学习；在教初一年级的同时，在初三年级学生中，挑选有兴趣、肯努力、文化课成绩稍差的学生，组成一个特长班，利用课外时间，专门学习毛笔书法，让这些学生以特长生身份参加中考。

当时，学生的书写状况并不是很好，无论老师怎样要求，一部分学生仍然字迹潦草、错别字连篇、随意涂抹、杂乱无章、可识度低，严重影响考试的卷面分，许多家长和老师对此很无奈。他下决心努力去教，一段时间过后，他发现效果并不明显。他认识到自己把字写好与把学生教好是两码事。怎样才能让学生提高书写水平呢？他与老师探讨，向学生了解情况，查阅相关资料，揣摩分析学生心理，编写成讲义。他从培养学生兴趣入手，让学生养成良好的书写习惯，结合课堂教学中存在的问题，不断修改完善讲义。

后来，在学校的支持下，他决定把讲义整理出版。在整理讲义的过程中，老师们提出一些中肯的意见和建议，时任渔沃中学校长的徐腾飞联系印刷出版事宜，最终这本《新理念硬笔字书写教程》印刷出版了。时任县教育局局长徐永太在前言中写道："渔沃中学把写字教学引入课堂，进行了一系列大胆的尝试与探索。学生写字水平得到了显著提高。根据多年的教学经验和广大师生的意见建议，他们把平时教学的课稿进行了系统的归纳、整理、总结、完善，对教学方法、教学思想进行了深入地探讨、提炼与升华，并结合新时期素质教育的要求，编写了《新理念硬笔字书写教程》一书。这项工作他们走在了全县的前列。这本教材，为教师提供了教学实例，为学生提供了科学的训练方法步骤和良好的书写范本。"时为中国书协会员、菏泽市书协常务副主席、东明县书协主席翟永华先生为该书题写书名。首次印刷 1.2 万册，供渔沃中学及县部分学校使用。

在教学中，李银岭认真备课，精心组织课堂教学，耐心指导学生书写，取得了明显效果。同时，他还组织校内硬笔书法比赛、作业展览、黑板报评比等一系列活动，使学生的书写水平显著提高。

在特长生辅导中，他从选字帖、选毛笔开始，手把手地教学生一笔一画去练习，要求学生每节课都要交作业，并对每张作业都认真批改。由于李银岭教学路子正、方法对、要求严，学生入门快、进步大。在他的带领下，音体美书法考生多次在中考中取得骄人的成绩。连续多年在全县艺体考试中名列前茅，给高级中学输送了一大批优秀学生，被东明一中授予"艺体生生源基地"称号。

一份辛勤，一份收获。多年来，经李银岭启蒙的书法学生已有近30人书法本科毕业，其中张景霞同学在首师大研究生毕业后，留在北京当了一名人民教师；赵瑞勇同学在中央美院研究生毕业后，与其爱人一起在北京创办了一所培训学校；王先虎同学在中国艺术研究院硕士毕业后，又考上了清华大学博士生，专门从事古文字研究。2019年春节时，这些学生相约一起来到渔沃中学，看望了为他们成长付出辛勤劳动的李银岭老师。这是他的成绩，也是他的骄傲与自豪。

讲台是他的用武之地，讲台也给了他丰厚的回报。

爱上书法是一辈子的事

他学书法，走的是一条并不平坦的路。小时候他刚开始学写毛笔字时，就是乱写一气，按照自己的标准来取舍，看到谁的字好就学谁，杂乱无章，没有正儿八经地临过帖，也不知道从哪种字体入手，工整字（后来他才知道是楷书）、连笔字（后来他才知道是行草）、梅花篆字（就是报纸上恭贺新年之类的篆刻），啥字都写。

春节跟着大人去城里走亲戚，他一个人喜欢钻小胡同，专门看各家各户新贴的对联。"那时的对联都散发着墨香，没有印刷的，全是手写的！"李银岭回忆说。

李银岭练书法，不只用毛笔，还用铅笔、钢笔、粉笔，也用小棍在地上写。后来，他跟李温良老师学小楷时，为了快捷方便，他用海绵笔写小楷，但李温良老师发现后坚决制止了他。

参加工作后，李银岭的书法自然退居到了第二位。但是，他对书法的热爱从未减退过。"工作间隙无法随时铺开摊子来写，我就用钢笔对着毛笔字帖来临摹，这样做是出力不讨好的，却也是没有法子的法子。"李银岭说。

在东明，有个书法沙龙，李银岭是其中的一员，他们相互交流，相互切磋。在那里，沙龙的重要成员孔德宇、张伟杰书法很好，对李银岭影响很大。

他购买了从甲骨篆隶到行草楷书、自秦汉晋唐到宋元明清的各种字帖，什么都想学，什么都想写。可以说临帖很杂乱，方法不足取，走了许多冤枉路。

2012年暑假，校园里空无一人，李银岭每天早早赶到学校图书室开始写字。为了投稿，他选择好书写内容，查好字数，计算好每行多少字，一共多少行，作品题目位置，落款内容，所有都计划好，再动笔打格。作品内容不一，形式多样，一般在2000字左右。格子打好后，要停下来歇一歇，调整好状态，一旦开始动笔，就要一气呵成。很多时候一张作品，光书写就要用五到六个小时，他没有固定的饭点，一天往往只吃两顿饭。在那一个多月中，他花费了很大心血，下了很多笨功夫，当然也取得了好成绩。

这一年，他的小楷作品连续四次入选中国书法家协会主办的展览，达到了加入中国书法家协会的条件，2013年他成为中国书法家协会会员。

他擅长小楷，但他仍不满足，总想寻找机会去看看外边的世界。2015 年 9 月，他参加了中国传媒大学艺术创作院曾翔老师的书法高研班，当时，胡抗美老师在传媒大学有一个博士生课题班。曾、胡两个班合班上课，两个班的学员在一个教室，两位导师轮流上课，共同辅导学员。他有幸得到两位导师的教导与指点，这使他的眼界更加开阔，涉猎范围更加广泛。在北京学习的一年里，他与助教巩海涛、周治锐亦师亦友，交往甚多，他们在一起写字、一起讨论、一起观展，也在一起喝酒、一起游玩。他学习行草、篆隶，努力追求作品的厚重感、古拙感。涉猎篆刻，从篆刻中汲取营养，努力使作品具有金石味，第一次操刀刻石，是刻汉将军印，由于手不听使唤，直接使冲刀跑偏，这反倒使印章天真烂漫，正契合了将军印的特点。第一方印就得到曾翔老师的肯定。他所临摹的《圣教序》长卷，得到胡抗美老师的赞许，当胡老师看到李银岭有一方"引领居墨迹"印章时，便开玩笑地说："你就叫引领吧，引领时代潮流。"

在北京学习一年回家后，他用几年的时间慢慢消化。"爱上书法，就是一辈子的事，永远不毕业，永远在路上。"李银岭说。

2018 年 9 月，东明县书法家协会换届，李银岭当选为副主席。

"我认为练习书法时走些弯路未必就是坏事，也许能看到更多不一样的风景，得到更多的人生体验。只有先临摹拿来，然后再筛选、打磨，去粗取精，去伪存真，自己摸索、自己感悟出来的道理才最深刻。"李银岭说，"不怕走冤枉路，要肯下笨功夫。路很长，我仍要继续努力前行。"

李银岭以敏锐之心寻找着艺术进步的突破口，艺术要有个性，要有自己独到的东西，一个艺术家要以敏锐之心寻找前人没有走过的路，努力发掘属于自己的那一点点创造。

　　李银岭几十年一路走来，以平常心对待书法，不求名，不图利，默默坚守，靠的是兴趣，靠的是对中国传统文化的敬仰与热爱。不论在什么工作岗位，他对书法始终都是不弃不离，对书法有着割舍不掉的情感，在他的生命里，书法是永远不可分割的一部分，书法将会陪伴他一生。

　　（齐鲁晚报·齐鲁壹点·青未了·菏泽创作基地2021-12-07）

单文锋：青春如画　画如人生

百年浩歌万里，百年征途漫漫。2021，注定是极不平凡的一年。14亿中国人民，共同见证了中国共产党风华正茂的百年华诞。

时间：2021年11月28日下午，周日。

坐标：东明县单文锋工作室。

单文锋，1971年4月出生，虚冲斋主人，养山堂主。毕业于山东师范大学美术系，先后参加天津美院中国画硕士研究生班、北京师范大学首届山水高研班、清华大学首届周逢俊诗境山水高研班、谢家俊山水高研班学习。近期，他拿到了加入中国美术家协会的资格，他是山东省美术家协会、山东省书法家协会会员，现为东明县美术家协会秘书长、东明县美术馆专业画家，作品多次参加全国、省、市大展。

单文锋给我的第一印象是文气，交往越久，越感觉他在细腻中有山东人的豪爽；观其作品，笔墨清新高雅，传统功力深厚，对中国山水画的理解与追求有独到之处，能看得出他在临摹与创作上下过很大功夫。我与单文锋坐在一起，开始了一场青春如画、画如人生的交流。单文锋开始缄口沉默，后来慢慢地把耳朵支棱起来。此刻，他眉宇间的"川字纹"也开始悄悄地聚拢……

外出求学的执着

【田丰】作为一位东明人，家乡的黄河地域特点给您带来过什么样的触动？

【单文锋】特殊的地域造成这片土地与普通平原地区不太一样。沿黄河两岸有堤坝连绵，错落有致的村落也会偶然间出现。村落中的居民为防止水淹，把屋台垫高，高低有序，依土堆修建村路，环行蜿蜒，村内树木长短相下，奇正相倚，疏密有致。有几十年的老树，有新出的幼苗新枝，槐树、榆树、柳树，房前屋后常常出现，生产堤上成排的白杨树，成为一道靓丽的风景线。

黄河在东明这块土地如龙一般，由西南向东北，曲曲折折逶迤而下，是贯通两岸的桥梁，也是此地重要的交通工程，更是我们画家的重要题材。火车轰隆隆穿行而过的长东铁路大桥、各种机动车通行的黄河公路大桥，以及新建的高速公路大桥，贯通东西南北，连接两岸的百姓通商往来，促进经济文化交流，也是假期旅游的风景胜地，美协、画院曾多次组织写生团，奔赴黄河两岸考察写生。特别是在党和政府的领导下，百姓们除了务农种植以外，还可以外出打工挣钱，增加家庭收入，过上幸福的日子，以前许多人梦寐以求的生活，今天终于梦想成真了。作为本地画家，更应该表现这里的风土人情，表现旧貌换新颜的时代变迁，用自己五彩的笔画出母亲河的魂，画出它所养育的儿女们如今的生活状态和对这片土地深沉的热爱。

【田丰】您从东明走出，如今又回到东明，现在又拿到加入中国美术家协会的资格，这个过程给您带来了哪些改变？

【单文锋】1999年夏季，带着对艺术的虔诚之心，我赴天津美院进修中国画专业，先是在进修班学习一个月的基础课程，我记得速写课是何家英老师教的，老师速写水平很高，在工笔人物画方面造诣极深，几乎是里程碑式的人物。老师要求我们画速写时，下笔要肯定，用"切"的方式去概括形体，用笔要磊落痛快，有大家风范，上他的课受益颇深。花鸟线描课由贾广健老师来讲，老师对于物体的质感以及用笔方面都非常讲究，提按顿挫、方圆转折，要求都十分严格。之后，我进入国画助教班系统学习人物画，画了很多慢写和速写人体，锻炼了严谨的造型能力和笔墨能力。之后相继有陈冬至、李孝萱、霍春阳、何家英、徐展等老师陆续授课。

令我印象最深的是闫秉会老师的传统山水画课程，他说："人物画讲究传神，花鸟画讲究趣味性。山水画呢？可以建构哲学。"他的话让我深深地迷恋上了中国传统山水画。我的骨子里有一种对古代文化的崇拜和传承感，研究哲学成为了我大学时的兴趣。那一年是丰收的一年，对我未来的成长至关重要，因为接触到纯正的文脉传承，给我未来的学习和创作指明了方向。

真正重启对中国山水画的学习，是从 2011 年去北京开始，是解天成大哥带我去北京的，介绍认识了周逢俊老师，第一次去周老师的工作室，他正在改一张丈二的大画作，是几位画家合作的一张，由他最后收尾，我被他娴熟的技艺和充沛的才情所打动，此时北京师范大学聘他为客座教授，正在组建北京师范大学首届周逢俊山水高研班。通过一年的学习，系统地掌握了传统山水画如何与写生相结合、如何用笔用墨、理解笔性与造型相结合、笔墨与时代相结合的关系等，周老师的山水画气势恢宏，有宋人气象，也是当代南北结合的成功案例。通过两年多的学习，我成为周老师正式的入室弟子。通过学习，我对中国画的笔墨和现代山水的正大气象，有了一个纯正的传承与领悟。

在北京宋庄九号大院，住着几位菏泽籍艺术家，以董超老师为代表，他是鲁西南艺术群体的发起人之一，经历过当代艺术洗礼的资深艺术家，身边有一批中青年艺术家，有李绅、李锋、马一平、庞永杰、李亚平等，每天朝夕相处，一起吃饭、喝茶、聊天，耳濡目染，无形中开阔眼界，提升艺术素养，所受影响与教育成为我一生的财富。

北京有着很多古代大师真迹，国家博物馆、北京故宫博物院以及天津博物馆，藏品颇丰。我看了大量的真迹，这与看画册的感觉大不一样，为我日后的山水画创作打下了良好的基础，同时在思想境界上有一个大的提升。

2015 年，我在四川跟随谢家俊老师进行现代山水画的学习与创作，谢老师在现代构成水墨山水方面独树一帜，他结合了西方的构成意识，运用了传统笔墨手法，面貌新颖，思路活络，自由开放，关键是能够冲击国展，引领潮流，这是非常难能可贵的一点，而且他这个思路呢，又可以延续往下走，可以打通很多学问的死角。从此，我走上参与国展创作的道路。而且在这条学术道路上一干就是八年，2016 年回东明继续写生创作。2019 年进入马明耀老师工作室继续学习中国山水画创作，并于 2021 年拿到加入中国美术家协会的资格。其中的艰辛也是一种历练，锤炼了我的山水画技巧，开阔了艺术思路，特别是对当今国家级展览的水平，有一个深刻的认知与提升。

当初从东明走出去北京求学，可以说是一种懵懂，一种迷茫，但是走出去后，我就暗下决心，要弄出点名堂。如今虽说取得了一点成绩，但我知道我的艺术之路才刚刚开始，路漫漫其修远兮，吾将上下而求索。

如果没有外出求学，我不会进入职业画家的行列，我深深地感激帮助过我的老师和朋友，庆幸能够遇到好的老师带我走进艺术殿堂，让我从事自己喜欢的职业，享受前所未有的快乐和精神盛宴。

临摹与创作的结合

【田丰】任何艺术作品，没有长期的积累很难有质的飞跃，您谙知其理，一边锤炼笔墨，一边读书访友，加上自己的悟性，慢慢形成今天的风格。那么，您是如何看待绘画所蕴含的艺术内涵呢？

【单文锋】抛开艺术作品所产生的背景，便不能独立地说艺术内涵。决定艺术内涵的因素很多，我总结为四大方面：

第一，文化传承。即经典艺术作品是如何受传统文化的滋养的？代代薪火传递是群体文明的印迹，可以影响得很远很久，过去、现在、未来都在无形中起非常重要的作用。比如中国画，受传统儒释道文化的熏陶，特别是本土文化受道家思想的影响。老子在《道德经》的第42章中说："反者道之动，弱者道之用，天下万物生于有，有生于无。"这里蕴含着非常朴素的辩证法思想，道出物质世界的基本规律，从而被艺术家运用到艺术作品之中。山水画、绘画也不例外，清代苦瓜和尚石涛曾著述"一画论"，把这种思辨理论运用到极致，至今被习画人奉为圭臬。

第二，地域特点。东方有东方的文明，西方有西方的文化，因为地理环境的不同，产生了不同的风土人情，造就出千差万别的文化差异。中国人含蓄内敛，谦谦君子，文质彬彬，儒道当风。西方人热情奔放，崇尚自由民主，虽说各个时期又各不相同，但根基还在，所谓一方水土养育一方人。中国画的独特之处在于以宣纸为绘画媒介，以水墨为艺术呈现形式，笔墨纸砚的完美配合就是对世界文明的一大贡献，是中华民族群体智慧的结晶。

第三，时代性。不同的时代造就不同的文化，其绘画作品中的精神内涵也有所不同，魏晋尚韵，顾恺之《洛神赋》天马行空，线条高古清奇，如游龙虎跃，如袅袅炊烟，如入无人之境地。隋唐尚法，八法完备，国画作品造型严谨，制作精良，彰显国力雄强之势。宋代尚意，是中国绘画之巅峰，大家辈出，气象恢宏，作品平淡天真。元代尚意，开始大量在纸本上作画，写意精神得以充分发挥，用笔用墨空灵松动，书写性很浓。所谓时代造英雄，也可以说时代造就了精彩的中国美术史。西方美术史也是如此。

第四，代表性的人物至关重要。特别是里程碑式的画家。比如宋代山水画中，李成、郭熙、范宽等就是宋代山水画的标杆，宋代擅长花鸟画的宋徽宗赵佶，对美术史的发展起到了关键性作用。一个是皇帝的身份，一个是才华横溢的天分，重要的是骨子里充满艺术范儿，具备专业精神和专业素养。为那个时代尚艺之风推波助澜。

综上所述，绘画作品的内涵，不是简简单单的一幅画，其外延比内涵更重要，所谓功夫在画外亦复如是。

【田丰】带着创作的意识去学习传统。您常说，要多读画，假想古人会怎么去想，重现作画状态，方法自然而然会出来。那么在您的艺术创作中，是如何立足当下、追求创新的呢？

【单文锋】在当今这个信息特别发达的社会，每天都有许多新鲜事物和大量信息充斥耳目，而在古代，古人相对是比较闭塞的，以自然经济为主，他们最大的娱乐就是喝茶、聊天、写写画画，比较高雅，没有太多娱乐活动，所以才产生大量的书法、绘画作品和文学作品。

游历山川大泽，是古人与大自然进行亲近和交流的一种方式，也是他们生活中重要的一部分，就相当于我们现代人出去旅行，和现代画家进行采风有异曲同工之妙。

我们看古人的山水画作品大多是画原始森林，高山大泽，云锁雾霭，道路崎岖，骑驴拉车，农耕时代。作为现代人，我们身边每天所关注的人和事，以及飞速发展的现代化都市，城市的发展、社会的发展、旅游事业的发展等多方面的信息刺激着画家，难道我们还无动于衷吗？所以现代的山水观念是要关注当下、关注生活、关注改革开放几十年取得的成果。

今天的创作表现的不再是小情小调，而是大情怀、大山水，不仅仅表现人与自然的关系，而是表现了人与时代、与政治、与国家、与人类命运共同体的一些大题材。所以要想创新，既要继承传统、深入传统、学习传统中优秀作品的精髓语言和表达方式，也要去其糟粕、努力创新、与时俱进。

在创作方面，一方面要关注中国古代美术，还要关注西方美术，西方的美术已经是世界性多元化发展，从现代派到后现代派，以及古典主义，这些脉络中的观念与作品我们都可以借鉴。

绘画既是世界的也是民族的。我们要以大美术的思路，全球性的美术去思考，这样高度就不一样，我们下笔的时候，就可以游刃有余，正所谓是信马由缰，妙手偶得。同时把临摹、写生和创作三位一体结合起来，这样才能跑得更快。

黄河与大山的呼唤

【田丰】您的山水画作品格调清新典雅，气韵生动，雅逸脱俗。中国画远看很厚，近看很透，所谓"浑厚华滋"，一靠功夫，二靠智慧，您是如何把握这些节奏的？

【单文锋】任何艺术作品，没有长期的积累很难有质的飞跃，我一边锤炼笔墨，一边读书访友，通过长期的创作实践才慢慢形成今天的面貌。

一是用笔用墨要讲究。所谓笔不妄发，发则笔墨淋漓，有理有度，动如山崩地裂，静如纤纤淑女，每一笔都在控制之中，又在意料之外、有意无意中营造出纯净明丽且润中见苍的格调，有一种禅的境界为好。

二是气象力求博大。艺术作品体现的是心胸与胆识，画境是由诗境而来，诗境即艺术家的性情灵气。所以我们要多读书，涉猎文学、哲学等各方面，因为功夫在画外，知识储备是激发灵感、颐养性情的源泉，作品的高低体现的是内功，内在美才可能外在美。

三是注重关注生活去创作。艺术家创作作品，必须两条腿走路，一条是深入传统，一条是勇于创新。从明清上溯到宋元，从龚贤、石涛、八大山人、四王到董其昌、王蒙、黄公望、董源、范宽等古代绘画大师的优秀作品中汲取营养，用传统的绘画语言赋予作品新的形式，用"南宗"的笔墨结合"北宗"山水画的气象，创作出一种新颖的面貌。整体看气势很大，但细看小桥流水、蜿蜒山路、层峦叠嶂、云气变幻，令人可观、可游、可居。这是古人要求的，也是当代画家要遵循的原则。虽然还未达到这些要求，但是我一直以这些标准为参照。

【田丰】您多年的艺术实践，使作品神韵自然、笔墨厚实、势足气贯。您在共性中保有个性，既不脱离古法，也不刻意标新立异；既不急于求成，也不固步自封，您觉得艺术家心中的羁绊是什么？

【单文锋】我没有觉得在我追求艺术，也没有觉得以美术为事业和家庭、工作有什么冲突。大学毕业后，我一直从事美术教育工作，教学生画人物速写、慢写和静物素描等基础课程，教了特长生很多年。所谓教学相长，在与学生相处中，我也从他们身上学到了很多东西，那种纯真和热爱，对艺术的虔诚与敏感，一直都没有减弱，反而锤炼得更具有主动性和有持续力。

回到家乡，我们县已组建县美术家协会，里面不乏很有资历的老艺术家，我们经常在一起探索研究、写生搞创作，无形中让我受益颇深。

家庭是避风的港湾，是我坚强的后盾，虽然家中琐事会占用一部分时间，但整体的创作学习时间还是能够保证的。

到美术馆工作之后，更是以美术创作交流为主，经常想着要拿出成绩来才能回报关心自己的领导和家人，这既是目标又是动力。

如果要说在家和在北京有什么区别？那就是信息量不同。北京是政治、经济和文化中心，是全世界文化信息的交流的主要阵地，每天都可以看到许多新的展览、古今中外的经典作品，还可以到艺术家集居地，随便串个门都可能遇到一个高人，学习交流机会极多，能够提高艺术家的眼界和观念，对专业方面的提高有得天独厚的条件。在家里信息量没有那么大，却可以利用网络平台或偶尔出去与同行交流，还可以把所学的知识在家中慢慢地咀嚼消化，补一补基础性的技能，沉下心来学习传统，结合当今艺术发展动态，把节奏慢下来了，让手头功夫精细化、条理化。家住黄河流域，黄河岸边是家乡，以黄河古道的变迁为主题，创作黄河流域的文化和表现现实状态既是责任也是义务，这也是创作思想与时代相契合的一个必要因素。

【田丰】2020 年 9 月，在为期 10 天的"助力乡村振兴，决胜脱贫攻坚"山东省美术家协会黄河滩区写生采风活动中，围绕东明县黄河流域生态风光、滩区村台迁建、美丽乡村建设三大板块，用不同的艺术语言描绘时代风光和东明县人民的生活新貌，既是以艺术的形式为乡村建设添彩，对乡村振兴的阐释，更是奋力脱贫攻坚成果的真实写照，您有怎样的感受？

【单文锋】我作为写生采风团成员，深入黄河滩区和新农村居十天时间，顶着炎炎烈日进行现场写生和考察，看到了农村现状和新农村改造的显著成果，感触颇深。旧院落和新村台的鲜明对比，让农民体会到党的关怀和政策的照顾。我们写生采风活动受到东明县委县政府的鼎力相助，所到之处，大家都与老百姓打成一片，参观留影，甚至院宅写生，以充沛的激情创作表现农民的生活现状，表达百姓对未来的美好憧憬，展现他们勤劳和对美好生活的向往。

九曲黄河，滚滚东流，历史上，黄河曾经多次泛滥成灾，形成了现在的黄泛滩区，后来，通过治理防护和小浪底的截洪筑坝，彻底控制了洪水泛滥。但黄河滩区由于地广且人居分散，形成许多小的村落，给扶贫救灾工作带来了严峻的考验。为此，国家投入了大量资金，修筑多个大型村台，新增万人村居，从而节约土地，统一管理，统一防洪，成绩斐然。

肥沃的土地养育着黄河两岸的人们，高低不平的村台形成独特的居住环境，黄河大桥跨过黄河纵贯东西，还有公路大桥和高速大桥连接两岸，打通交通命脉，井然有序的堤坝防洪工程如铜墙铁壁一般牢固。

黄河两岸有绿油油的稻田，有丰收在望的玉米地，随处可见的菜地里长满了红红的辣椒、绿油油的白菜、一排排的山东大葱、颗粒饱满的大豆高粱，一派欣欣向荣的景象。

通过这次写生，我提高了政治觉悟，锤炼了艺术表现语言，深刻体会到艺术必须为人民群众服务，要接地气，不可脱离生活，表现主题要积极向上，要与党和国家的方针路线合拍，灌注满满正能量，彰显现实主义情怀。

（齐鲁晚报·齐鲁壹点·青未了·菏泽创作基地 2021-12-14）

周广宇：画吾自画·在传统与抽象之间

当我看到周广宇的作品时，一股清新自然的气息扑面而来，完全抽象的画面打破了原来具体物象的视觉审美经验，在这里，要追问作品画的是什么俨然已经是一个肤浅的问题，细细地体会和感知画面，也许更容易带你进入一个似曾相识的世界。

周广宇，山东东明人，斋号御风堂，独立艺术家，毕业于山东大学，中国当代水墨年会学术委员。他工诗词，善篆刻，精书画，喜鉴赏，出版有个人画集《抽象水墨·周广宇》。

青年评论家曹晓光先生曾在文章中对周广宇作品进行过经典评析："观周广宇的作品如坠水影，有形有色亦不可捉摸，是以有形写世界之无形，混沌当中能聆听生命的胎动，画即是写理写道又是写心写物。"单这一小段文字就让我体会到作品中散布的浪漫和诗意。

看完周广宇历年来的作品，我发现他涉猎的范围很广，除了长期坚持探索的抽象性绘画语言外，也创作山水、花鸟、人物、书法、篆刻等其他题材和门类。他说："这类作品主要还是对传统文化的体验学习，只有体悟、欣赏和把握传统文化才能更好地去探索自己想要追求的目标。任何作品的创作都不可能是无源之水、无根之木，传统、自然与心性都是创新的源头。"

另外，周广宇还单独把画荷作为一个系列作品来做，他的荷花系列基本上和他的抽象绘画同时进行。在我看来，周广宇的荷花系列有着和他抽象系列共有的特质，画面中流淌的线条、冲撞的色彩，都非常注重画面整体意境的建造和架构，彰显着中国文化艺术精神的独特意韵。

艺术缘起：笔墨当随时代

周广宇出生在山东省东明县，虽然县城不大，但这里的家乡父老对文化艺术尤其热爱，他并不满足于物质生存需要，有着特别强烈的精神诉求，也许正是因为先秦思想家庄周曾经在这里居住过，这种影响一直延续到现在，一方水土养一方人，正是在这种土壤的环境下，曾经的少年走上了文艺之路。

中国文化的继承代代相传，这种精神性层面的东西更是根深蒂固、深入骨髓。周广宇发现从家乡走出来的当代艺术家的作品里都存在着一种类似的、近乎宗教般的创作态度和审美情怀，这种态度和审美情怀也在他的作品中得以体现。

周广宇的父亲是当地小有名气的书画家，所以他对艺术的理解是潜移默化的。但是对艺术的系统学习还要从他大学时期说起。周广宇读的是山东大学美术系国画专业，是山东大学重建学院后的第一批学生，当时学院的美学教授是张义宾老师，他的"气论文艺观"研究和美学理论课对周广宇后来的绘画创作产生了很大的影响。

大学期间的他把大量的空闲时间都消耗在了图书馆，中国的、西方的东西都在看，也是从那个时候起，读书成了周广宇每天必做的功课。周广宇说："画册上的国画作品总是显得那么单薄。"年轻时候的他更喜欢西方艺术家的作品，浓郁的色彩、有力的线条无不充斥着生命的活力。后来在北京见到诸多古代、近现代国画大师原作的时候，深深地被传统书画的含蓄打动，周广宇默默地要求自己一定要把传统书画中优秀的东西用到自己的作品中来。他现在的作品，正是以传统为体、西方为用的表达方式来倾诉自我。

关于对传统的学习，周广宇有他自己独到的见解，他说："欣赏比临摹更有用，每个时代所赋予艺术家的一定是这个时代所特有的东西。任何人都不可能逃开时代的藩篱，'笔墨当随时代'永远不会过时，临摹的要义是要体悟大师的气格、心性，是和大师交流的一种方式，但最终还是要做自己，走自己的路。"

近现代的书法大师中周广宇最喜欢的是林散之，他说有时甚至看不出其书写的内容，但作品的线条却给人感觉如行云流水一般，这也是他后来创作抽象书意感觉的作品的根源之一。

近现代的国画大师里，周广宇尤其喜欢傅抱石和黄宾虹。傅抱石的作品中充满豪情，而且是用水高手，气清神贯。周广宇的作品也是非常注重用水，流淌、冲撞、破泼、罩染等，创作时的激情亦不只是醉后。黄宾虹的作品则是通过对技法的不断重复锤炼，而使其得到升华，借用了国画的传统表现形式。周广宇的作品也是如此，把传统的表现形式转换成抽象元素，将其打散、分解，然后再以一种意象的感觉重新构建画面，有绝对的精神指向性。周广宇的作品画面里有干湿浓淡、有皴擦点染、有虚实疏密、有抑扬顿挫，是对传统笔墨进行的实实在在的转换。另外他对组成画面的线条质量本身要求很高，他感觉这是以对笔性的掌握到心性传达的重要体现。

周广宇认为，做艺术其实更应该是一个自由表达的过程。把你喜欢的、想表达的表达出来，感情的真挚才能更加感染人，例如孩子们的作品就很天真，所以一出手就很"大师"，现在反而有一些成人搞了很多年还没找到自己在哪儿。

从周广宇的创作脉络来看他的创作有着很强的连贯性，从早期的抽象探索到现在各种系列作品的形成都有着不可分割的联系。传承传统文化的写意精神，生成契合时代脉搏的新图像，让美术史继续延长和跨越，是时代赋予给艺术家的使命，也正是周广宇的创作态度。

艺术家任何一点成绩的取得，除了他自己的执着和勤奋之外，和他背后的家庭也有着千丝万缕的联系，周广宇的妻子李娟也是一位艺术家，两人曾经是高中、大学时期的同学，毕业于山大油画专业的她也在画水墨、做瓷器。两人除了为家庭共同付出外，还是彼此艺术的倾听者。

师友点评节录：情色由我

吕立新：在周广宇的作品中，色彩的张力是给人的第一感觉，有种生命的参与感和体验感。周广宇注重个体生命体验和生活经验的借鉴与吸纳，喜欢与自己内心对话，借大自然之韵味入个人之笔趣，足见其聪明。在艺术创作中，色彩是周广宇艺术语言的突破口，借助意象和抽象的造型手法，结合个人的生活经历和志趣形成的审美心理，力求呈现出一种宁静、清爽、耳目一新的自然感觉。方寸之间，意出有无，广宇水墨，情色由我。

杭法基：广宇从去年第一次展出的作品到今年第二次的作品，已有很大的改观，时隔仅一年，就有如此的进步，实属不易，未来一定会有更大的突破。

蔡广斌：了解广宇从他的水墨作品开始。我第一次看广宇的水墨作品后便得结论——他的水墨个人化之路前途广阔。一是从笔墨关系看，他的水墨用笔是建立在书法用笔基础上的，且运用的笔法灵动又有力度。而墨色则是从传统写意花鸟和山水中吸取的慧气营造的当代意境。二是作品构成关系和观念融合统一。三是将西方现代主义中的某些方式与中国传统文人意识个人化处理，得到恰当的表达。通过以上三点，总结他的艺术可以得出：他的追求和探索是对当代中国文化理想和对西方当代文化理念追寻的结果，其中的核心是个人心理与现实的自我完善，成就了他所设定的水墨梦想。广宇属于中国当代水墨年青艺术家群体里突出的一位，我喜欢他的作品，我相信他付出的努力会取得当代性结果。

庞永杰：广宇近期作品有一股清新之气迎面扑来，画面从过去挥洒自如的意象中解脱出来，更具有了极强的形式感，亦道、亦禅，也有西方的抽象表达，融在一起显得特别自然。能感觉到他这几年的探索和对于画面的理性控制与把握，个人意志的强化最终转变为语言的成熟，我觉得广宇作品已经具备了独特的自我语言，在传统与新水墨之间寻找到了心灵归属。在大时代中探寻自我的当代语序，这是成为一个优秀艺术家的重要标志，广宇做到了。

公冶繁省：在广宇兄的彩墨世界里，色彩、线条和空间有虚实层次的饱满和圆融感，细腻敏锐的感性笔触和理性有序的画面结构以一种高度和谐而又充满音乐律动美感的生命张力给观者带来惊奇和欣喜。他对抽象语言的敏感和建构画面的素养及能力让人称奇。从他的画作中可以传达出诸多关于艺术和生命的思索，对于一位当代青年艺术家而言，如何面对未来的艺术走向，如何面对自己艺术的完善和深入，我相信广宇兄一定有自己的思考和判断。生命在行进中有物化的形式语言与之和谐，自己的精神和灵魂有了寄托，有了自己的表达，这对于广宇兄而言是幸福的。

王中文：内观心象与自然万物和谐共生，追求天人合一的境界，是东方美学的实质。表达的是检视自我守中笃行，不逾矩下的随心所欲。在这种价值观念下的作品，不是外向的形色模仿与晕染韵律，而是表现内在此时此刻接通天地磁场的感应。周广宇的作品其实更是心迹路程的修行，在不断梳理中察觉自我到无我的过程。恍惚意会之间，进行个人的书写，如同符箓一样信息传递在另一个世界。

曹晓光：周广宇的水墨绘画，用笔简练，温情脉脉，优雅和煦。作品常喜以点、线造形，水墨晕染，创自己独解，诠释自然之美，人生喻其中，寻味良久，朴实清新。观者在恍然间会生出庄周梦蝶之感。周广宇在观照描绘对象时，喜欢把自己的生命的志趣和情感注入到对象中。周广宇的作品对我的吸引，既不是真实地再现自然的客观形态，也不是笔法精妙地发扬传统绘画方式，而是使观众感受到生命活力的痕迹，这种活力源于中国文化的精髓，是他艺术活动的基础。超越于题材特征的中国韵味浸润在他的作品之中，越过传统笔墨、传统图式去追求由中国文化精神自然生发的感情境界。水色交融的抽象意蕴是周广宇创作的主体本身的精神化象征，以其开放的姿态迎接每个观者，敞开自己的心扉，而这种姿态正是中国古老的文化包容和广博的主线。品周广宇之作如观宝玉，畅快！

张义宾：广宇是一个对艺术很着迷的人，非常用心，也非常用功。他十分执着地追求自己的艺术个性，他认为这是艺术的生命之所在。他并不在意形物的外在特点，而是力图把握其中的气韵。

何金时：广宇个子不高，平实稳定，是位很有实干精神的画家。广泛涉猎与自己画风吻合的观念意识，为己所用。在众多艺术形式中，广宇选择抽象的表现形式，这无疑是突破了许多条条框框。无有挂碍才能表现彻底，抽象艺术与中国写意画精神有天然的默契。广宇是个真性情的画家，具象等形式不能承载其精神和对美的追求，因此抽象绘画才最适合他的个性。

周广宇艺术笔记摘录：做一名艺术上的拓荒人

★吸收传统营养，不拒中外，写我之精神，得自然天趣，以不变之心应万变之容！

★真正的艺术家需要直面孤独的勇气。

★作品中无魂则无生气，生即是活，活便有魂，唯真，不可虚浮。

★没有灵魂的作品犹如活死人。

★画画不能为了画成个像画的东西而画，很多画者为了要完成一件像画的作品常常沉浸其中，进而忽略了艺术的实质，个体精神内核的表现，完成的作品因为不是内在自我的精神传达，也因此失去了灵魂，成为技法的堆砌和形的躯壳。

★朋友说朋友的画，这里应该空着，那里应该再添点东西，说来说去，无非是怎样经营位置。经营画面，每个人有每个人的方法，有自己的处理和表达方式，当然如果画家本人还没有做到掌控自己的画面，那么别人说什么也是无用的，况且指点者的经验也不一定适合画家自己，画画这件事，每个人都是自己"王国的皇帝"。

★我宁愿做一名艺术上的拓荒人，而不是一个拾穗者。

★当代性是既能体现和承载当下的文明，又能经受住历史的考验，是指向未来的。

★没有实实在在的作品，光靠包装只能是自己欺骗自己，总有一天，历史会把这些人扒个精光！

★只有当抽象成为你的生活方式的时候，作品才可以与天地大美相融，正如书法是古人的生活方式，流传多久都是鲜活的，是生命的融入！

★在当代，我们需要传承和延续的是传统文化精神，而不是传统的笔墨形式，文脉精神的传承所体现的必将是一个丰盈的、有血有肉的当下。

★符号的形成只能是艺术家的作品相对成熟的表现，在作品相对成熟的时期找到和自己心灵相契合的表达方式，我想没有哪一个人愿意看到一个艺术家二三十岁相对成熟的作品风格一直延续直到他的生命结束吧，作品风格的形成具有阶段性，只有阶段性的存在，才能真正体现一个艺术家的生命活力，一生都在重复一种作品风格只能说明艺术家的艺术生命衰竭、思考停滞。艺术作品不变的风格只能蕴含在艺术家不同时期的作品当中，即蕴含在作品中的艺术家生命个体的独特气质、独特体验和生命密码，仅从阶段性的艺术风格去认识艺术家还远远不够，要真正了解一个艺术家和他的作品，还需要对艺术家及其作品有一个宏观的、延续性的把握。

★做艺术我想一方面应该最大限度地回归本性、本真，回到那个生命伊始，对事物充满好奇、充满童话般想象的生命状态，小时候画个圆圈，可以是面包，可以是玩具，可以是食物，自由无束，无限美好的想象得以释放。另一方面，做艺术更应该直面当下、直击人性，在这个大时代中应保持独立，回归本我，在社会化的过程中保持生命个体思想之独立，不人云亦云，不随波逐流，不虚华，不伪装，心中坦荡，人必会充满正气，艺如其人，画面必然真气充盈。

★心迹自然系列："心迹自然系列"是最初抽象作品的延续。作品以自然万物为基石，不具体描摹大自然的外形，而是有意地提取自然界物质的外形或局部，融会于心，以抽象或半抽象的形式来组织画面，把自然的风物内化为心象的风景。

★书系列：以前由于工作，会经常性地接触一些古籍善本。上面朱色的圈圈点点总是会吸引我，不自觉地就把这种形式感的符号用到了作品中，经过几年的实践下来，慢慢地形成了几种"书系列"的样式。以抽象的类似书写的线条和形式来铺陈画面，有时也会在需要处圈点，似书非书；以书写中的点划为元素创作的，以方格或圆形作为画面的架构，元素点划；借鉴了书法中对联的形式来进行的抽象性书写；以单字、词组、短语、句子等实际汉字为内容进行的单字或重复书写；以临摹的大师书法作品作为基底进行的创作形式，无论运用何种方法和素材，我的这些作品都是以抽象的形式来统筹画面的。

★一个艺术家把作品说得太多就没有意思了，想法到了，本来是很自然地产生出作品，非要再说个一二三出来，哪有那么多一二三拿出来讲，我觉得说出来的这个一二三肯定不是你脑中的一二三，这个一二三要留给欣赏作品的人。良宽法师也是很自然地书写，所以我们才能在作品中感受到他生命的温度和厚度。

（齐鲁晚报·齐鲁壹点·青未了·菏泽创作基地2022-01-04）

王元生：民间诗社的创办人

我与王元生不是很熟悉，只是在前不久见过两次面。东明诗界的几位老友一直在向我推荐他，说他有东西可写。

王元生个头不高，乡间中年人的装束，说起话来慢声细语，是东明县菜园集镇东台寺村《东风诗词》的创办人。

提起《东风诗词》，我有些印象，那是 2006 年刚刚创办第一期的时候，几位文友向我介绍了这个民间的小刊物，如我们几个人当年创办《福河源文学报》一样，对于这样的刊物，要办起来并延续下去是很难的。2012 年第 6 期时，文友一再要求我拿几篇作品出来，由于我是不写诗词的，只好给了友人几篇自己写的散文诗，不想他们居然刊用了。于是，我记住了这本刊物。

冬至那天，我与王元生在渔沃学校附近的一个小茶社里见了面。我们的话题是从《东风诗词》开始聊的。这些年以来，从 2006 年 11 月《东风诗词》第 1 期开始，到现在的第 9 期，加上《东风诗词选粹》共计 10 期，共印刷 5.3 万余册，发行量之大，在全县及周边县区都引起了强烈反响。

行医路上四十载

　　王元生的简历非常简单。王元生，1957 年生，中专文化，主管药师，是中华诗词学会、中国诗词家协会、山东老干部诗词学会会员，东明县诗词学会副会长，《南华诗韵》副主编。2006 年在家乡发起创建"东风诗社"并主编社刊《东风诗词》，作品被省市级以上刊物多次发表，2014 年 11 月参加"第六届华鼎奖全国中华诗词大赛"征文比赛荣获金奖。

　　他是主管药师，这是我之前所不知道的事情。王元生是中医世家，父亲王裕堂老先生从医 70 多年，活到 98 岁，是十里八乡有名的老寿星，健在时独创的一系列养生经很是让民众受用。老父亲的一生中每天能坚持锻炼身体，步履矫健，嘴里时常念叨着"饭后百步走，活到九十九；少盐多醋，少肉多素；管住嘴，迈开腿"。

　　受家庭的熏陶，王元生从小就对医学知识有独特的偏爱，特别是"文革"十年浩劫期间，唯有他家的医学书籍没有被抄走，这正解决了他没书可读的愁。他在工作前就背熟了《汤头歌》《药性赋》《药性歌括四百味》，通读了《中医内科学》《中医儿科学》《人体解剖学》《生理卫生知识》等书。到了 20 世纪 80 年代初期，他接了父亲的班，在乡镇卫生院上班。刚开始就是学习抓药，业余时间又刻苦自学《伤寒论》《中医外科》《中医针灸学》等医学书籍，后来又去菏泽卫校进修了两年，这才真正地走上了从医的道路。在卫生院里，他啥都干过，抓药、坐诊、化验、打针等，基本上属于一个"全科医生"。2004 年，因身患肠瘤做了大肠全切术，病好后开始从事行政管理工作，当过办公室主任、出纳、中司药、西司药、防疫等，一直到2011年退休。

1986年春，王元生刚进牡丹区高庄镇卫生院中药房不久。一个周日的下午，一位80多岁的老太太来窗口拿药，口袋里又掏不出钱来。同事小声对他说，老太太是抗日战争时期创建南华县委抗日游击队的功臣，每次拿药都不给钱。王元生在看书时知道，1943年中国共产党在南华县组建县委、县政府、抗日根据地，就在高庄镇政府南5公里处一个叫圈头的地方。王元生随即给她把药拿好，亲自把她送到医院门外边托付给他人才安心回来。到那个月发工资时，王元生被扣了半个月的工资，当时1个月工资不到40元。

1996年的夏天，王元生被调到了牡丹区李庄乡卫生院。这是个新建的卫生院，筹备人员只有四人，医药都还没进足，特别是中药才购进几十样，资金、设备及医务人员都不齐备。一天下午，一对骨瘦如柴的老两口，年龄七十多岁，见到王元生问道："医生，她的病你能治不?"王元生看老太太一只胳膊不停地摆动，本来在这种情况下他应该回绝，由于职业的本能，他没那样做。正巧他最近看了一本《本草从新》的药书，里边叙述的与这个老太太的症状十分相似，这种病很少见，从前也听他老父亲说过这病情，除了睡觉方可停止摆动，一旦醒来恢复如初。当时王元生没在意，突然想起，有种想试治的冲动。他先问了问情况，老汉说："实不相瞒，正如医生你说的那样，看来我老伴的病你能治好。我是东边一里远那个村的，老伴得病好几天了，前几天去别的医院，医生都说没见过这病没把握治好，给开了几包西药片，吃完了也不见好转，我们也没有钱，也走不到更远的地方去看病，有人说咱这里才建了医院，看有高手医生能给治好不。"王元生预先给老两口说明，没把握治好，若治好再付钱。老两口点点头。王元生自费取了药，交待他们如何服用。很多天以后，王元生渐渐地把这件事给忘了。一天，老两口手里提着 20 多个鸡蛋来了，对王元生说："吃了你的三副药后就好了，我们没钱还你，别无他法，没儿没女，也没其他收入。等了这么多天，鸡下的蛋都拿来了，一是当药钱，二是感谢你。"说完还竖起了大拇指。王元生婉言谢绝了他们的心意，坚决不要鸡蛋。老两口千恩万谢，一个劲地鞠躬。

1997 年收麦期间，王元生和一位同事在值班。一天下午，从卫生院北边的刘庄村跑过来几个妇女，慌里慌张地拉来一位 40 余岁的服农药自杀的妇女，王元生一看，服毒妇女右腿还装着假肢，立刻问清患者的情况，迅速制定治疗方案，紧急施救。服毒妇女洗胃时极不配合，几个妇女齐用力方才按住她，服毒妇女说："医生别费心了，我喝得太多了，你们治不好的，也没人给钱。"王元生说："那也得治。"经过四个多小时的抢救和一夜的治疗，服毒妇女终于转危为安，又经过一周的巩固治疗得以康复。正如那服毒妇女所说的，出院后服毒妇女一直没付钱，王元生只好承担了这次近千元的费用。后了解得知，服毒妇女的丈夫有精神疾病，两口子经常吵架，家中值钱的东西都卖了用于看病。时间过去两年多，服毒妇女才将欠医院的钱还上。

从医以来，王元生先后在《中医外治》《中国预防医学》《河南中医》《四川中医》《广东中医》等专业杂志上发表验方、理论文章十多篇。在工作之余他还给报社、给电台，写过小稿件，也发表了不少文章。

王元生从小就对诗词文化有着浓厚的兴趣。多年来，老而弥笃，每当看到或听到一首好的诗词，不但脑录手抄，而且反复吟咏，真是其乐陶陶。"在浩瀚如海的医学领域里，我只能算是个半瓶子醋。"王元生说。在卫生院的这些年，王元生没有忘记写作，写出了很多作品在报刊上发表，例如《无法退还的红包》《"麻袋哥"减肥》《救场》《上任村主任的第一桶金》《"心病"》《庸牙医清早开市　彪形汉饥饿卖牙》《真假院长》《"苦瓜"升级》《一刀醒》等。

东风诗社的创办

2004 年底，王元生做完手术在家休养。2005 年 12 月 29 日，十届全国人大常委会第十九次会议决定，自 2006 年 1 月 1 日起废止《中华人民共和国农业税条例》。由此，国家不再针对农业单独征税，一个在我国存在两千多年的古老税种宣告终结。全国人民特别是农民无不欢欣鼓舞。王元生的家乡东台寺村的诗词爱好者们更是慷慨激昂，赞叹不已。2006 年的一天，王元生和几位东台寺村内的诗词爱好者闲聊时，诗兴大发，灵感骤来，大家各自口占了几首时代赞歌，后来经过修改，感觉有点诗味儿。他提议成立个诗社，再出本集子，增强交流，当时大家一致赞同。但想要成就一番事业，总是说来容易做起来难。

正要准备运作时，有人提出结集出版诗集所面临的资金和编辑问题，资金从何而来？又去哪里印刷？大家大都不会用电脑，怎么编辑成册？再就是大伙的作品内容涉及各个方面，虽说言论自由，但怎么去把文字关、技术关和政治关？会不会招来麻烦？大家一度陷入思考。

诗友们是因为爱好才走到了一起。经过反复讨论，最后决定迎难而上，就这样，东风诗社诞生了。开始创办编辑《东风诗词》，由王元生任社长兼主编，薄慕周、穆江顺、袁东起、杨思民等分别任副社长及编委，火速开展工作。编印诗集谈何容易？仅凭几个诗词爱好者的热情是远远不够的。

他们去拜访一些诗词写作方面的行家，请求他们给予修改和指导。王元生和诗友们一起踏上了筹稿之路，不管是严寒酷暑，还是风霜雪雨，说走就走，天冷路滑时，就选择步行到周边村镇拜访诗词爱好者、退休的老干部、老教师、老同学等，有时还会骑上自行车、摩托车或打电话约访有写作经验的行家和有识之士。后来得到了老教师薄基俊的指导，他们聆听了薄基俊老师关于写诗、出书等方面的经验做法，还向他们推荐了诗词大家薄慕周，使得东风诗社如虎添翼。

经过大家坚持不懈的努力，诗稿筹集工作终于完成，接着他们又投入到紧张的整理修改编排工作，其间得到了山东大学研究生孔德龙、时任中国农科院烟草研究所所长王元英的大力支持，并为诗集欣然写序，还承担了这一期的出版印刷费用。2006 年 11月，《东风诗词》创刊号终于面世了。

东风诗社平台的创立和《东风诗词》的发行，不但在菜园集镇周边区域引起很大反响，也引起了县、乡有关领导的重视，称这一民间诗社是全县甚至全市、全省唯一的农民自发创立的民间文化团体，值得发扬光大。有了上级党政领导的肯定，大家就像吃了一颗定心丸，比以往更加坚定了信心，决心把诗词写好、刊物办好、平台搭好，既陶冶了性情，又传承了经典。就这样，大伙儿分工负责又碰头定盘，决心要把诗社建好、把诗刊办好。为了不辜负领导和诗友们的热切期望，经过商讨，最后决定，排除一切艰难，联系更多的诗词爱好者，增进交流，力争不断提高诗词作品质量，原则上每年出版一期。但是继续办下去，资金是个大问题，王元生当场表态出一大部分，剩余的各位随意出，薄慕周得知后，同意出另一半。我问他："你为了《东风诗词》，先后垫资有多少?"王元生沉思了一会儿，说："前后有一万多吧。"

在《东风诗词》出版第一期后，王元生就对自己有了更高的要求，诗词既然是中国传统文化的瑰宝，诗词领域是个神圣的领域，诗词写作更是高雅艺术，那么在作品质量上必须严格要求，尽管大家都还不够成熟，但有信心有勇气，锐意进取。为了让诗词更趋规范，从编辑出版第 3 期后，编辑部努力查找不足，比如平仄、对仗、韵律、立意等方面的要求。不懂就问，诗友间相互学习切磋，为了把诗词写好、编辑好，王元生买来关于古典诗词写作方面的工具书，利用电脑查询、走出去向诗词名家请教、把诗词高手请进来讲课等，通过不断学习探讨，大部分诗友先后掌握了韵律、平仄等专业知识。

副主编穆江顺利用到北京开会学习的机会，专门拜访了时任《中华诗词》编辑的赵京战先生，当他把《东风诗词》呈上去，赵京战先生看后肯定了两点，一是诗立意好，二是诗味浓，同时也提出了不同意见。副社长、副主编薄慕周 2015 年利用去济南参加诗词交流大会的机会，将《东风诗词》带到现场，让知名专家、学者、诗词大家和领导们给予指导。会上一位专家看后这样说："一个自发的民间文化团体，能得到地方党政领导的关心和支持已经很不错了。"称赞菜园集镇书记镇长有远见，扩大了影响面，提高了诗社的知名度。

王元生利用上班之余，去菏泽专门拜访了市诗词学会孙传仁会长，得到了他的教诲和指导，对继续办好《东风诗词》增强了信心。2008 年底，菏泽市诗词学会会长孙传仁、副会长王运思、刘娟一行，冒风雪来此举办了一场生动的诗词知识讲座，与会全体诗友备受启迪和鼓舞。从此，《东风诗词》步入了正规运作的快车道。菜园集镇党委政府对《东风诗词》的关注和运作资金的投入不断加大，保证了第4期至第8期顺利出版发行，为菜园集镇的文化建设做出了贡献。为了增进交流，扩大影响，壮大诗词队伍，提高创作水平，王元生提出"只要你来，就有诗才；只要你来，就是捧台；只要都来，诗台精彩"的号召。

《东风诗词》相继出版了9期，发表诗词、诗词短评、诗词理论性文章2300余首（篇），大部分是格律诗词、仿格律诗词（古风），还有一小部分现代自由诗。《东风诗词》自创刊以来，风风雨雨走过了十几个春秋，从最初的几个诗词爱好者，到现在200多人的诗词队伍；从开始只有东台寺村的几位农民，到现在全村20多人的诗作发表在各类报刊，增进了诗词文化交流。近年来他所影响带动的多位诗友被国家、省、市级诗词学会吸纳为会员，培养的部分同志也已成为一些诗刊编辑和诗词界新秀，并走上了县级诗词学会领导岗位。王元生他们经历了很多坎坷曲折，也尝到了些许辛酸和无奈，但得到的更多是精神上的收获和满足。

村庄史的续修者

东台寺村，是王元生家乡的所在地，位于东明县城东北8公里处。东台寺是个古老的村庄。远在唐代，冤句县城（故址在今李屯）为备水患，在城北三里堆土建高台，台高数丈，广有一里，百姓散居，官府在此设东台里。五代后梁贞明三年（917），建佛寺于台上，寺院周围移居居民，从而村随寺起，故名东台寺村。相传贺姓为东台寺迁户，但后嗣已绝。村北尚有贺氏墓址，墓已不复存在。

1984 年，东台寺被东明县人民政府批准为"东明县级文物保护单位"，有明万历十四年一卧碑。据东明县志载：寺之初建，台高数许，基阔数百步，周围广一里，规模宏大，壮丽一时。由于兵燹祸结，至元代唯存台基。

据王元生的父亲王裕堂叙述，1942 年由会首王基立为理事重修庙宇，建西廊房挖地基时挖出诗碑，当下决定镶嵌在西廊房南山墙上。1968 年正值"破四旧"之际，东台寺被列为"破四旧"建筑，遭拆除，所有文物毁于一旦。所拆建筑之材被用来建学校，此诗碑被用在房门之上做压批，便被保存下来。改革开放以来，社会和谐，国泰民安，重修东台寺成为周边村庄耆宿、村民之夙愿。

王元生看到这里，萌生了要把东台寺的故事告诉世人的想法，好留下一点痕迹，让后人瞻仰。他查找资料，翻阅历史，看到《东明县志》无论在清朝的三个版本中，还是在 1933 年版本中，古迹篇都有记载："冤句县，东明故县，在东台里、李家屯，有庄子墓，墓旁有灵泉，水甜甘冽，可去疾。"这里的东台里就是东台寺，历史源远流长。

东台寺每年举行的四月初八庙会，起于何时，并未见于史料记载。王元生通过走访，了解得知约起于明朝隆庆年间。

2001 年，东台寺再次落成时，穆文熙《雪后过东台寺》诗碑重新面世，倍增旅游文化之气息。2016 年，王元生起草了《关于东台寺注册登记的申请报告》上报给了有关部门，很快就得到了县宗教局的批复同意。满足了东台寺管委会及广大村民和佛教信众的热切期望。

在此期间，王元生搜集整理了很多有关东台寺的故事、传说，写下了大量的宝贵资料，如《王长统易桩免差役》《别出心裁济乡邻——记王德茂的故事》《廉政知县袁葵的故事》《诚信交挚友 仁慈遇险安——记袁氏三世祖袁嵩日蕃丁盛的故事》《王开河出丧》《袁翰林为国聚英才》《油水桃传略》等。

2012年，东明县文艺人才注册参加评选的有12人，东风诗社创始人王元生入选。入选评语这样写道：东风诗社的创办人王元生，菜园集镇东台寺村医世之家，一生酷爱诗文，为筹建东风诗社，东奔西跑联系大半个东明县有文化的诗词创作爱好者，自筹经费出版了《东风诗词》，其中的许多诗篇被省市级刊物刊发录用。

2014年12月，王元生被吸收为中华诗词学会会员。近些年，许多东台寺村的诗词爱好者被国家级、省级诗词学会吸收为会员。

像王元生这样的文化人，特别是文学创作者，他们已到中年，上有老人下有孩子，白天为家庭的生活奔波，晚上在夜深人静的时候坚持创作，往往还不被人理解。妻子和孩子都不理解，说他是从前"不挣钱还熬油"，如今"不熬油了却费电"，一些邻居笑话他，一些长辈也说他"不理正事"。王元生认为搞文学本来是一件好事，如今却要偷偷摸摸，犹如老百姓说的"不能吃不能喝，没钱老婆也不跟你过"的讥讽话。他说到这里，感慨万分，显得很无奈。

2017年春，王元生主编的《东台寺古今诗话》编辑出版，他先后写下了关于东台寺村的各种文章数十篇，如《东台寺感赋》《观重修东台寺有感》《穆文熙〈雪后过东台寺〉诗碑小考》《重修东台寺简介》《东台寺四月初八庙会》《重立率祖公碑记》《关于东台寺注册登记的申请报告》等。

2017年6月27日，王元生的事迹入编菏泽市文联、市档案局主编的《菏泽文学艺术名人·国家级》一书。他的诗词先后在《广州诗词报》《贵州诗词》《枫叶正红报》《牡丹文学》《奔流诗苑》《曹州诗词》《南华诗韵》《金秋诗刊》《松竹梅诗刊》《东风诗词》等多家诗词报刊上发表。2021 年，在山东诗词学会举办的"奋斗百年路，启航新征程"诗词创作大赛中荣获三等奖。

（齐鲁晚报·齐鲁壹点·青未了·菏泽创作基地 2022-01-10）

李新兵：一位退伍老兵的情怀

2022 年 1 月 7 日中午，几位文友小聚。席间，一位文友说：
"李新兵又一新作《鹧鸪天·踏春》在《中华诗词》上刊登了。"

《中华诗词》是由中国作家协会主管，中华诗词学会主办的
一本杂志，也是当代最具影响力、最权威的国家级诗词月刊。这
是他第 7 次在这本刊物上发表作品了。

李新兵，字季戎，笔名布衣吟者，东明县人。系中华诗词学
会、山东诗词学会会员、菏泽市诗词学会理事、东明县作家协会
理事、东明县诗词学会副会长，《南华诗韵》副主编。

承父志戍边南疆初历练

李新兵受家庭的熏陶，从小就对传统文化特别喜爱，尤其是
对诗词和书法情有独钟。他的父亲写得一手好字，亦爱吟诗作
对，从部队退伍后一直在教育系统干到退休。他从小耳濡目染，
对祖国的热爱、对军人的崇拜、对军营的向往在他心里早早就扎
下了根，长大参军，是他儿时的梦想。

那个年代，国家还很贫穷。李新兵的村子地处偏僻，相对比
较落后。他的父亲在十多公里远的学校教书，每到星期天才能回

家一次，家庭的重担全落在他母亲一人肩上。他从小就比较懂事，为了减轻母亲的重担，他除了上学，就是到田里劳动，还要帮母亲照料卧病在床的奶奶。由于过早地干体力活儿，加上生活条件、差营养不良，个子要比同龄人矮上一截。母亲怕他身体素质跟不上，将来当兵体检过不了关，后来重活都不舍得让他多干。

中学期间，李新兵迈开了学习书法的第一步。他开始买钢笔字帖，有时买不起就借同学的。有了字帖，他仔细临摹，用心揣摩，反复练习，使硬笔书写有了很大提高。为了学习毛笔字，他跑到邻村一位有书法造诣的老师家里求教，得到了那位老师的启蒙指导。接下来他买来廉价的笔墨纸砚，晚自习放学后在家临习。从开始不会拿毛笔，到后来能够勉强掌握毛笔的使用和临帖的要领，李新兵尽管走了很多弯路，但还是收获不少。

李新兵所在的村子不足四百人，文化人不多，街坊邻居们得知他会写毛笔字，每当春节临近，就拿着红纸来找他。李新兵开始不敢下手，后在父亲的鼓励下，在自家的院子里摆下了桌案。春节前天气还很寒冷，手冻红了、冻僵了，他就搓搓揉揉继续写，一写就是一整天。当邻居们高兴地取走自家的春联时，他心里顿时充满了成就感。

20 世纪 70 年代末 80 年代初，南方边境处于多事之秋，战事不断。当时还在上小学的李新兵看了电影《高山下的花环》，被边防战士不怕牺牲、英勇杀敌的壮举和高贵品质深深打动。从此，他对军人更加崇敬，对参军入伍的决心更加坚定。上中学时，李新兵的学校请来了一位从边防前线退伍的残疾军人做报告。当两位老师搀着那位残疾军人走上大讲台，全校师生掌声雷动。听那位英雄讲述他的故事时，李新兵感到身临其境、热血沸腾。在后来的作文课上，他写得最多的是寄给边防前线指战员的信，他的作文多次被老师当作范文在课堂上阅读。

那年刚满 18 岁的李新兵，应征入伍，实现了他的夙愿。他所在的部队驻地在云南昆明。新兵连结束后他被分在了修理营，除了常规的训练外，就是下车间。他的专业是车工，为了能把技术学好，部队又送他到昆明铁路机械学校、昆明通用电器厂等地方学习。他非常珍惜学习的机会，很是用功，严格要求自己，出色地完成了学习任务。

当时连里有位书法家，这可让李新兵激动不已，他一有空就缠着让教他书法、指导临帖，那段时间的学习为他后来从事书法教学奠定了基础。他在连队不但注重军事和业务技术的学习，还不忘政治理论的提高。他星期天很少出去玩，总喜欢待在宿舍看书读报，战友们不理解，说他另类。在他的床头柜里，放的不是马列毛著述，就是文学类、技术理论方面书籍。他知道自己文化低，所以不断用知识武装自己的头脑。后来他试着写点"小豆腐块"往当地一些报刊投寄，偶然的发表让他感受到了学习给他带来的快乐。

连队成立学习雷锋小组，李新兵经常去镇上敬老院为老人打扫卫生、理发，去学校修剪花木、修理桌凳、给学生讲雷锋的故事。在部队期间，他多次受到部队嘉奖，被评为"学习雷锋先进个人"。

进警营执法处处暖民心

1991 年冬，李新兵退伍返乡。

翌年春，县委政法委招收合同制民警。经过严格考试，他被县公安局录用，从此成为了一名巡警队员。脱下军装，换上警服，到了新的岗位上，李新兵没有忘记军队的优良传统，没有丢掉军人作风。为了尽快熟悉公安业务，他积极参加局里的业务培训，刻苦学习法律知识。训练之余，虚心向领导请教。那时候，队里只有一辆警车，巡逻时就骑自行车或者步行。出勤不分白天黑夜，不分刮风下雨，有时巡逻途中被暴雨淋得浑身湿透，有时夜晚被蚊虫叮得奇痒难忍。"那时候年轻，也不知道累，总有一股使不完的劲儿！"他说。

一年后，李新兵被分到县交警大队。尽管都是公安工作，但警种不同，工作也不同，这意味着一切要从头开始。当时交警大队新成立了四个中队，他被分到一中队。一中队任务是负责城区道路交通管理。一中队下设三个班，李新兵被领导任命为一班副班长。初来乍到，又任副班长，为了尽快熟悉业务、协助班长带好队伍，他又投入到公安交通管理业务的学习中，并积极向老民警学习请教，他因为特别注重在学习中实践，在实践中运用，所以进步很快。

20 世纪 90 年代初，东明城区街道路况差，要想扭转局面，谈何容易？城区街道两旁店外营业的街边小摊小贩乱摆乱放，大货车、农用车等相互穿行，道路交通事故时有发生，特别是赶上县城集会，道路拥挤不堪，就像炖的一锅杂烩菜。为了治理城区交通环境，李新兵和队友们在中队领导的带领下，先是对沿街店外营业的商户逐户下发限期整改通知，以口头教育的方式劝导小摊小贩，以路口执勤的方法规范交通参与者。凡事说来容易做起来难！那时候，人们的法律意识、安全意识淡薄，城市配套又跟不上，执法很难。面对种种阻力，李新兵和队友们没有被困难吓住。经过半年的整治，城区交通环境有了根本的改善。

后来李新兵担任了班长。为了更好地完成中队交给的任务，在执法过程中，他坚持依法依规，要求别人做到的，自己首先做到。几年里，他本人累计纠正违章达十万余人次，查扣无牌无证机动车驾驶人达五千余人次，帮助困难群众及司机达千余人。

一次，他在岗亭指挥交通，发现一辆外地半挂车驶了进来。检查发现司机没带驾驶证，只有一张暂扣单，说是因超载，驾驶证被一检查站暂扣，途中车辆出毛病把钱花完了，早饭都没吃。按照规定，这车辆违反禁令标志，况且又拿不出驾驶证，本该罚款。李新兵让一民警把违章车辆先开到一边，接着买来一份热气腾腾的面端给那位司机吃，然后放行并嘱咐他等晚上再出去。多天后，那位司机又趁来送货的机会专门给他带当地特产表示感谢，被他婉拒。

还有一次，李新兵带领队员在辖区内巡逻，途中遇见一辆无牌农用机动三轮车，司机大约三十来岁，车上坐着一位老太太用棉被蒙着，还不时发出呻吟声，经询问，司机是去医院给母亲看病。眼下车辆无牌，驾驶人无证，本该查扣。正在这时，司机伸手从裤兜掏出一沓钱来说："我交点罚款吧！我不要条儿。"李新兵想，罚款不是目的！眼下病人看病要紧，反正车辆是不能让司机再开了。他和队友当即确定暂不处罚他，随后用警车帮他把病人送到了医院，同时把暂扣车辆开往停车场存放。几天后司机来找他处理，李新兵说服司机去考取驾驶证并给车辆办理了牌照。

由于他长期在公安交通管理一线，以至于离开交警队多年，偶尔去街上买个菜，还会遇到当年与他打交道的商贩们，大老远笑嘻嘻地喊他"李班长"。李新兵文明执法、灵活执法、不失人情味的工作态度，赢得了无数驾驶员和行人的赞誉，也得到了大队领导的多次表扬，先后被评为"交通管理先进工作者"和"优秀共青团员"。

学摄影创业开起夫妻店

20世纪90年代末，第一轮下岗潮开始。1999年下半年，李新兵下岗了。下岗后的他，面对经济大潮的冲击，该何去何从？他一度茫然。以前在部队学的技术没有用武之地，想想身边的同龄人，很多都已事业有成。当时他已是两个孩子的父亲，家庭生活的压力使他寝食不安。

好在他的妻子在家门口开有一个小摄影店，还能够养家糊口。在妻子的劝说下，李新兵先是去当时东明一家照相馆学习照相技术。为了尽快学会照相，他虚心向师傅学习。由于他勤学好问，不到两个月就掌握了光学理论、摄影技巧、暗房操作等专业知识。后来在师傅的指导下购置了两万元的摄影器材。学成后和妻子重新在街上开了一个像模像样的照相馆。

好景不长，新的摄影技术冲击了市场。技术革新当然是好事，但对于刚步入这个行业的他夫妻俩来说，无疑是新的挑战。刚买的设备将被淘汰，意味着还要重新学习数码技术，重新购买设备。但是李新兵考虑到没有退路，后来他让妻子在家先营业着，自己去济南学习数码技术。交过两千元的学费后，家里就没有多余的钱了。

俗话说："人过三十不学艺。"意思指人的年龄过了三十岁，再重新学习技艺很难了。那个时候，李新兵才刚刚30岁出头，重新出去学习，对他来说还是比较难的。他学习新技术就涉及要学习电脑知识、打印设备的使用和维护等，要知道那个时候电脑操作可是一门技术含量很高的活计，好在李新兵头脑比较灵活，学习也刻苦，很快就把技术掌握了。在济南学习期间，他舍不得多花一分钱，每天就吃买来的手抓饼就白开水。偶尔感冒了，他也不吃药，硬是强撑过来。学习期间，李新兵非常勤奋，不懂就问，老师看他求知若渴，非常喜欢他，在学员中，他是掌握所学内容最快也是最多的一个。功夫不负有心人，学满结业时，他无论是理论还是实际操作，成绩都很优异，时任山东省摄影家协会副主席华铁林老师曾夸他是自己见到的最棒的学员。

回到家后，2003 年 8 月，他在县城南边的渔沃附近找了一间门面，起名"汇通照相"，便开始营业起来。这里紧邻乡镇中学、县职业中专和渔沃村集市，地理位置好，人员来往频繁，加上小两口服务热情，童叟无欺，生意很是红火。

2012 年，李新兵面临着极大的经济困难。我问起他这些年有没有遇到困难时，他脸色忽然由晴变阴，开口差点哽咽。要不是我继续往下问，他都有点说不下去了。那年的生意异常萧条，那年的春节是他两口子最难以忘怀的春节。上一年他们家买了一套住房，房款70%都是亲戚朋友给凑的，挣的钱大部分都用来还账了，那年也正赶上轮养近百岁的姥姥，加上店铺门前的道路加宽改造，施工中修修停停，工程一直缓慢进行，一修就是好几年，顾客过不来，生意萧条，挣的钱勉强够交房租。他们家当时大女儿在外地读书，小女儿在上初中，儿子不到两岁，临近年底一个孩子又生病，马上要过春节，没有钱买肉，只好去超市给孩子们买了一大包零食。那年他们一家连一件新衣服都没添，勉勉强强地把年过了。说到这里，李新兵眼里充盈着泪花，语言哽咽，他一旁的妻子也掩面背过身去。

因为来他这里照相的除了学生就是附近村民。他考虑到做服务行业应在"服务"二字上下功夫，对顾客服务好是他夫妻俩长期的宗旨。再就是价格上让顾客能接受得了，高照片质量尽可能让顾客们满意。时间久了，他的照相馆，十里八乡家喻户晓，大家都愿意找他照相，生意也越来越好。

尽管李新兵夫妇需要钱，但他从来不多收顾客一分钱，对一些残疾人顾客、孤寡老人做到能让钱就让钱、能免费就免费。多年来，他记不清照顾过多少人了，粗略估计，每年也不下一两千的。

工诗词无私奉献一新星

说起与诗词结缘，是从 2006 年开始的。李新兵的母亲于 2005 年去世，母亲的病逝给了他沉痛的打击，长期的悲伤心情无法排遣。后来他写了两篇纪念母亲的文章，心情才有了好转。有一次清明节，他试着写了一首缅怀母亲的不成诗的诗，拿给一位同学看，同学看后感觉很有诗味，推荐他向菜园集镇一个民间诗刊投投稿，后来他认识了东风诗社社长王元生老师。诗经过修改后登在了《东风诗词》上。从此，李新兵喜欢上了诗词。

李新兵知道自己水平不高，一有空就去王元生老师家登门拜访。经过王元生老师的指导，他很受启发。接着他购买了诗词写作方面的工具书，同时开始大量阅读文学历史书籍。刚开始，他写的诗连古风都称不上，用韵、平仄、都不合乎。王老师手把手教他，让他先从五绝和七绝学起，从遣词造句、立意、手法、押韵、对仗、用典等详细讲解。有时，王元生老师怕耽误他做生意，就亲自来到他的店里教授。慢慢地，他走上了专业诗词创作之路。

李新兵经过两年的努力，不少诗词作品发表到《东风诗词》

上，部分发表《南华诗韵》上，他开始在东明诗坛暂露头角。《东风诗词》出到第 9 期时，他已经成为东风诗社的主要作者了。王元生看他热心奉献，开始让他参与刊物的组稿和编排工作，并让他任那一期的责任编辑。

2014 年，李新兵加入东明县诗词学会。在新的平台上他结识了更多的诗词写作高手，李福禄、张建峰、薄慕周等老师都是他学习的榜样。后来又经老作家杨洁老师指导，文学写作、诗词理论等鉴赏方面又有了新的提高。他外出途中总不忘带着纸笔，走到哪写到哪，到了如痴如醉的地步。

2017 年，李新兵被中华诗词学会吸收为会员。他创作的作品，先后在《诗坛》《牡丹文学》《曹州诗词报》等报刊上发表。他的简介入编《东明年鉴》，入编由菏泽市文联、市档案局主编的《菏泽文学艺术名人（国家级）》一书，2018 年，他参编《中国牡丹文化大系诗词卷·近现代》一书。

李新兵的作品立意深远，紧跟时代，颇接地气。2018 年连续 3 首作品在《中华诗词》发表，在当地诗词界引起不少反响。

他是位农民，但他却有一般人不具备的大情怀。他在《中华诗词》上发表的《村村通公路》中写道："纵横修筑万条通，铮亮柏油车任行。百姓身边无小事，平平坦坦写民生。在《诗坛》上发表的《新农村剪影》中写道：柴门坏垛觅无痕，万户霎时楼榭新。且看村旁宽敞处，梨园大戏正迷人。"作品中没用一个华丽的辞藻，而是用朴实平淡的语言把新时代下农村的发展变化、农民享受党的惠民政策过上的幸福生活抒发得淋漓尽致。在《历山诗苑》上发表的《鹧鸪天·东明黄河滩区百姓实现安居梦》通过写黄河滩区百姓实现了安居梦，讴歌了党和政府完成滩区扶贫迁建的丰功伟绩。

2019年，他被任命为县诗词学会副秘书长。李新兵认真学习，明确职责，在写好自己的作品外，认真做好领导的助手，在做好上传下达，协助编辑部做好会刊的组稿、编排工作的同时，还同其他领导一道深入学校推动诗词教学工作。很多时候他都是在自家店里干学会的活，有时还加班加点，为学会免费打印资料。学会工作忙时他不得不放下店里的生意，说走就走，一走就是一天，店里生意、接送孩子都撂给了妻子。

2019年8月，李新兵当选为菏泽市诗词学会理事，当年又加入了省诗词学会。2020年被县文联、县教体局评为"全县诗词教育先进工作者"。

由于长时间伏案写作，李新兵患上了颈椎病，痛起来寝食难安，不得已去年到濮阳一家医院治疗。康复后紧接着又投入到《南华诗韵》的组稿上来。去年夏天，他终于熬不住了，由于长期缺乏锻炼，血糖升高，在医生的强烈建议下，住进了医院。住院期间，他不但不让家人陪护，还把手里的工作带到病房。左手输着液，右手不停地在来稿上圈点。护士让他休息，他不肯。妻子来探望他，他立刻把稿子藏起来。李新兵在的医院十多天中，干了不少的活儿。他风趣地说："早知道，我不如早住院了。"他走到哪里，会把诗词宣传到哪里，受他的影响和鼓励，身边很多人都爱上了诗词，连他的孩子们也写起诗来。

2021年4月30日，他当选为县诗词学会副会长，分管会刊《南华诗韵》和微刊的编辑等工作，仍继续协助会长抓好全县诗词教学工作。由他参与收集整理、编辑的大型诗词集《东明古今诗词选》也已基本完成结集。另外，他还是《东明文艺》的诗词编辑。最近几年，李新兵又被几家培训机构聘去当书法老师，他说："与其说去教人书法，不如说自己去和学生们一起练字。"

　　凡是去过李新兵照相馆的人都知道，他的照相馆就像一间图书室。货架就是他的书架，除了照相材料，摆满了图书，大部分都是文史类读物，那间小小的屋子，洋溢着满满的书香味儿。

　　（齐鲁晚报·齐鲁壹点·青未了·菏泽创作基地 2022-02-05）

作家风采

杨洁：师心依旧

　　唐代韩愈的《师说》中说："古之学者必有师。师者，所以传道授业解惑也。"古代求学的人必定有老师。老师，是用来传授道理、教授学业、解释疑难问题的人。人不是一生下来就懂得知识和道理，谁能没有疑惑？有了疑惑，如果不跟老师学习，就始终不能解开。

　　我的文学老师杨洁就是这样一位师者。我和杨洁老师交往了三十多年，他那为人处世正直、真诚的品德，使我从内心深处敬重，他那强烈的事业心和勤奋忘我、一丝不苟的写作精神，使我由衷地钦佩。

　　杨洁，本名杨春明，笔名路之，中国戏剧家协会会员、山东省作家协会会员、山东省戏剧创作重点作者，菏泽市专业技术拔尖人才，曾任东明县文化馆副馆长、东明县文化局创作室主任。从事文学、艺术创作60多年来，创作发表大型戏曲剧本20多部，小戏曲、小品40多个，同时创作发表散文、小说、报告文学、传记文学等300余万字。作品先后被收入《山东作家词典》《中国戏剧大辞典》。出版报告文学集《大河娇子》《大河情深》和剧本专集《杨洁剧作选》，作品30多次获奖。2002年5月，讽刺喜剧《狗蛋买爹》，荣获"中国曹禺戏剧奖"。1991年被评为"山东省模范党员文化艺术工作者"，同年被评为"全国文化艺术先进工作者"，被誉为"获奖专业户"。2018 年 5 月 12 日，杨洁等13 名作家荣获菏泽文学突出贡献奖，时任菏泽市作协主席张存金说："授予他们菏泽文学突出贡献奖，不仅仅代表一种荣誉，而是菏泽人民对这一代作家的肯定和认可，是菏泽文学同仁对好作家的尊敬和褒奖，是菏泽文学年轻一代对前辈作家的热爱和敬仰。"

今年中秋节前夕，我们几个文友去看望杨洁老师。他今年 80 岁了，酒席间，有个文友向我说，你再写写咱老师吧！我马上答应了下来。是啊，老师很伟大，我以前给他写过《大幕背后的身影》《军旅剧作家》等一些文章，还就没有从老师的角度来写过他。我问老师："可以写吗？"他连连摆手说："我年纪大了，不需要再写了，不需要，不需要。"一文友连声说："就当给您留个纪念吧！"他这才同意让我写。回去后，我等着老师给我发资料，他一直说忙，不给资料。也罢，我只好自己通过回忆来写这篇"师心依旧"。

办班育才：《东明文艺》

那是 20 世纪 80 年代，我还是一个学生，在求学的路上苦苦追寻着。当时，正值改革开放初期，国内各种文体不断涌现，流行各种文学思潮。各种文学派别此起彼伏，各类文学社团风起云涌般地兴起。20 世纪 70 年代末至 90 年代中期，杨洁在文化馆办了个文学创作讲座班，每月向学员授课一次。为了办好讲座，先后聘请外地作家、编辑、诗人前来授课。因为喜爱文学的缘故，我上学时的学习成绩不是很好，那时，我家刚搬到城里不久，一次，在文化馆图书阅览室看到了这个创作学习班，我便成了最忠实的学生。

杨洁老师讲课不拘形式，小说、散文、诗歌、报告文学、戏剧，他都讲，或讲某个专题，或讲某个社会现象，或对业余作者的一篇文章进行详细剖析，或介绍外地作家的创作动态。据杨洁讲，他在部队当兵时，经常参加军委工程兵政治部、文化部举办的文艺作家创作学习班，和《解放军文艺》社编辑举办过文学创作讲座。杨洁办班从来不向学员收取费用，许多农村业余作者月月都按时参加讲座，并把自己创作的作品带到讲座上，请大家一起分析、研究、提出修改意见。不少业余作者距县城五六十里路，不管刮风下雨，风雨无阻，前来参加文学创作班。黄河西岸河南省长垣县武邱二中的一位业余作者，听说东明县办起了文学讲座，便每月乘船渡河参加讲座。

为了培养业余作者，杨洁不仅办班，还组织县直机关、学校和各公社（后改为乡镇）文化站成立了文艺创作组15个，有条件的单位还成立了文学社，业余作者发展到160多名。这个文学创作学习班不仅受到地区文艺界领导的重视，还受到山东省作家协会领导的大力支持和表扬。中国作家协会山东分会主办的《作家信息报》于1987年3月15日头版刊载《东明县文学讲座办得好》一文，报道了此事。杨洁老师通过开办文学讲座，培养了一大批文学新人，繁荣了东明县的文学创作，在地区、省级以上的报刊上发表作品的骨干业余作者47名，发表各种文学作品200余篇，仅1986年就发表了作品36篇。

受杨洁老师的引导和影响，我对文学创作的劲头更足了。于是，我们几个爱好文学创作的热血青年便成立了一个文学社团，取名"东明县业余作者联谊会"，创办了会刊《福河源文学报》，为四开四版的油印小报，计划每月一期。编辑部就设在我家，小报的质量也过关，每期出来后送往机关各单位、学校，影响极大。每月来稿就有几十件，每天邮递员一经过我家门口，我母亲便喊住他，问有我家的信件没有。久而久之，邮递员每次到我家家门口远处就喊："信，有你家的信。"

我们聘请杨洁老师为报纸的顾问，所以每期稿子都要给他送去让他审阅。那时的小报还是油印的，要先改好稿子才能刻板，最早是在马头镇的一位文友那里刻板，所以，我们先改好稿子，再让杨老师审稿，然后，再通过班车传递给马头镇，那边刻好印好再传递过来。后来，县城出现第一家打字社，也就是现在科兴公司的前身，我们便转向拼版印刷，就是把稿子打在蜡纸上，一篇一篇文章地拼凑粘连在一起，然后印刷，印着印着，蜡纸会因为油墨的稀稠出现褶皱，那一期只能印那么些了。老板徐学斌人很好，我们因为没有钱给他，都是抽他们的空闲时间去印，有时候忙活到半夜，我们便一起去夜市里喝碗烩面。想起那些日子，着实让人感动。

杨洁老师每期稿子看得都很仔细，总会拿起笔认真修改。当时，文化馆也办了一个油印文学刊物《东明文艺》，手工刻版印刷的，每期有 80 页左右，主要刊发全县各类文学作品，质量非常高，如果文学爱好者能够在上面发表一篇文章，那是相当骄傲和自豪的。他培养了一大批文艺创作骨干，他用爱心教诲每一位学生，每到周末的时间，他的家里便会涌现很多文学爱好者，有学生、工人、干部、"文学青年""文艺青年"等，他们大多都是骑着一辆破旧的自行车，怀里揣着几页稿纸，颤颤巍巍地去敲门。那时他家在文化馆院内住着，听到敲门声，他会出来开门，接过稿纸，便开始细细地去看文章，然后指出来哪里好，哪里需修改，好的地方好在哪里，该修改的地方要如何修改。好的文章他会留下来，以备《东明文艺》刊用，需要修改的文章，就让他们自己拿回去继续修改。年复一年，像这样的日子，杨洁过了不知道多少年。三十多年过去了，我的长篇报告文学《筑梦黄河滩》初稿完成后，仍然请他给提修改意见；我的散文诗集《贝壳的思念》，请他作序，他欣然答应了。东明籍作家曹廓拿着写好的小说稿对杨洁说："杨老师，请你还像当年辅导我写小说那样，给我写的小说提提修改意见，以便进一步提高。"

在那期间，杨洁多次组织笔会，积极向报刊推荐学员的作品，使一大批青年人由此爱上了文学，爱上了文艺，也为改革开放后东明县的文艺复兴提供了一个很好的阵地。他说："文化馆是综合性的文化机构，搞创作的同时还要辅导业余作者，不能'单打一'光搞创作，应'一专多能'。"

从杨洁老师办的文学创作学习班里走出来的学员，现在有的已经成了名副其实的作家、诗人、记者、编辑，有的已经连续出版了诗词专著、长篇小说、报告文学集等，还有的走向了县、乡领导岗位。如诗人薄慕周，连续出版了两本诗词专著《云中鹤诗词选》《花甲童心草》，小说作家曹怀重（笔名曹廓）写的中、短篇小说在多家文学期刊上发表，并且正在创作长篇历史小说。还有周刚、邢鹏英、陈银生、张海轩、朱素臻、房文堂、乔银修、段运起、李明坤、蔡卫东、任东方等，他们的作品经常在国内文学期刊或网络平台上发表。

勤奋耕耘：《大河骄子》

杨洁在培养文学新人的同时，还埋头耕耘自己的作品。18 岁那年，他就在县报上发表了短篇小说《半夜来客》。第二年他应征入伍，在解放军这所大学校里，他爱上了文艺创作，并参加了全军文艺创作会议。开始，他写新闻、写小说、写散文。他当的是工程兵，天天和风钻、石头打交道，他写了一篇短篇小说《扎根》投寄到《解放军文艺》编辑部，编辑寒风把打印好的清样寄给他，准备刊发。但由于"文化大革命"开始，《解放军文艺》停发小说。在工程兵文化部举办的小说创作学习班上，他写的短篇小说《时时刻刻》交《解放军文艺》社主编胡奇看后，胡主编说："你再写一篇拿来看看，如果那一篇比这一篇好，就发那一篇。"因他当时兼职兵种直政处文艺宣传队长，忙着为宣传队写演唱文艺节目，顾不得写小说。铁打的营盘流水的兵，后又由于种种原因，他离开了军营。退役回县后，在文化馆任职时，他以写小说、散文、报告文学为主。他写的散文《扬琴声声》在《大众日报》副刊发表，散文《牛犇来到黄河边》在《解放军报》发表，短篇小说《公社大门》在《牡丹》文学发表后，得到了《人民文学》主编刘剑青的好评。

1997年2月，杨洁的第一本报告文学集《大河骄子》出版，全书共25万字，主要收录他在报刊上发表过的22篇人物纪实文学。从书中长篇报告文学《大河骄子》里，可以看到一个伯乐式的体育工作者张凤奎，历经千辛万苦，终于把大河骄子——穆铁柱送上了世界体坛的动人故事，为中国的体育事业写下了光辉灿烂的一页；可以看到黄河岸边一位普普通通的小姑娘张玉萍，经过千锤百炼，终于成长为名扬国内外的"巾帼武英"；还可以看到被誉为鲁西南一颗璀璨明珠的东明石油化工厂《铁爷们儿拼出一台戏》的光彩群像，和《骏马识途》任重而道远的拼搏精神。实践证明，要想农业兴，必须企业兴，才能当好《跨越奋进的

"领头雁"》，才能《滩区飞龙》《明月生辉》。在繁荣经济的同时，《在这片阵地上》创建精神文明，逐步提高人的文化素质和思想素质，《黄河入鲁第一镇》才会由弱变强，人民群众才能稳步奔向小康富裕之路。时代呼唤人才，改革造就人才，《一个聚财人的故事》讲述了一个基层税收干部为国征税，鞠躬尽瘁的动人事迹。杨洁说："写报告文学要深入生活，积累鲜活的生活素材。我写报告文学都是应邀而作，所写人物都是平凡生活中不平凡的先进模范典型。是他们的模范事迹感动着我去写，写他们也是最好的学习。没有他们做出的惊人之举，我也写不出这么多的作品。"

由于省、市经常搞戏曲汇演、调演，杨洁又把主要精力放到了戏剧写作上，把家乡父老乡亲们的故事搬到舞台上。

2015年8月，《杨洁剧作选》由光明出版社出版。全书共收录杨洁近年来创作的戏曲剧作10部，共25万字。所选录的戏剧，有写交警的《国道卫士》、写化工产业的《情系炼塔》，还有写乡亲身边事儿的《瓜乡情》《好人二叔》，以及讽刺喜剧《狗蛋买爹》、历史故事剧《贬职宰相》等，不仅把戏剧创作主题挖掘得既具有鲜明的时代特色，又具有深远的历史意义，还使剧本具有了较强的感染力和生命力。

反腐倡廉历来是群众最为关心的大事，杨洁写的新编历史故事剧《贬职宰相》，写的就是唐代宰相刘晏。当年刘晏虽然从副相被贬为一个州的刺史，但他仍然坚持在官员腐败面前决不睁一只眼闭一只眼。面对上下严重腐败问题，不管牵涉到谁，他宁愿豁上性命，也要一查到底。杨洁写这部戏时，在一波三折的矛盾冲突中，把环环紧扣的剧情、起伏跌宕的故事、曲折感人的人物命运的高潮放到戏的结尾，使全剧在高潮中结束，感人流泪，引人深思。

杨洁剧作的另一个特点是内容形式的多样化。从体裁上看，不但有正剧，还有喜剧、讽刺剧；不但有多场戏曲，还有小戏曲、小品；不但有戏曲，还有电视剧。从题材上看，不但有现代戏，还有新编历史戏，如《江南调粮》《吏部天官》等。他创作的讽刺喜剧《狗蛋买爹》，不仅获得了中国曹禺戏剧的奖创作三等奖，还填补了菏泽市戏剧创作的一项空白。

戏是改出来的。这一点，杨洁在多年的戏剧创作生涯中体会最为深刻。为父老乡亲们写戏不能怕改，戏越改越精，越改越有戏。历数他所写的戏，哪一部都经过三至五遍以上的修改，没有哪一部是一遍就写成功的。《好人二叔》这部戏前后经过三个导演排戏，一个导演一种手法，一个导演一种要求，他必须按照他们的要求去修改剧本。参加完汇演后，根据演员的意见和父老乡亲们的意见，结合他个人的想法，由他自己执导排练修改，然后再演出。这部戏前前后后修改了多少遍，连他自己也记不清了。《乡下女》这部戏是根据杨洁的一位老同学的亲身经历写的，写这部戏花费了很多功夫，戏已经参加地区汇演了，但地区文化局的领导指示要再进行加工修改。剧本改到第七稿时，寄给省戏剧创作室纪根垠、张彭、王其德三位老师审阅。他们写信给杨洁，建议他再改回到第三稿或第四稿上去。修改时正巧一位农村青年观众让剧团演员给杨洁带回一封信，说他和剧中人有同样的命运，提了两条建议，他采纳了其中的一条。最后，这部戏在第八稿时定稿发表。

凡是写戏的人都知道，编剧的婆婆最多。各级领导要审阅剧本，专家要品读剧本，父老乡亲们会评价戏的好坏。写戏虽然是个苦活、累活、寂寞活，然而，当杨洁看到父老乡亲们坐在舞台下面，欣喜地看到他塑造的人物形象在舞台上展现时，听到他的心声被唱响时，那张张笑脸洋溢着欣慰、兴奋时，观众情不自禁地爆发出阵阵掌声时，他和他们同样沉浸在喜悦的情景之中。

杨洁创作成就突出众所周知、有目共睹，但他比较低调，淡泊名利。他是群文系列第一批晋升的副研究馆员，1999 年，他参加全省群文系列高级职称晋升考试，被排在第一张桌第一号，考试成绩很不错，创作成果甚丰，但因为没有大学文凭，故不能晋升正高。他笑笑说："当兵出身，没进过大学的门，晋个副高也满足了。"

寻泉溯源：《大河情深》

生活是创作的源泉，杨洁为写好作品，经常到群众中深入生活、体验生活，了解生活，把握生活的主流，揭示父老乡亲们生活的真谛，揭秘父老乡亲们的内心世界。写每一部戏时，他都是到生活中去寻找素材，寻找主人公的原型。在把生活中的人和事吃透了、琢磨透了、把握精准后，再构思情节，制造矛盾，刻画人物。他为提炼素材，在编织故事上倾注了大量的心血。他的文学作品、他的剧作，立意高远，情节曲折，贴近生活，人物鲜活，语言流畅，观赏性、娱乐性都很强，给读者与观众留下了极为深刻的印象。杨洁善于向群众学习，向民间语言学习，他的文学作品和戏剧作品乡土气息浓郁，语言生动活泼，人物形象鲜明，富有生活情趣。

他创作的文学作品和戏剧作品都能与时代同步，为生活写真，高扬主旋律，讴歌真、善、美，似一支支改革开放的催化剂，如一曲曲充满阳刚之气的正义歌，使观众和读者获得启示，受到鼓舞。

为了写交通警察的先进事迹，1996年，他到县交警大队挂职体验生活，和交警一起出警，勘查现场，处理事故。先是写出了报告文学《情暖人间》，在《驾驶天地》上发表之后，他又创作成大型现代戏曲《国道卫士》，演出后，观众反响热烈，掌声如潮，影响极大。

1998年，他创作的小戏曲《一壶见证酒》从一壶酒这件小事，反映东明县小井村在实行联产承包责任制后所发生的巨大变化。该剧在全省小戏大赛上荣获一等奖。三集喜剧《好人二叔》，以轻松幽默的笔触，用农村常见的生活琐事，讴歌了富裕起来的农民二叔乐于助人的善良品德。该剧参加省第五届艺术节，并荣获创作二等奖。剧本由中国剧协主办的《剧本》刊发后，许多外地剧团纷纷来函求取剧本。

杨洁善于向群众学习，向民间语言学习。因此，作品中乡土气息浓郁、语言生动活泼、人物形象鲜明、富有生活情趣，是杨洁剧作的又一特征。从他的《一壶见证酒》就能看出这一特色。剧中有一段两亲家席地而坐喝酒的对唱，写得非常精彩。"折根柳条夹狗肉，嘴对壶嘴往外抽""你一口来我一口，喝得心里麻飕飕""半斤白干入了肚，晕晕乎乎话头稠""我说俺家生个小，我说俺家生个妞；以后若是有缘分，两家结亲最合头"……席地而坐，对壶嘴喝酒，都表现出鲁西南地区习俗的文化韵味，从而增加了剧本的感染力。这些戏剧作品，不论是古装戏，还是现代戏，都具有强烈的时代感、鲜明的人物个性、浓郁的乡土气息。戏里充满着浩然正气，充满着杨洁老师对祖国、对人民、对社会主义事业的无限热爱之情，具有撼动观众和读者心灵的艺术魅力。

杨洁说："几十年辛勤笔耕，我体会最深的是：文有禁界登高苦，艺无止境耕耘难。要创作一篇好作品，写一本好书，的确不是一件容易的事，有时作者必须为此付出最艰辛的代价。但是，经过一番艰难的阵痛之后，就会有新的突破，自然也就'乐在其中'了。所以，我觉得，作品品位如何，千万不要孤芳自赏，还是让读者、观众去评说吧！"

2017年9月，杨洁的报告文学集《大河情深》由线装书局出版。该书共收录了17部报告文学作品和一部电视剧剧本，全书共25万字。

多年来，杨洁在写作之余，还应县政协的邀请主编出版了《东明地方戏曲选编》两夹弦卷、豫剧卷、枣梆卷、大平调卷各两册八本共400余万字，在普及、弘扬、传承传统文化，推动东明戏曲事业发展，培养戏曲人才上留下了不朽的功勋。这部地方戏曲选编，开创了全国地方戏曲没有选编的先河，为东明戏曲，甚至山东戏曲、全国戏曲，都留住了展示艺术风采的资料。戏曲是传统文化的活化石，东明作为戏曲之乡，挖掘、扶持更多有潜力的戏曲人才，才能让戏曲有更好的未来，从而更好地推动东明戏曲事业的发展。

杨洁老师已是杖朝之年的耄耋老人，但他初心依旧，退而不休，仍然笔耕不辍。目前，他正在修改一部长篇小说和一部革命现代戏曲。

（齐鲁晚报·齐鲁壹点·青未了·菏泽创作基地 2021-11-23）

王奇才：从军旅走出来的剧作家

多少天以来，《东明文艺》的几位编辑让我写写我们作协的主席，我答应了。我去找了王奇才主席，他却不让写，说他没啥可写的，只不过是一个爱好写作的老兵而已。我说："这是大伙们的心愿啊，你如果不让写，大伙会嫌弃我没本事，还会说我不会挖掘典型。"他不善言谈，更不善于表现自己，我们在县委宣传部的会议室里进行了沟通，聊完后，我一头雾水，不知道如何来写他这个人。

王奇才，1959 年 12 月出生，山东东明县人。中国戏剧文学学会、山东省作家协会、中国国际文艺协会博学会会员，高级研究员，东明县作家协会主席，退休前是东明县广播电视局办公室主任，副高级研究员，其作品多次在国内文艺大赛中获奖。

看着王奇才简历，我知道这是一个可以挖掘的好典型。如何去挖掘呢？我陷入了沉思。上网搜索了一圈，也没有寻找到几条有用的线索，又与他电话沟通了几次，还是找不出头绪，他为人谦和低调，刚毅朴实，与他共事过的人都对他交口称誉。从他身上我感受到，他是一位具有较高的军人素质和文学内涵深邃的"老兵"。于是，我开始跟他聊起了他的人生经历，聊起了他的岁月静好……

军旅生涯：前哨

中学毕业后的王奇才，在 1976 年 3 月光荣入伍，到了南海舰队训练基地，在部队一待就是 14 年，先后辗转西沙群岛、岸勤部、辅助船大队等单位，先后担任过班长、9524 艇代艇长、9526 艇艇长、大型油轮 928 船机电长等。

1976 年 3 月，王奇才和他的战友们搭上了参军的"班车"前往广州。到现在他还清楚地记得，那时候交通不发达，他们只能从先坐火车转汽车到军用码头，再坐船到达基地，前后在水上漂了两三天。经过几个月的新兵训练后，王奇才被分配到虎门沙角训练基地学习舰艇专业知识，同时兼任着通讯员和文书工作。生活在部队一线，在耐高温训练时，要在烈日下顶住 3~4 个小时的暴晒，在泅渡训练中，又要全副武装负重 20 公斤游上千米。

那时，他认为海军战士是最累最苦的。水兵要深入远海执勤，眩晕呕吐是常事，而他们要在仿佛是"铁炉"般的舰艇上住上十多年。守岛礁的官兵都知道，过的是"鲁宾逊漂流记"般极端孤独寂寞的生活。大家都十分不易，每一个兵种、每一位官兵都是辛苦又伟大，只是分工不同而已。不过，最让他骄傲和自豪的还是在南海舰队训练基地的经历，因为那些由训练基地训练出来的新兵大部分都被派往了南海前哨，守卫祖国。

在部队火热的岁月里，王奇才没有忘了学习，他知道，只有通过学习，才能不断加强自身的修养。1978 年 7 月，他的一篇小散文在单位的小报上发表后，他的作品就不断出现在媒体上。他一边学习舰艇知识，一边学习文学创作，部队的生活是火热的，但出海的那段时光，却是枯燥无味的，在那枯燥的日子里，他也能捕捉到人生难得的乐趣。他说："其实人们常说的太平洋上无风三尺浪，也不尽然。我们的舰艇在西沙海域航行时，遇到好天气时，舰艇在海面上航行，太阳冉冉从东方海面升起，上空海燕鸣叫着领航，鱼儿在两侧穿梭，那景观真是让人心旷神怡，美不胜收。"业余之时，王奇才会寻找一方属于自己的小天地，开始属于自己的创作梦。1986年3月，长篇通讯《新来的于部长》一文，在《人民海军报》上发表，一篇文章让王奇才在基地的名气"炸"开了："原来，我们身边还藏着个大秀才呢！"

部队非常重视人才队伍的建设，于是把王奇才当成一个人才进行培养。1987年1月，他写的话剧《前哨》在他所在部队公演，引起了强烈的轰动，公演后荡起的涟漪久久没有下去。接下来的时间里，王奇才写了大量的小话剧，不断地排演，让他荣光了很久，但也让他整天累得不轻，每天都忙活到半夜，回去后，还得修改剧本，"那些日子艰辛而劳累，充实而快乐。"王奇才说。转业后，湛江某影视公司还邀请过他去写剧本。他应邀在湛江住了半个月，写了一部电视剧剧本《咖啡情缘》，后拍成了电视剧，并在当地播出。从此，王奇才与剧本的写作就再也分不开了。

军旅生涯其实就像一把"雕刻刀"，会让他们经历酸甜苦辣，也会把他们打磨得更加优秀。那时候，王奇才是训练基地的班长，每天要带着10多人进行战术、体能、射击、抗眩晕、心理、舰艇专业等几十种高强度专业训练，没日没夜。一些刚来的新兵由于不习惯高强度训练，也有哭鼻子不适应的情况发生。这时候王奇才就学会了转变角色，在训练场上，他是冷酷无情的班长、教练；在私下，又变成他们的大哥哥，疏解他们的心理压力，照顾他们的饮食起居，与大家同吃同住，看着大家渐渐成长和成熟是一件很有成就感的事情。新兵私底下都称呼他为"才哥"。现如今，王奇才还和他们保持联络。这种战友情比天高、比海深，是让人一辈子难忘的。也正是这段部队的经历，为他以后的写作打下了坚实的基础。

从军十四载，到 1990 年 8 月转业到地方——准确地说应该是 15 个年头——经过军旅生活的洗礼和锤炼，王奇才从一个单纯幼稚的中学生成长为南海舰队西沙水警区艇长、机电长，其中饱尝了酸甜苦辣，也有过喜怒哀乐。

家乡故事：黄巢

回到地方后，王奇才被分配到东明县广播电视局，也许这与他会写作有关系吧。业余时间里，王奇才如鱼得水般地开始徜徉在文学的殿堂里，自由地游来游去。1993 年，王奇才荣获山东省新闻工作协会颁发的"为社会主义新闻事业做出积极贡献奖"；1994 年，诗歌《一种人生》荣获"牡丹杯"全国诗歌大赛二等奖；1999 年，《黄河儿女的歌》在菏泽地区首届文学作品大奖赛中荣获"国信杯"报告文学序列三等奖；2003 年在全县"精品工程"评选中，荣获"创作先进个人"称号。同时，他努力向广电老同志学习，读了函授本科，晋升到了高级副研究员职称。

王奇才的写作都是家乡的真实场景再现。1995 年，东明县被国务院命名首批特产之乡。王奇才查访到，千百年来，东明人民积累了丰富的西瓜栽培经验，培育了柳条青、手巾条、十八天糙、三白、黑仁青等 30 多个优秀地方品种，培养了一大批种瓜人。20 世纪 70 年代前后，东明每年都有 3000 余名瓜匠前往外地从事西瓜种植工作，东至黑龙江、西到新疆、北到内蒙古、南达海南岛，都有东明瓜农留下的足迹。以西瓜扬名的北京大兴庞各庄乡，就有东明县瓜匠在那里从事西瓜的早期开发。从西瓜之乡的味道中，王奇才嗅到了很多很多，1998年2月，电视连续剧剧本《瓜乡传奇》在《戏剧丛刊》上发表，后来，这部作品差点搬上了银幕。

1996年，王奇才的文章《试论公文语言的本质特征》在全区作品评奖中荣获二等奖，论文《县级广电资料归属问题刍议》一文荣获中国国际文艺家协会一等奖。1997年5月，他根据真人真事写的通讯《东明县查获一起假冒军医诈骗案》在《解放军报》上发表。1999年12月，反映东明人民勤劳勇敢事迹的报告文学《黄河儿女的歌》在《牡丹文学》上刊出。2000年被菏泽市委宣传部评为"全市优秀文艺工作者"。2003年被东明县委、县政府评为"精品工程"创作先进个人称号。

王奇才爱写家乡现代的人和事，也爱写家乡过去的人和事。黄巢（820年—884年），曹州冤句（今山东省东明县）人，唐朝末年农民起义领袖，大齐开国皇帝。在东明县有大量的民间传说，如"黄巢与卞律和尚""黄巢起义祭刀""第二寨的来历""黄巢在八里寺起义"等。民间到现在还流传着一个歇后语：老和尚变驴（卞律）——躲不过这一遭（刀），东明"黄巢的传说"还是省级非物质文化遗产项目。根据这些传说故事，王奇才创作了个十四集电视连续剧剧本《黄巢》，在2005年2月《世界文艺》上发表。

2009年4月，王奇才的小说《清清的小河水》在《世界文艺》上发表。2016年7月2日，东明县作家协会成立。2017年4月，《东明文艺》正式创刊，刊物采用正16K纸张印刷，共108页，设有文坛政事、文化简讯、英模风采、小说、散文、诗歌、文学评论、剧本、作家采风、文艺动态等栏目板块，其内容丰富、设计时尚、印刷精美。

2018年9月，济南出版社出版的《菏泽档案历史与文化：精品档案》一书上，发表了多篇王奇才的文章，如《地委书记周振兴与小井》《黄巢与卞律和尚》《庄子故里在东明》《东明黄河大抢险》等；他编辑撰写的珍品丛书《东明县探索推行家庭联产承包责任制档案》由线装书局出版，第一次印刷就印了10000册，经销全国各新华书店，在山东省档案界引起了不小的轰动。2019年，王奇才被菏泽市委宣传部、市文化和旅游局授予"书香之家"殊荣，2020年12月，他的小说《晨雾》在《中国草根》上发表；2021年7月，他的戏剧剧本《黄河潮》在《中国草根》上发表。

文学异彩：庄子

2018年6月，王奇才编写的大型历史戏剧《庄子》在《中国草根》第六期上刊发。剧作大气磅礴、言近旨远，具有悲天悯人的情怀，是一部相当完美的史诗级作品。整部作品雅俗共赏，文字精致，具有较高的历史文化内涵。可以说是以艺术形象表现庄子一生的最完整的作品，在国内尚属首次；同时，也是国内戏剧文学的重大收获。

2018年9月4日下午，东明县作家协会在县委宣传部会议室召开主席团会议，会议选举王奇才为东明县作家协会主席。王奇才提出，今后的作协工作要思想引领激发新动力，文学精品创作扶持形成新机制，要"深入生活，扎根人民"形成新常态。

2019年1月13日，东明县作协召开会员代表大会。王奇才代表作协主席团向大会作了题为《勤恳敬业、同心同德、努力推动东明文学事业大发展大繁荣》的工作报告。过去的一年，东明县作协在县委、县政府的领导下，在社会各界的关心支持下，从蹒跚学步到稳步成长，会员队伍也在逐渐壮大，今后将借助东明庄子历史文化优势，弘扬主旋律，创作新精品，举办文学创作培训班、文学征文比赛、会员采访等活动，进一步明确新时代下繁荣发展社会主义文学的方向目标、基本原则和根本任务，主动适应新时代人民对美好生活的需要，自觉担负起新时代中国特色社会主义赋予的新的文艺使命。

2019 年 8 月 18 日，东明县图书馆第七期读书会在明兴现代教育三楼会议室举行。王奇才做了《我和我的祖国》的主题分享，从读书、爱国、写作三个方面畅谈了他的心得体会。关于读书，他认为，读书学习是一生都要坚持的事，读经典、读名篇，效率更高，收获更大，进步更快。关于爱国，他认为，爱国首先要爱咱们的中国文化，五千年中华文明薪火相传，灿烂的历史熠熠生辉，强烈的爱国情怀是古往今来无数佳作的根基，也为我们进行文学创作提供了强大的精神力量。关于写作，他从自己的一篇文学评论谈起，表示文学创作要紧扣生活、反映生活、弘扬主旋律、激发正能量，要汇集生活中的闪光点，用真善美丰富作品，用积极向上的态度、饱满的热情引发人们对生活的热爱。要在生活中寻访、发掘和捕捉那些爱家、爱国的生动感人的事迹，并将他们带入作品中，塑造出更多更好的具有鲜明时代气息的人物形象。

2020 年 4 月，王奇才被吸纳成为山东省作家协会会员。

2020 年 8 月 18 日下午，东明县第一届金笔小作家评选活动在黄岗教育校园内举行。王奇才任评委，评选采取书面评审和学生朗读相结合的形式，主要考量学生的综合素质，评选过程公开、公正、公平，受到家长们一致赞誉。

据不完全统计，王奇才从担任县作协主席的这些年里，出版《东明文艺》4期，刊登文章360余篇，微信公众平台《漆园文坛》上线后，全县文学爱好者在市级以上报刊、网络平台上发表文学作品280余篇，其中1人被吸纳为中国作家协会会员，4人被吸纳为省作家协会会员，近40人被市作家协会吸纳为会员，县作家协会吸纳220余人为会员。全县文学爱好者出版书籍近50本，一大批作品获得了好评，如小说有袁长海的《南华真人传》、房文堂的《老鸹窝》、刘松华的《鬼魅校园》、王冠臣的《大辽晚歌》，散文有陈艳敏的《书中岁月》《纸上情怀》、李福禄的《南华逸事》、王臻的《留在心底的风景》，诗歌有韩丽霞的《五月飞絮》，诗词有朱宪华的《椰子华诗词》、薄慕周的《花甲童吟草》、岳永勇的《岳永勇诗词散曲选》、王冠臣的《格律诗词三百首》，剧本有杨洁的《杨洁剧作选》，报告文学有王光明和胡石磊的《大河奔流》、田丰和陈银生的《筑梦黄河滩——山东省东明县黄河滩区居民迁建纪实》、杨洁的《大河骄子》、田丰的《慧眼妙笔写春秋》等，还涌现出了一大批知名网络作家，在起点中文网和铁血读书网等网站的文章点击量已经突破百万次，像刘松华的《绝潋玉滟》《宁死毋爱》《幽冥宫主》《无心泪垠》，王冠臣的《西辽侠女》《大辽夕烟》等作品在网络上点击量不断攀升。期间，王奇才个人撰写的《把握正确舆论、努力推动广电发展》等文章编入中国传媒大学出版社出版的《中国广播电影电视》中，他创作的小说《晚秋十月》《晚秋细雨》《凡人集市》，散文《黄河颂》，微电影剧本《家絮》《瓜乡情》，小品《情满火车站》等近百篇（本）作品相继在杂志、报纸上刊出。

协会还注重培养年轻人和青年学生，培养出了一批青年作家。成立了青少年作家分会，重点培养在校学生，从学生抓起，培养他们的写作爱好，使出一大批学生作品先后在市级以上报刊网上发表。

2021 年 5 月 5 日下午，东明县作家协会青少年分会 2021 年会暨写作培训会议在县第七小学召开。王奇才出席会议，青少年分会全体理事及部分会员代表共 90 余人参加会议。王奇才在会上说："青少年分会自 2020 年 9 月成立以来迅速发展壮大，在发展会员和文学创作中取得了很多喜人成绩，现已发展成为一个充满激情与活力的协会组织；希望青少年分会继续怀着对文学的敬畏和热爱，进一步解放思想、创新思路，吸纳更多青年教师和青少年学生积极参与，多举办一些文学创作和交流活动，发挥独特的引领作用，把文学创作教学和对学生世界观、人生观、价值观的培养有机统一起来，真正达到培养文学人才的目的。"

王奇才，一个从军旅走出来的剧作家，正沿着他设定的目标前进着……

（齐鲁晚报·齐鲁壹点·青未了·菏泽创作基地 2021-09-13）

房文堂：唱一曲乡野恋歌

我曾踏月而来

只因你在山中

山风拂发，拂颈，拂裸露的肩膀

而月光衣我以华裳

月光衣我以华裳……

——席慕容《山月》

我与房文堂相识，是在20世纪80年代末期。后来，我在《新晨报》《菏泽日报》《菏泽广播电视报》大众网等报刊网络上，曾以《房文堂：一弯"蓝月亮"》等题，写了几篇新闻和通讯。

房文堂，笔名陆湾，东明县人。中国小说学会、山东省作家协会会员，曾任菏泽市作协理事、东明县作协副主席、《东明文艺》编委。先后出版诗集《乡野恋歌》、长篇小说《月亮的背面》《野芝麻》《尴尬风光》《小姐，你好》《老鸹窝》等作品，在《北极光》《鸭绿江》《文学艺术报》等报刊发表大量作品，荣获奖项十余次。

今年59岁的房文堂，退休前是沙窝镇卫生院的一名药剂师，每天辛勤工作后，他又是如何创作出这么多的文学作品呢？

乡里圣贤

　　房文堂出身于书香之家，祖父以上三代人都是读书人。父亲及祖父是乡医，医术高超，远近闻名。特别是他的父亲，能写会算、处事机敏，对底层百姓富有同情心，很受一方百姓的尊敬与爱戴。他一直打算着，为父亲写一部传记文学——《乡里圣贤》。

　　房文堂出生时不满三斤，父亲的布鞋都能宽宽松松地装下他。他瘦小如猫，不成人形，形同怪物，有好多邻居亲属暗示父母把他扔掉，以免这个"不祥之物"祸害家人，但都被父母拒绝了。他们认为，只要有一口气就得把他养着。

　　长到两三岁时，他形象还是没大的改变，依然孱弱，这时又发现他有严重的口吃，还胆小如鼠。年深日久，父亲逐渐对他厌恶起来，时常辱骂，甚至拳脚相加。有时父亲对他凝视良久，恍惚中感觉他这个儿子有点不同寻常，将来也有可能会干出点什么事，但这念头稍纵即逝，过后又是依然如故。

　　房文堂清晰地记得他幼年、少年时的形象，跟他几个兄姐的英俊形象大相径庭，有好事者，当面戏谑他不是房家的人，是父母从路沟里捡来的野孩子。他对父亲很是崇拜，认为父亲是个很了不起的人，无所不知，无所不能，在父亲身边很安全，衣食有着落，精神有安慰。他敬畏父亲，即便父亲已作故多年。

　　虽然身心有缺陷，可房文堂在智力方面超群绝伦。口吃严重，他干脆就不讲话，被人定性为"小哑巴"。由于不太愿意同别人说话，让他的性格更加内向，不说话时，他对什么都感兴趣，特别是对大自然，更是充满了浓厚的好奇心，看星星、看月亮、望云朵、望蓝天，一看一望就是几个小时。他想象着天上有人，嫦娥、吴刚、玉兔，必定是真实的存在。村外四周的杏花次第绽放时节，使他着迷，在蓝天白云下，常随着儿时的朋友们走向田野，爬上杏树，坐在枝丫上，吮吸着锦簇花朵的芬芳，吹奏着柳笛儿，心情是多么欢快。有时在村东头的小沟里捉蜻蜓玩，玩累了，就爬到湖边的柳树上，屏声静气地捕知了。秋收过后，在地里寻找遗失的花生、红薯，真是其乐无穷。冬闲时，他就缠住二奶奶讲故事，饶有兴趣地一听就是大半夜。

虽然他口吃严重，社会及家庭把他视作另类看待，可他也在不知不觉中告别了无忧无虑的童年。七岁接受启蒙教育时，因他口吃，每每惹得同学哄堂大笑，心理障碍加重，学习上更是一塌糊涂，别说作文，就连字都写不成样子，逃学现象时有发生。幸好喜欢看连环画，让他忘却了忧愁。记得有一本连环画是《钢铁是怎样炼成的》，他看了不知有多少遍，每次都被保尔的英雄事迹感动得泪流满面，不能自已。

四年级时，他接触到的第一部书是《雷锋的故事》，后来又读了长篇小说《敌后武工队》，这两部书他看了三十多遍，几乎可以把全书背下来。曲折生动的故事情节、栩栩如生的人物形象让他陶醉、迷恋、废寝忘食。后来，他相继读了《渔岛怒潮》《煤城怒火》《大刀记》《剑》等数十部书。那时，他对"作家"两个字眼很是敬畏，总认为写书的人都是神秘得不能再神秘的人，是天底下最有学问的人。

在村中读完小学，他不想上学了。然而迫于家庭的压力，他极不情愿地走进了初级中学。但又因为口吃，心理障碍更重，渐渐地，开始经常逃学，孤立于同学之外，总幻想着在学校之外寻找到一个能摆脱苦恼的"世外桃源"。读书、读小说，这是能使他脱离苦海的唯一选择。有一些关心他的老师很令他感动，学习上帮助他，生活中关心他，上课几乎没有提问过他，害怕他因口吃难堪伤了自尊心。

月亮的背面

在初中阶段，他通读了《水浒传》，这是一部伟大的经典，读后使他拍案叫绝。这一部书伴随了他两年的初中生活，使他度过了两年的美好时光，甚至到高中阶段，他也常翻出来看，回味一下。后来，他又读了《列宁的故事》《社会发展简史》《哥达纲领批判》等书籍，有了对自然、人类、社会的认识和思考，逐渐形成着自己的世界观。

1977 年，他读高中。随着年龄的增长，自卑心理日甚一日，口吃更为严重，精力根本不在学习上，有几次他甚至准备退学回家种地，整天想着怎样逃避老师的提问、怎样不被老师注意、怎样躲开同学讥笑的眼光等，整天为摆脱口吃带来的尴尬而"苦苦奋斗"。像在初中阶段的境遇一样，他在高中的学习成绩糟糕不堪，但是在文学作品阅读方面有了一定的拓展，通过同学的介绍，他读了更多的文学经典，如《唐诗一百首》《李自成》《红岩》《青春之歌》《苦菜花》《林海雪原》等，并系统地读了毛泽东、陈毅、董必武、朱德的诗词，这些诗词令他着了迷，很多作品他几乎能倒背如流。他开始模仿着写了几十首古典诗词，有许多现在读来仍别有一番情趣。

他学习成绩差，1979 年高考名落孙山是当然的。在东明县东明集镇胡屯村的家中务农一年多，赶上了父亲退休，1981 年 3 月，他顶替父亲在沙窝公社卫生院上班。这期间，他仍然坚持大量地阅读。

第一篇文章的发表，房文堂记忆很深刻，20 世纪 80 年代初期，朦胧诗等诗歌流派风靡流行，也影响着他去创作朦胧诗。1984 年在县文化馆有一个文学写作学习班，每月定期的学习班，十多年间他都是风雪无阻，房文堂坚持听课，也有作品被收录在油印刊物《东昏文学》《东明文艺》上。真正在正规刊物上发表作品是 1986 年 3 月，房文堂的四行小诗《露珠》在《梅江文艺》上发表，当时给他寄来了四元钱稿费，房文堂激动不已。当年房文堂接着在一些报刊上发表了诗歌《写给迟开的杏花》、600 字小品文《荒唐可笑》等作品，用房文堂的话来讲：那一年他大丰收了。

　　顶替父亲上班并没有给他带来多少欢乐，反而使他更加苦恼。口吃使他一再陷入巨大的痛苦之中，有几次甚至想到了自杀。这期间，他在县卫训班学习了九个月，返回单位后，被分配到单位做防疫工作，因口吃做不好工作，便请了三个月假去外地矫治口吃，但矫治效果并不理想。这期间，他饶有兴趣地阅读了《药性赋》《汤头歌诀》等二十多部医用方面的书。父亲曾逼着让他用心读医书，他说："我两不耽误！"幸好，单位的每次业务考试中，他的成绩都是上游。

　　从 1981 年 3 月进入卫生院，房文堂被安排在药房抓药，每日里生活极为单调，转来转去都离不开那几平方米的小屋，有时业务很少，他又不善言谈，便找来几本"闲书"看起来，也就是这些"闲书"让房文堂走向了文学创作的道路。

　　在乡下的空旷世界里，每到夜晚，房文堂就爱走出宿舍，去乡间田野的小道上悠闲地散步。有时一轮皓月当空，有时月牙儿刚刚出头，蓝色的月亮或高或低、或弯或圆，让房文堂体会了月亮的美、月亮的羞涩、月亮的恬静，他开始看关于月亮的书，印度泰戈尔《新月集》、丹麦安徒生《月亮看见了》、法国毛姆《月亮和六便士》，林清玄《月到天心》、张秀亚《杏黄月》、朱自清《荷塘月色》、席慕容《有月亮的晚上》、巴金《月》、老舍《月牙儿》等一大批关于月亮的描述让房文堂陶醉，让他沉湎在其中，渐渐地他把这种感情流露在纸张上，用心去描绘，用情去抒发，又是写诗，又是散文，房文堂一步步地迷上了文学，最终迈入文学的大殿堂中。

月亮有情，月夜有意，2016 年 9 月，《月亮的背面》由团结出版社出版。2019 年 3 月，《老鸹窝》出版。《老鸹窝》与《月亮的背面》可看作是姊妹篇，《老鸹窝》反映了卫生事业被大潮流洗礼而成的一座音乐岛；《月亮的背面》让人在阅尽人间春色的同时，切切实实感受了一番生活的沧桑。这两部长篇作品，是他在边读书边创作中花费了 27 年的心血完成的。

野芝麻

每天，他除了坚持阅读，还开始写诗，也发表了一些诗歌、报道之类的小文章。古今中外诗人的诗让他着迷，他幻想着当诗人，可遗憾的是，诗神并不垂爱他，他有诗的情怀，但却缺乏诗的灵性。

学诗不成，他想到了写小说，之前他从没有写过一篇小说，灵感一来，他雄心勃勃，幻想着写一部长篇小说，不知不觉地把高玉宝当成了榜样。于是手心痒痒，便提笔展纸，写了起来。但到真正动起笔来，却又犯了难，不知如何开头。于是他开始学习一些写作方面的知识，为写长篇小说做着充分的准备和积累。

1995 年 12 月，房文堂第一部诗集《乡野恋歌》正式由成都科技大学出版社出版，激发了他的创作欲望。房文堂不爱说话，爱思考，爱用心去琢磨一些事情，在写作文风上也开始向长篇小说进军，写长篇小说需要时间，需要用心去构思章节和剧情。

1998年8月长篇小说《野芝麻》由远方出版社出版，2000年1月，该书再版，由原来的9万字增加到25万字，书中活脱脱的鲁西南风俗画浑然天成，人物之间的爱与恨、恩与怨交织在一起，让读者为之动容流泪。

当年，《野芝麻》获得了牡丹文学优秀奖，著名作家蒋子龙在书的序言中这样写道："《野芝麻》采用独特的视角、独特的观察、独特的感受，形成了他自己独特的风格。没有过重的包袱，没有过多的束缚，也必然会使一叶叶'舢舨'上展现一个个活生生的'自我'。读后不禁会使人联想到，当蓝色月亮隐去之后，黎明中显现的或许是巨船初露头角的桅杆。"

2009年7月，出版《尴尬风光》这部作品时，房文堂首次使用笔名"陆湾"，"陆湾"即"路弯"，有迂路艰辛之意，如果把它理解为陆地上的一湾清水，倒另有情趣，这部作品怪诞的气息浓郁，需要用耐心、用智慧去读。

2001年2月20日，房文堂加入了山东省作家协会，也让这位鲁西南汉子更加钟情于文学，钟情于创作。

生活中的房文堂，与文学创作中的他一样，胸无城府，天真烂漫，以诚待人。与他谈论文学，是一种愉悦，他那种率直的态度，让人感觉站在面前的是一个天真无邪、烂漫纯洁的儿童。倘他与你观点相悖，他会脱口而出自己的想法，决不遮遮掩掩，闪烁其词。兴致来了，他会情不自禁背诵一首古诗古词，或一两句名人名言什么的；倘若游山玩水，某一朵小花或某一弯流淌的溪水，牵动了他的诗情，他便随手掏出纸、笔，旁若无人地写开去……

"我用血和泪写作，鸟儿只有站在枝头上才能尽情歌唱，音韵优美。作家的心中只有永葆艺术的青春之树，才能给文学留下一片片绿荫。"房文堂说。

房文堂是边读书边创作，创作督促自己的读书，通过读书来观照自己的创作，两不误。他认为，虽然他的作品难登大雅之堂，却也令自己颇感安慰。

通过读书、研究、创作，他深深地感受到激情是成就一切的源泉。那些认为自己有天分、有天赋、有才华，天生是块料的人其实是一种误解。根据他的人生经历来看，人的智慧都是一样的，只要有激情，然后去拼搏、奋斗、探索，再有一种适宜的环境，谁都可以达到大成至圣的境界。

多年以来，房文堂一直固守着文学创作这片神奇的热土，辛勤耕耘的艺术风格豪爽大气，其思想内涵深邃诡奇，值得祝福的是，房文堂的作品一部接着一部出版。《野芝麻》描写的是一部乡村爱情故事，著名作家、茅盾文学奖得主刘斯奋这样评价房文堂的《野芝麻》："故事情节曲折生动，人物鲜活，是一部具有深刻的思想性和艺术完美性的佳作。"

2008年12月，长篇小说《小姐，你好》由中国文联出版社出版。这是一部惊世骇俗的辉煌杰作，凝聚了他多年的心血，为读者展示了广阔时代里的一个刺耳符号，书中有赞美的批判、歌颂的无奈和奇谈怪论的警示，这诸多庞杂的元素无不折射出房文堂超人的睿智。

老鸹窝

房文堂说，谈到创作，不能不谈读书。他以为读书要广，要博，也要深，在广博深的基础上要精，重要的段落最好能做到熟练地背诵，不但读好书，也要会读书，最好深读，深知阅读好作品的必要性。房文堂认为，作品要以质取胜，不是以多取胜，有一些作家，只凭着一首小诗就让人记住了，有一些作家洋洋洒洒写了几十部书，却让人感到很陌生，这种现象不能不让人深思。他说："读了几十年的书，自己有些心得，再精华的作品也有自己不如意的地方，这就需要自己用独到的眼光看待了。"

"《野芝麻》显得有些稚嫩，显得有些朦胧。"房文堂说，但从激起的阵阵涛声中却听得出真诚，听得出勇气，听得出满怀青春气息的激情。著名作家冯苓植在书的序言中这样写道："《野芝麻》像一叶叶'舢舨'一样起航了，把一弯'蓝月亮'当成风帆，把自己一部部的小书当成舢舨。始发于'远方'，飘泊着驶向成功的彼岸。"

"我虽不才，没有写出多么伟大的作品，但是我的每一部作品都是在丰厚的现实生活基础上，我相信经过不懈的艺术锤炼，深刻的思想涵养还会出炉问世的。"房文堂说。

《老鸹窝》是在他25岁那一年开始执笔，直至55岁时才正式完稿，几乎耗尽了他半生的心血。30多年的美好青春，他被人当作"疯子"，被世人所歧视；如果当初听从父亲的话，也许现在已是一名不错的书法家、闻名遐迩的大夫，过上荣华富贵的幸福生活，被世人尊敬，而他却固执地认为只有当作家才能真正体现出自己的人生价值。他认为只有当文学家、哲学家、思想家，才是真正体现一个"文化人"的真正价值所在。"这也许是我的偏见。"房文堂这样认为。

《老鸹窝》是一部史诗般的鸿篇巨著，融多种艺术表现手法于一炉的作品。这是一部反映某一时期卫生事业的长篇小说，旗帜鲜明地批判了某一医务单位存在的恶劣现象，予以无情的鞭挞与深刻的剖析。同时也歌颂了正直善良、技术高超的苏大夫等人，令人可喜的是经过卫生事业的深化改革，建立了新的体制，医院又焕发出了勃勃生机。作品内容摇曳多姿、思想深刻，融象征、寓言、浪漫、现实及多种表现手法于一体。山东作协原副主席、著名评论家、作家许晨曾予以高度的评价："这是一部相当不错，具有其经典意义的作品。"

我们交谈的最后，他告诉我他的长篇小说《朝暾》已经收尾了，出版后，他要酣酣地睡一个好觉。若有时间，他还准备再写几部像《野芝麻续集》《乡里圣贤》那样的长篇。房文堂说："我的书是出来了，但愿天意怜芳草，给人以扬名于世、传之百代的机会，助力我写出的作品能够登上大雅之堂、象牙之塔。"我也真心祝愿他的作品能够流芳百世，代代相传。

（齐鲁晚报·齐鲁壹点·青未了·菏泽创作基地 2021-12-21）

李福禄：北海虽赊　扶摇可接

李福禄是在东明县政协秘书长的位置上退下来的，他已经年逾古稀，但仍不知疲倦地耕耘在弘扬祖国优秀文化的田园里。

2009 年李福禄获"山东省十大书香人家"殊荣，当天我去采访了他，写了篇《书香人家飘书香》的通讯，在《菏泽日报》上刊载。后来，他又在全国读书活动中脱颖而出，被国家新闻出版广电总局授予"全国书香人家"称号，我再次采访了他，写下了《李福禄的南华故事》。近年来，他在《东明文艺》担任顾问一职，我们接触也比较多，我与他是老乡，对他再熟悉不过。

今年 76 岁的李福禄是中国书法家协会、中国诗词学会、山东省作家协会会员，菏泽诗词学会副会长，东明县诗词学会名誉会长。李福禄先后发表诗文 100 多篇，著书 30 余部，历时 15 年编撰了共 41 万字的《山东省志》诸子百家系列丛书之《庄子志》。

诗书传家继世长

李福禄身体依然硬朗，一身休闲的装扮，一根根银丝在黑发中清晰可见，微微下陷的眼窝里，一双深褐色的眼眸悄悄地诉说着岁月的沧桑，他博学多才，满腹经纶，谈吐间又不失风趣，给我留下了深刻的印象。

　　走到他家的门口，鲜艳的大红对联映入我的眼帘，上联是"好学涤思能知奥意"，下联是"返本追古不忘初心"，门心上首是"忠厚传家远"，下首是"诗书继世长"。

　　叩门后，李福禄热情地走出来迎接。我指着对联称赞道："字写得好，联撰得好。"他说："过奖了，算不上好，只是如实反映本人志向而已。"我说："李老师你写的对联耐人寻味，做学问正是需要好学涤思，需要研习经典、追踪古人啊，您真是一个学者。"他打断我的话说，"知识无涯，学无止境。我要活到老学到老，学习的初衷不能改。"

　　走进他的书房，也贴着一副对联："读书常戒自欺处，为文不可有闲时。"李福禄告诉我这是他的心得，他在学习上坚持不懂就问，不装懂，不自欺欺人。他坚持天天学习写作，书房堆满了各种图书和书稿，看上去杂乱无章，但他用起来却是得心应手，这让我联想到《庄子·田子方》写的宋元君招画师，在众多衣冠楚楚的画师中偏偏选中了一个光着身子的人。真正的画师并不注意外表，真正有学问的人也是不注重形式的。

　　李福禄家中的图书，都在县文化馆做了登记，共3700多种，分放在18个书橱和许多书箱中，其中有一个书箱盛满了他的著述，我清点了一下有30多种，还有参编的十多种。第一部文学著作是诗集《心声录》，1996年由大连海事大学出版社出版，中华诗词学会会长、《人民日报》总编孙轶青先生题写书名，原山东省委统战部部长周振兴来信致贺称"从内容到形式，从语言到创意都有一种新鲜的感觉。"第二部是《历代书论阅赞》，由中国文联出版社出版，由中国文联副主席刘炳森、国际书法家联合会执行主席陈声桂等人题词，《词源》责任主编、著名教授穆青田和书法教授谢孔宾作序，《书法导报》《历山诗刊》《菏泽日报》等多家报刊评述，被称为"集众美于一炉，诗书文臻于一书"。

李福禄自退居二线已有十七个春秋，其间他徜徉在历史长河中，博览古今经典，读书、写作、讲演，充实的文化生活，一天也没留下空白。他学习研究庄子，出版了《南华故事选》《南华经注》，著名历史学家安作璋先生亲审其稿，并给予了肯定和鼓励。中国文联出版社出版了他的诗词文论集《学海泛舟》，被评为"菏泽市精品工程"。他出版民间文学著述《民间故事选》，在民间文学界产生了良好影响。原菏泽市政协副主席黄爱菊、市文联主席贾庆军推荐他加入山东省作家协会。2005 年他赴欧洲考察学习，回国后参与发起组建市诗词学会并任副会长，参与组织出版《菏泽文韵工程丛书》，参编的《曹州诗词选》由中国文联出版社出版。他的著述《南华逸事》《漆园古诗选注》纳入市文韵工程。炎黄文化出版社出版的《咏庄子写作集》，是一部集诗、文、书法于一体的文学作品集，山东省楹联艺术家协会主席娄以忠，山东省作家协会副主席王光明，山东省作协副巡视员杨发运，党政领导周振兴、岳滨、刘勇等分别题词、作序或来信鼓励。

李福禄坚定文学为人民服务的方向，围绕社会需要进行创作，倾心服务于国家和地方的文化建设。他学习研究古代文学经典，把《庄子》作为切入点。他认为庄子是中国文学集大成者，庄子文化应予发掘和弘扬。菏泽市、东明县都将庄子作为地方的文化传承的名片，他在学习研究庄子方面下了极大的工夫，攻读原著、研习历代庄子注释，对庄子生平、著述、传承做了全面研究，《庄子在山东的行历》在山东省政府网发表；《庄子时代东明属蒙属宋考》在《菏泽社科》发表；还出版了《东明古邑考略》

《庄子思想与哲学》《庄子的文学风格》等。他致力于《省志·庄子志》的编写，历经 15 年，共 41 万字的著述已经集结出版。围绕庄子文化探源，发表了《庄子文化源与流》等多篇文章，将《庄子文论》结集出版。为了普及庄学，他应市图书馆的邀请，开设公开课，主讲庄子，出版了《庄子十讲》，积极创作歌咏庄子的诗文，广泛收集整理古今中外赞颂庄子的诗文，编著出版《南华古今咏庄子》。他在庄子研究方面得到了任继愈、崔大华、何兹全、安作璋、董治安、孟祥才等诸多专家学者的支持和鼓励，不少专家给予了赞许，如《逍遥游：庄子传》的作者、著名作家王充闾在书中称："李福禄研究庄子最为用功。"

李福禄重视文学理论的学习研究、并以古今文学理论经典指导自己的文学创作，使自己的文学创作由感性认识上升到理论自觉，并在党的文学理论政策方针指导下不断创新，《文学论文集》由中州古籍出版社结集出版，山东师范大学文学院院长教授、博士生导师杨存昌作序说："福禄先生非常珍惜时光，勤奋钻研。虚心讨教做学问的方法和道理。朝于斯慕于斯，心无旁骛，孜孜以求。他还广泛涉猎诸子百家，习书法，善诗词，而且干一行、爱一行、钻一行，在各个领域均有造诣和著述。"

我看了不少专家学者的来信，皆对李福禄道德品质、奉献精神给予了肯定和赞许，正像杨存昌讲的那样："中华民族传统文化的伟大复兴，不正是仰赖了像李福禄先生这样热爱文学，并且努力去追求和实践的每一个人吗？"

翰墨情深韵味浓

李福禄 1971 年参加工作，先后从事教育、财税、文牍、财贸、农业等方面工作，曾任县财委主任、农委主任、县政协党组成员、秘书长。2005年退休后，他把对地方文化的传承和发扬光大作为一种责任，倾注了自己全部的心血和汗水。他所著的《历代书论阅赞》，以诗论书，独树一帜，古人虽不乏以诗论书者，然他以整部诗集专门论书，尚属首见，他以238首古体诗，评述数十种著名书论，确是独树一帜。

观李福禄的书作，其楷书厚重醇润，深穆含蕴，用笔稳健，结字均匀，尽显遒劲的大家风度。他将汉隶和晋魏之韵味融入楷书之中，日渐形成自己的独创特色，以平正中见险绝，于规矩处见意趣，他的书法作品多次荣获国内外大奖，参加新加坡、泰国、法国、德国、意大利等二十几个国家的书法文化交流，出版《咏庄子书作集》《楷书练习》《行书课习》《李福禄书法》《李福禄小楷》《硬笔书法楷书练习》等多种书法专集。

全国政协原常委、中国文联副主席、中国书协副主席刘炳森早年曾在给李福禄的来信中说："阁下多年来勤政务、奋笔耕，令人敬仰思慕。"全国政协原副秘书长、中华诗词学会会长、中国书法家协会理事孙轶青题赠："丹青手妙形神备，翰墨情深韵味浓。"首都师范大学中国书法文化研究院院长、教授、博士生导师刘守安题赠李福禄"博览广阅，覃思低吟。"著名书法家谢孔宾在《历代书论阅赞》序中称："李福禄先生与其爱子李勍（中国书法家协会会员）同心同德，艰苦卓绝，经年披阅历代书法论著，探幽发微深得奥旨，写成了《历代书论阅赞》一书，该书诗、书、文并臻，光华灿烂，词意洞达，实乃难能可贵的一本好书。览之娱目骋怀，启迪心智功莫大焉。"中国书法家协会会员、曹州书画院原副院长张剑萍题赠："以诗论书，借古开今。"

李福禄不仅自己喜欢文学书法，他还通过上门授课、办培训班等方式培养更多的文学书法爱好者，举办 10 余期书法培训班，培育学生 2000 余人。他辅导的 28 名学生作品获《山东商报》与菏泽市委宣传部联合举办的少年书法展一、二等奖；他辅导的 17 名中小学生的作品在山东省文学艺术界联合会、山东省书法家协会联合举办的第三届山东国际大众艺术节"国通杯·山东省第六届少年儿童书法美术大赛"上入展并获奖；他组织 15 名学生参与县关工委组织的少年书画活动，有两幅作品被市关工委《老少书画作品集》选中；他辅导的 40 名学生进行书法、美术创作，经评审有 13 幅作品上报市关工委，参与全市青少年书画展。

对于书法，他先后参与文化部、中国书协、省政协、省文化厅、省书协、市政协、市书协等文化团体举办的各类赛事一百余次，入展中国书法家协会举办的第五届新人新作展，荣获中国书协中央国家机关分会举办的锦绣中华全国书法艺术展优秀奖、文化部举办的情系西部国际书画大展优秀奖、国务院发展中心举办的"环保世纪行"中国书法大展金奖、中国国际文化交流中心举办的第五届国际文化交流、赛克勒杯中国书法大赛二等奖、《人民日报》艺术名家金杯奖等。作品先后发表于《中华诗词》《中国书画》《书法导报》《绿叶》《文艺百家》等十多家报刊，《书法导报》等五家媒体对他作了专题报道。

李福禄德艺双修，他组织书法家义捐救灾和服务基层，创作精品捐赠民政部，他一次捐书法作品一百多幅给慈善事业，经常深入工厂、农村、学校提供义务服务，为菏泽一中、菏泽二十一中、东明一中、东明二中、东明第一实小、第二实小等学校书写国学名人名句多达 200 件，春节为乡村、机关、群众义务写对联，年年都逾百幅，而且内容积极向上。

书香人家飘书香

李福禄 1958 年毕业于东明二中。工作中，不管走到哪里，从事哪项工作，他始终都没放弃对文学的酷爱和追求。1973 年，李福禄的第一篇文学作品被菏泽地区文艺调演评为一等奖。激动之余，李福禄更坚定了献身文学事业、弘扬地方文化的信心和决心，同时也激发了他的创作热情。从此，李福禄的文学道路越走越宽，越走越远，他的 100 余篇诗文陆续发表，其中一些作品获得国家、省、市文学大奖，他也逐渐成了东明文学界的名人。

李福禄受家庭影响，自幼喜欢文学，文化底蕴愈积愈厚，退休前已有著述问世。退休后他认为，书法、诗词是中国的国粹，应予弘扬。对于诗词，他从传统入手，深入实际，在"双百"方针指引下，创作出一千余首诗词，其中近百首发表在《山东文学》《历山诗刊》《山东牡丹文学》等刊物，出版了《曹州牡丹谱品咏三百首》《曹州牡丹古今咏》等著作。

他参与发起组建菏泽诗词学会，参编《曹州诗词选》。组建东明县诗词学会并任名誉会长，多次为学会会员讲授诗词专业知识，普及诗词理论，为老年大学讲课、改稿、编审，还到县内各学校甚至去鄄城、成武等县区进行诗词讲演。多次被县委组织部、县委老干局、县人力资源和社会保障局评为"退休干部先进个人"。

2014 年重阳节，他为全县诗词爱好者作了题为《弘扬国学研习经典努力提高诗词创作水平》的讲演，并在《历山诗刊》中全文刊载。在菏泽市艺术节期间，参加王厚今诗词出版发行研讨会发表题为《兴于诗立于礼成于乐》的发言，在《曹州诗词》上刊载。为菏泽学院附中田艳丽《秋思》诗集作序，为不少诗人著作题词或题写说明，还在临沂、莒南以及河南等县市宣讲国学，弘扬了民族传统文化，唱响了主旋律。

他余热生辉，笔耕不辍，始终把发掘历史文化、传播民族优良传统作为自己的义务。他发奋读书、查阅资料、实地考察，编写了地方文史书籍十余部，还参编了《政治思想工作辞典》《曹州民间故事》《曹州诗词》《地方戏曲选编》《东明新志》《东明政协志》等地方志书，不少书被国家一级出版社出版，有的还纳入了市文韵工程，其中一部评上了"菏泽市精品工程奖"。

在繁忙的家务和社会事务中，他不辞劳苦，应诗词组织邀请讲诗词，组织采风，亦利用元宵节、端午节、中秋节、重阳节开展诗教。他先后在《山东社会科学》《菏泽社会科学》《菏泽学院学报》《求实论丛》《菏泽日报》等报刊上发表学术论文十余篇。

在研究庄子的同时，他对东明历史名人、另一位道家著名人物文子做了深入研究，完成《通玄真人文子》，在东明县政协《文史资料》第十六期中出版。他参与历史文化研究和牡丹文化研究，出版精品工程《曹州春秋》《曹州民间故事》和《菏泽文韵丛书》。他参与东明《古志》的翻印和《新志》的编写，完成《东明七十二牌坊与名碑》的撰稿，《东明古邑考略》的考察、论证与编写。

李福禄现为菏泽市国学专家组成员，被一些院校聘为客座教授、研究员，被评为出版家和书法百佳名家。他不断加强自身修养，敬老爱幼，弘扬传统美德，在关心青少年成长工作中做出了不懈的努力，先后获"山东省百佳书香人家""山东省十大书香人家""全国书香人家""山东好人""菏泽市退休之星""菏泽市五老道德模范""十大感动东明人物""东明县十大杰出老人"等殊荣。

老骥志坚心愈红

李福禄认为，弘扬社会公德、遵守职业道德和修行个人美德是社会的当务之急，他认真学习党中央的有关指示和传统道德经典，不断撰写讲演稿，针对学生、公民、职工、干部、妇女、儿童等不同人群进行分类讲演，他进学校、入工厂做了大量的讲演，每年受教人数数以万计，影响越来越大，社会需求愈来愈多，他总是有求必应，乐于奉献。

他受聘为一些学校做顾问或辅导员，根据形势变化在县里多所学校进行专题讲演。他先后在县第一实验小学、第二实验小学为数千名同学做了学雷锋的专题报告，进行了《名人篇》《立志篇》《践行篇》等多场讲演。结合学校、社会、家长三位一体的教育模式，为一实小1500余名学生家长做了讲演。开学前夕，他查资料、搞调研、写讲稿，连续四个晚上为县技校500名新生分别做了《讲究修身之道做新时期道德模范》《把根留住让脉搏跳动》《弘扬道德励志践行》《修身始于足下成于持恒》四个专题讲演。

他拟定讲演提纲，到有关单位去讲演。如拟定的"妇女家庭讲演提纲"，有一个标题为《要以家庭主人公的姿态担起石头背起山——与家庭妇女聊一聊背山的技巧》的演讲稿被分为三个小标题：一是"主人，却不要以主人自居——谈谈谦和的处世态度"；二是"尊敬婆婆是改善婆媳关系的核心——谈谈孝敬的传承"；三是"教养子女要把教放在首位——谈谈培养孩子的德性"。再如对失足青年的教育标题是《谈谈对监管工作的看法》，内容包括：对失足青年要善恶两面看，唤起其良知；监管的任务是促使失足青年由恶向善转化，要抓两种典型，尤其是好的典型；实行社会、家庭与监管单位三结合，为失足青年重新做人创造良好环境和就业条件。

近几年来，他先后在全县中小学做传统思想道德教育专题报告百余场。他从小学讲到初中、又由初中讲到高中、从县城讲到乡村，讲的内容有优良传统教育、学习目的和志向教育、学习方法教育、生活习惯教育、礼仪行为教育等。每场听众少则500人，多则2000人。为了强化党员干部职工思想教育，他在县乡党员干部中讲了怎样做好乡镇干部、怎样当好支部书记、农村改革与新农村建设，讲了学党史、颂党恩、跟党走的内容。

他为第二实验小学做《以孔子为榜样做一位德才兼备的好教师》的讲演，使全体教师对国学教育经典有了一个全面的了解和深刻认识，提高了全体教师坚守职业道德的自觉性。为了提高学生的道德品质和文化素养，县关工委邀请他做《三字经》《爱国人士何思源》《爱国诗人屈原》等专题讲演。

他虽然年逾古稀，但学习仍孜孜不倦，对于社会所求他总是热情答复，尽管所有讲演、书法、文化创作都要精心准备，花费时日。但他从不草率应付，为了满足社会需求，经常加班加点，并让子女参与，为了搞好哲学的学习研究，他与长子李红卫共同学习《易经》《老子》《庄子》及唯物辩证法，培养其学术研究兴趣，使长子在工作中攻克了一系列技术难题，而且对天文物理学产生了兴趣，2013年出版了《宇宙新视角》一书，受到了科技界的关注。他与次子李红岳（艺名李勋）经常在一起研究学问，现在次子为县文化局副研究馆员，也是中国书法家会员，与其共同著有《历代书论阅赞》《漆园古诗选注》，以及共同参与《东明庄子传说》等非物质文化遗产的申报编写。

整个采访期间，李福禄侃侃而谈，不断穿插历史典故，谈笑风生，满腹诗书，提起诗人名作出口成章，不得不让我连连称赞。他说："作为一个艺术家，如果能做到国家需要和个人爱好相一致就是最幸运的事了，顺理成章地为国家的发展、为自己心爱的事业效命，自然是令人倍感幸运的事情。"

（齐鲁晚报·齐鲁壹点·青未了·菏泽创作基地 2022-01-18）

曹廓：给梦想插上飞翔的翅膀

结识曹廓，是在一次文友们聚会时。今年夏天的一个周六的中午，我接到一位文友的电话，他邀我去赶个饭场，说是与曹廓老师见面聚会。我本不认识曹廓，只是在"文艺沙龙"群里看过他的小说。友人说他很友好，很好相处。

曹廓，本名曹怀重。67岁的他，说话慢声细语的，讲话逻辑性强，很有"领导"的风范。于是，我们由相见到相识，慢慢地，竟然到了无话不谈的境地。我对他的印象很深，他是个严谨、执着、勤奋的人。一次，文友说："你爱写报告文学，就写篇关于曹廓老师的文章吧。"我答应了下来，可他只给我提供了简介和作品清单，其他的一概没有。他说："你是第一个写我的人，我真的没什么可写的。"

接下的活儿咋干呢？我想与他见面聊一聊，一联系，他刚去了深圳孩子家。我感觉自己的思绪更加混乱。在每天的微信中，我会给他提一些问题，让他留言，我下班后再整理。聊着聊着，我渐渐发现，他有一个执着的信念——实现当作家的梦想。

他心中有了梦，也从此踏上了找寻生命意义的道路。

《香箔的来历》：寻找梦想

　　事实上，成功只是短暂的一时，毕竟生活的脚步还在前行；生活并不是一个目标，而是一个漫长的旅程。

　　曹廓出身贫苦，小时候很爱学习。上了小学，他连本子都没有，就捡烟盒写字，有时候就用树棍在地上写。那时候，他最大的特点就是喜欢读故事书。上五年级时，他开始接触小说，像欧阳山的《三家巷》《苦斗》、冯德英的《迎春花》、周立波的《暴风骤雨》……这些小说他都是借来读的。只要哪个同学有书，他就去借。再大些，他就闹着母亲买书，母亲卖了鸡蛋后给他买了两本小说。一本是曲波的《林海雪原》，另一本是刘流的《烈火金刚》。他反复看这两本书，看完了再拿这两本书与别人交换着看，痴迷程度可见一斑。

　　他常常被小说里的人物所感动，老是忘了吃饭，忘了下地干活。《烈火金刚》里的肖飞和史更新、四大名著的各色人物等鲜活的人物形象总会在他眼前闪现。读了很多书后，他就会讲故事了。那时候的学生一放学，就是下地里面干活。放学后同学们就问他："曹廓，你今天干啥？"曹廓说剜菜，他们便都剜菜；他说割草，他们便都割草。一到地里，曹廓在那里一蹲，小伙伴们立刻围了一圈儿，开始听他讲故事，听得大伙儿如痴如醉，啥事都忘了。往往到该回家时，篮子里还是空的。他们便折些树枝条儿，往空篮子里一撑，再快速割些青草放上面，悄悄地溜回家中。

　　小时候，曹廓盼望自己长大了干两种工作。一个工作是当个图书售货员，好在书店里一边卖书一边免费看书。另一个工作，就是当个作家。从上小学，到上初中再到上高中，他最喜爱的学科就是语文，特别喜欢做作文。他上小学三年级时，写的第一篇文章叫《香箔的来历》。他听别人讲了个故事，自己便能整理出来，写满了一整个作文本儿。这篇作文受到了语文老师的大力表扬，他心里美滋滋的。老师的鼓励是他爱好写作的动力，从此，他就与写作结下了不解之缘。从小学到中学，他记得，自己的作文常常得到老师们的表扬，经常被当作范文来读。

高中毕业后，16岁的他当了民办教师。从这个时候开始，曹廓一边教学，一边抽空读书写作。从18岁到20多岁的时候，他非常勤奋，写出了很多篇短篇小说，还写了一部名叫《魏文大帝》的长篇小说，当时仅草稿纸就写了一包袱。

那一年黄河秋汛涨水，一次他到河西买玉米，那天回来时坐的是一艘机驳船，船走到河中心突然发生故障抛了锚。当时已是秋末，天空聚满阴沉的乌云，北风"呼呼"地刮着。船上一个盲人唱河南坠子，许多人在甲板上听。曹廓看见一个人皱着眉头坐在前舱，一会儿看看远方的天空，一会儿低头写着什么。那人大梳着背头，一脸痛苦的表情。曹廓猜测他可能是在写遗书，等把遗书写好，他就会纵身一跃，跳进浑浊的河水里。于是他上前给那人讲道理，要人家看开一点，说人活在世上，都得经历千难万险的……听完曹廓一席话，那人停下笔来笑了，说他正在创作，又问曹廓是干什么工作的，曹廓说当民办教师，自己喜欢看书，也喜欢写作。然后给他讲自己正在创作一部长篇小说，都写了一包袱草稿了。那个人说他叫王岳芳，在菏泽地区戏研室当主任，是写戏剧的。他说："你这样写是不行的，开始应该先写短篇小说，等发表了，有了名气，才能写长篇小说。再一点，你不能盲目写，还得有名人指导。你是东明县人，去找县文化馆的杨洁，他是专门辅导你们县业余作者写作的，你就说是王岳芳让你找他的。"听了他的话，曹廓茅塞顿开，看到了希望，看到了光明。

从此，一有时间，曹廓就去县文化馆向杨洁老师请教。杨洁当时是副馆长、青年文学作家、戏剧作家，发表了很多文学作品。曹廓记得，在20世纪七八十年代，国家十分重视文化建设，提倡培养业余作者队伍搞创作。杨洁说："啥时候县里有文化活动，就通知你来参加。"在那些日子里，他开始系统地学习有关小说创作的文学理论。文学创作课，一般由杨洁讲习，有时候朱希江老师来讲。当时朱希江是菏泽市《牡丹》文学刊物的主编。曹廓把写好的习作让老师们看，受到了老师的表扬。县里面也编排了一些刊物，如《星光》《诗刊》《东明文艺》等，他写的东西得以发表。后来又在《牡丹》上发表了两篇小说。在杨洁老师的推荐下，1981年10月，他加入了菏泽市作协。

到后来曹廓结婚了，发表文章的稿酬每月只有三块五块的，杯水车薪，光靠写作不能维持正常生活。恰巧那年国家恢复了高考，于是他便努力复习功课，迎接高考，进而停止了写作。

《黄雀》：插上翅膀

从不回头的人，不一定是勇敢，也许是逃避；从不流泪的人，不一定是坚强，也许是无奈；从不认输的人，不一定是赢家；因为，每天都是新的一天。

曹廓考上了一所师范学校，毕业后开始当公立教师从事教学工作。菜园集中学，那时叫东明八中，有高中也有初中。他教初中毕业班，后来又教复习班，始终都是教语文。他教语文教得很有名气，全县几十所初中参加竞赛，他的学生基本上都是名列前茅。在教育战线，他一步一步脚踏实地，先后任职语文教研组长、副教导主任、教导主任、副校长。业务职称从中教二级到中教一级，再到中教高级，他的教学生涯可谓风生水起。到2003年，他从副校长的位子上退下来，到菏泽市成诚高中任学校常务校长、党支部书记，同时还兼任高三年级的语文课教师。学校董事长不让他教课，但他依旧坚持。后来又到曹县北城中学当业务校长，仍然教毕业班的语文课，还当复习班班主任。那时候高考评比，他所教班级的语文成绩都是前三名，一直教到了他正式退休。在他看来，教语文有利于提高文学素养。

曹廓从小就爱作文，喜爱写作，教学是为了生计。退休后，生计问题解决了，他又想着实现自己的夙愿。他要继续完成当作家的梦，决心写出感动世人的小说。其实，他在教学的时候也想着当作家，但是教高三任务繁重，升学压力山大，学生考不上本科、考不出好成绩，就无法给社会、学校、家长一个满意的交代。为了学生的前途，他忙得不亦乐乎。

正式写作是到他真正退休以后。2013年，他正式退休了。"年龄大了又写起小说来，别人都觉得不可思议，但我决心写，因为我喜欢，因为当作家的愿望由来已久，退休后也到了该偿还心债的时候了。"曹廓如是说。

在菏泽教书的时候，他就跟省作协会员刘广胜老师关系很好。两人退休以后，去济南找刘照如，听他讲写小说。刘照如是《当代小说》杂志主编，济南市作家协会副主席，曾两次获得山东省泰山文艺奖和短篇小说奖。他去听刘照如讲课，虚心向他学习，在他的指导下开始写作。

曹廓平时写好了草稿后，总爱找人给提意见。其间，受到了菏泽市作家协会主席赵统斌、副主席孟中文、省作协作家刘广胜、刘照如、东明县作家杨洁、东明县作协主席王奇才等的指导与帮助。有时，他让熟悉的语文老师来看稿，让他们提意见。他创作的态度是严谨的，每写成一篇，他总是逐字逐句地审视，直到自己满意了才投稿。他创作过程很是辛苦的，每天阅读习作不倦，有时睡梦中想出一个好细节、好词语，就马上打开电脑记上。他老伴常常笑话他是"神经病"。

一分耕耘一分收获。2019 年 9 月，他的第一篇短篇小说《黄雀》发表在《当代小说》上。后来，一大批作品先后在《中国艺术家》《名家名作》《鸭绿江》《牡丹》《青年文学家》《菏泽日报》《菏泽文化报》等报刊上发表。"我给你说，其实在哪儿发表都是很难的，感觉写很好了，投了一篇又一篇，投很多地方，常常都是泥牛入海。"曹廓说，很多作品他都修改了好多次，投了稿以后，大多都是退稿。但是他毫不气馁，退了改，改了再投……"发表一篇小说，并不是像吃根黄瓜那么容易。"说到这里，曹廓会心地笑了。

曹廓在创作中，曾经多次陷入盲区。他很困惑，很犹豫，很矛盾。他原来当语文老师，指导高三学生达到一类作文目标，让他们写出高质量作文，考出好成绩，上个好大学。可是要写出好的文学作品，让自己的文章达到发表的标准，可绝不是像指导学生写篇高分作文那么简单。文学创作得按文学作品的要求来写，他一开始写的作品都是一派老师的腔调，过于程式化，离生活实际较远。

到后来，曹廓在老师和同行的指导帮助下，慢慢练写。名家讲的理论跟自己会写还远不是一回事。他仔细品味着那些理论，然后用理论指导自己的写作实践，反复练习。对每个字、每一句、每一个细节，反复思考，使小说中所有的材料，都围绕一个点来写，都为一个点服务。他认为，写出一篇好的小说无异于爬过一座陡峭的高山。

在今年 6 至 9 月的四个月里，他在中国作家网上陆陆续续发表了《走过鲜艳的红地毯》《补阙》《敲石头效应》《黄金证》《石豪大夫》《杨老六豆腐脑》等 36 篇中短篇小说，字数共二十多万字。曹廓说："我的写作之路是充满坎坷的，一般你感觉灵感来了，觉着自己被社会上的某件事儿或者某些材料儿感动了，激情促使自己写下去。而我要先打了底稿，经过数遍的修改，叫很多同行阅读提意见，再反复修改。我感觉到我属于笨鸟，我的写作之路并不是非常得顺利。"

2020 年 5 月 27 日，曹廓被吸纳为山东省作协会员，他还成为了山东省散文学会、山东省老干部诗词学会、中国现代作家协会会员。

《走过红地毯》：飞翔起来

追求，是一种动力；奋斗，是一种乐趣；挫折，是一种磨练；最大的魅力，是有一颗阳光的心态。

曹廓开始进步时，他就知道，文章的主题不能过于直白，写小说不要把自己的观点直接说出来，要注重细节表现，要让人感悟到，而不是直接把自己的感悟写出来，要有留白，写人性、写出诗意等。原来他想写社会分析小说，就是写出《三言》那种对社会人有所教益的小说。听行家讲后，他才明白，写当代小说，不是写道德、政治、人伦，写小说自有写小说的特殊要求。小说的主题、材料、结构、表述等都有专门的套路、专门的标准，所以很多人很难写成一部有名的作品。曹廓说："感觉自己写作，是用汗水浸湿了自己写小说的道路。"

　　加入中国作协是他的人生理想。小时候他看小说被感动的时候，就想着长大了一定要当个作家，在写作方面有所建树，有些成就。"这一直都是我的愿望，叫夙愿。"曹廓说。多年来，这个愿望一直鼓励着他，指引着他，催促着他努力前进。

　　"其实日后就是加入了中国作协，也并不等于说自己就是一个伟大的作家了。真正的作家，能够产出优秀的作品，让这些优秀作品能够一代代地影响人们、教育人们、感动人们，并由此成为伟大的社会精神财富。"说到这里，曹廓有些激动，他感觉自己的第二个事业才刚刚起步，那就是在写作这条路上勇往直前。

　　他说："司马迁说过，人活这一生，第一是立言。立言，那就是写文章，让文章流传后世。用文章教育人，鼓舞人，感化人。司马迁说这才是一个人的最伟大的人生目标。其次才是立德、立业。司马迁把立言作为人生第一要务。"说到这里，曹廓笑了笑，接着说："我是个平凡的人，无资格与司马迁相比，主要是学习他的精神。司马迁在受到奇耻大辱后还能坚强地活下来，他在《报任安书》中说，自己之所以活下来，就是为了让文章流传后世。司马迁经过刻苦写作，才写出了流传千古的《史记》。"曹廓也仔细思考过一个问题，人世间的许多教义，所宣扬的所追求的，都有所图，图的无非是名与利。他希望自己能成为一个伟大的作家，好像也是有点为名气，没有跳出为个人的圈子。但是他更想写出好文章，用文章感动人、鼓舞人。

　　"这个想法其实只是理想，只能算作个人生目标，也并不一定能实现，只能坚持奋斗了。"他想着给人们、给子孙后代留下一些精神财富，这是曹廓的人生理想。这条人生之路，他认为才刚刚开始走。

现在，曹廓每天上午读小说，下午和晚上写作，他每天的工作时间基本上都不少于 12 个小时。他觉得自己也没有固定的工作时间，因为从睡醒到梦中，自己时刻都在考虑写小说的问题，整天忙得不亦乐乎。

我问起他的灵感从何而来，他笑了笑说："从自己写作的情况看，感觉灵感从阅读中来。读着人家的好小说，会产生新的念头、新的想法。再一个，灵感从思考中来，回忆自己的往事，思考见到的一些事情，灵感在思考中就突然产生了。"另外他还觉得旅游对产生灵感也很有好处，旅游的时候碰到一些事情，可以把这些写成小说。曹廓说："我比较笨，我写小说，并不像某些大家，下笔千言，倚马可待。我觉得我是在挤牛奶，一点一点挤出来，挤完还要再加工、再提炼，直到最后也没有把握一定能制成好的奶酪。我感觉我写的作品还是很不成熟的。"

初稿写成后，我专程拜访了从深圳回来的曹廓。他宽敞的书房几乎全被书橱占据。我看了他的短篇小说集《黄雀》，包括《一片黄叶》《靠山》《断响的哨子》《走过红地毯》《走过生死河的女人》《玉婚风波》《天眼》《球帽的烦恼》等三十多篇短篇小说。小说塑造了工人、农民、教师、干部、职员、打工者等各类人物形象，写出了不同人物的喜怒哀乐，表现出他们不同的性格。书中运用多种文学手法，如白描、对比、衬托、渲染、留白等，以刻画人物心理为重心，使得小说细腻感人。我又看了他的《中短篇小说选》，包括三个中篇《心债》《四老牛的超人梦》《卞夫人》，短篇小说《微信朋友》《伞柄菜》等。

他打开了电脑，让我看了他写的长篇小说《魏文大帝》的文稿。他说，这些文稿是在他年轻时写的底稿基础上整理的，包括曹丕小出身、争帝位、治国方略、统一之争四部分，每部分共十五章，现在初稿完成了二十多万字。从这些文稿中，我看到了他艰辛的付出。

我想，只要给梦想插上飞翔的翅膀，它总能到达它应到达的地方。人生也像坐火车一样，走过了的景色那样美，让你流连不舍，但别让磨砺去收走了你的笑容，要发现自己是何等地坚强。快乐是心的愉悦，幸福是心的满足，朝着自己的理想目标前行，我衷心地祝愿曹廓能早日到达他的梦境，从而实现他的理想、他的目标。

（齐鲁晚报·齐鲁壹点·青未了·菏泽创作基地 2021-10-27）

北大才子岳永勇　两万诗篇满诗囊

早年，他是北京大学地质地理系的高材生，对诗词的爱同样融入了他的血液中。晚年，他钟情古典诗词，达到了废寝忘食的地步。他就是中华诗词学会、山东省作家协会会员，已经85岁的东明县耄耋老人岳永勇。

我的书桌上放着《岳永勇诗词散曲选》，皇皇八卷，卷卷经典，让人爱不释手，其中渗透了写作者多少年的心血。他在诗词曲赋的创作中写下了2万多首作品，其作品影响深远。

我有幸和他相识、相处、相知，留下了许多难忘的回忆。这位行吟诗人的作品，欢欣喜悦、哀愁苦涩、从容豁达，谱写了各种人生况味。他的作品来自生活的最深处，是生命之河的自然流淌，不矫揉、不刻意、不拖沓，有风骨、有个性、有神采，正如他的直率坦荡、赤诚平和的性格。诗人之树根深叶茂，正是源于诗人从未改变的一片冰心。

九门全考理科读　勇闯诗坛辟新路

现如今，如果谁家的孩子考上了北京大学，绝对是一件非常荣耀的事。当时的岳家出了个北大学生，也是一件非常荣耀的事。

岳永勇的家乡东明县地处鲁豫两省的交界处，是黄河入鲁第一县。在春秋战国时期，先后归属过卫国、宋国和魏国。晚清以降，又先后受直隶省、河北省、平原省和河南省管辖，到了 1963 年，因为鲁豫两省之间水利纠纷时有发生，为化解这矛盾，东明县才从河南省的开封地区划归到山东省的菏泽地区。

　　1953 年夏秋之交，岳永勇从河南省东明县第一初级中学毕业，虽然是河南省的应届初中毕业生，但是对于河南开封地区的教育情况并不十分了解。当时的菏泽一中，在地理位置上距离东明县城较近，更主要的是它是山东省名校，同学们对菏泽一中都是分外向往，多数人毫不犹豫地把它作为报考高中的首选之地。

　　岳永勇记得那天男女同学一行近三十人，冒着高温酷暑，满怀着美好的希望与憧憬，一路上有说有笑，步行七十华里，奔赴菏泽考场。孰料乐极生悲，在例行的体检中，校医在没有任何仪器检测的情况下，只凭借他"神奇"的手指在他的胸部轻轻敲击一番，便煞有介事地宣布他患有肺静脉狭窄，声称他的身体难以负荷学业之重，并斩钉截铁地取消了他的报考资格，没有任何商榷和回旋的余地。一桩塌天横祸突然地降落到他的头上。幼小稚嫩的心灵，遭受人生的第一次重大打击，他一个人，万般沮丧地在一家小店中，度过了一个无眠的长夜。

　　好在天无绝人之路，此时得悉在两天之后，河南大学附属高中还有一次报考的机会。但在当时从东明到兰考，没有公路通行，而兰考又是通往开封的必经之路。他沿着黄河大堤，赶往兰考火车站，终于在夜里十二点之前赶上开往开封的火车。在进入开封的考场之前，也循例进行了身体检查，这对他来说也是最为担心的"关卡"。好在是一路绿灯畅行无阻，一块压在心头的大石头终于落地。两场考试过后，发榜的结果是他高中了。

在进入河大附高读书，他便想到了报考大学时的体检问题，最担心重蹈菏泽的覆辙，开学以后，除学习以外，他全部的时间都用在了锻炼身体上。冬练三九，夏练三伏。三年体育锻炼再加食堂伙食的香甜可口，为健康体质的形成奠定了很好的基础。我想这与他85岁仍耳聪目明、思维敏捷、志趣广泛，保持旺盛的写作能力，是密切相关的。

1956年秋，岳永勇考上了北京大学地质地理系。到北大后，那浓郁的人文气息、古典式的校园建筑，未名湖、博雅塔，都能引发人的诗情，很多同学都喜欢诗词，这深深影响了岳永勇。俗话有言：隔行如隔山。其实，学习理科的他更喜欢诗词。由于他在北京大学读书期间所读并非文学系，但常常出于对文史的偏好，混迹于文史名家们的课堂，旁听一二。岳永勇说："家父儒商出身，对古典文学和旧体诗词不仅有兴趣，且有一定的造诣和修养。我七八岁时就常见他写诗填词，也写文白兼用的文章，还常练习书法。受父亲的影响，我自幼就对文学和历史有着浓厚的兴趣，十几岁就熟读了四大名著及章回体小说，再往后就比较喜欢茅盾、巴金的小说和郭沫若的历史剧。"那时的他不会预料到，自己和诗词的"恋爱"很快会无疾而终，他和诗词"再续前缘"，要等到半个世纪以后了。

由于他对文学、历史、地理和国际时政有着与生俱来的广泛兴趣，岳永勇报考北大地质地理系的初衷，就是想把《历史地理学》《中俄边界变迁史学》《中印边界变迁史学》作为终生研习的目标和事业追求。但由于一些原因，事与愿违，"有志文史学不成，无意理工累此生"。

回忆起在北大的日子，他这样说道："燕园，是一个让我向往已久、心愿达成、在六十年前向我发出北大录取通知书的地方；燕园，曾让我热血沸腾、壮志满怀、充满人生憧憬的地方；燕园，一个让我有幸领略大家风采、聆听名师教诲、获得地学方面基础知识，并且让我受用终生的地方；燕园，一个让我的人生道路，跌落千丈，刺配京西，挖煤打洞，经历二十余年不堪回首逆境岁月的地方；燕园，一个让我重新体味师友情意，获得人间温暖，发现人生价值，忘却过去，从而翻过痛苦一页的地方；燕园，一个让我刻骨铭心，给我今生今世留下太多感慨，让我心中五味杂陈，让我没齿难以忘怀的地方……"

自吟自唱自谱曲　自觅自路自求索

2004 年 6 月初，他在荒无人烟的戈壁滩上从事工程监理期间，受到盛唐诗人们气壮山河的边塞诗歌的激励与熏陶，他诗情涌动，跃跃欲试，开始了学写旧体诗的尝试。从此以后，诗歌创作竟成了他生命中不可或缺的一部分，"三日不见佳句涌，常如古人愧傣钱。"极目茫茫戈壁，尽抒胸中情怀，不经意间草成诗稿。

岳永勇在京西的 25 年中，参加过矿坑挖煤、隧道开掘、大炼钢铁、建筑搬运等苦力劳动，也从事过矿山找矿、水泥生产、地质测量、工业与民用建筑的技术管理工作。用一系列的等值线图揭示较为复杂的煤层赋存情况，为煤炭资源的有效利用提供了可靠的依据，并得到了推广应用。亲身经受的历历往事，也都成了他取之不尽、用之不竭的创作素材。

他说："尽管我在煤田地质、水泥工艺、房屋建筑、化工生产和工程监理诸多技术管理工作岗位上，有过长达 50 年的工作经历，并也取得过教授级、高级工程师的技术职称。但是，我从来只把技术工作作为一种养家糊口的谋生手段而已。而真正的兴趣所在还是古今中外的历史、地理、国际时政和诗文词曲诸多方面。"在山东、陕南、上海、新疆、福建等地从事监理工作期间，先后撰写过杂文集《陕南随笔》《陕南余韵》《西域纪游》等。

2007年7月，告别新疆，回归故乡。"似诗非诗两千多，惜无半阙是词作。"怀着有诗无词的缺憾，他又突发奇想，开始了"填词"的游戏。从常用的词牌开始，先易后难循序渐进，兴致所至，一发不可收拾，《临江仙》和《玉楼春》两个词牌的选用频率为最高，以此来评论世间是非，深切体味到了只要用好用活，不管何种文学形式都可以为今所用。

2009年以后，他在福建莆田担任工程监理技术顾问的两年间，迎来了他诗歌创作的第三个高潮期，同时又感到"有诗有词独无散曲"缺憾。他以似有"轻薄为文"之嫌的笔调，"出笼"描写八闽风物、关注民生、抒发感悟，写下了散曲四百余首。"初学散曲初入门，多以小令聊热身。比猫画虎四百余，未合宫调羞示人。"

"唐朝以前的诗是'长'出来的，唐朝的诗是'嚷'（唱）出来的，宋朝的诗是'想'出来的，宋朝以后的诗是'仿'出来的。"他说，"我们常说文如其人，由于我经受了太多的坎坷与磨难，这种长期压抑的气氛对我的行文风格产生深刻的影响和改变。"

俗话说，"熟读唐诗三百首，不会作诗也会吟"。岳永勇虽然读过一点唐诗、宋词和元曲，也涉猎过一些骈体文名篇和唐宋八大家的散文作品，但都只是领会一点皮毛而已。岳永勇八九岁时，家人为了测试他的"韵律感"，把"福如东海长流水，寿比南山不老松"这个对联的上下联颠倒过来重新调整句式。他略加思索，便答以"寿比南山松不老，福如东海水长流"这番应对，得到了家长们的称许。他在以后的诗文写作中，很快就能将之转化为自己的东西，进而活用、化用和反用前人的立意与议论，并借鉴前人的写作手法与技巧，以现实生活中的亲身经历与社会实践为素材。

为了寻找"悟性和灵感"，写出自己心声，抒发自我情趣，在他的作品中，旧体诗占了绝大部分，但也有部分现代诗。由于难脱韵律的窠臼，这些现代诗读起来更像是押韵的杂文，虽然不见了新诗中"开口哦哦哦，闭口啊啊啊"的长吁短叹，但也有点似驴非马，不伦不类，但就文风而言，和他的旧体诗还是十分贴近，相互协调，浑然成为一体的。

在岳永勇众多学友中，从初中到高中直至大学连续在同一所学校就读的，只有阎纯德教授一人。阎纯德是北京语言大学《汉学研究》主编、博士生导师，他评价《岳永勇诗词散曲选》时说："无论何时何地，如果你遇到不顺心事，细细品读他的诗，便没有解脱不了的烦恼；如果你受到委屈，细细品读他的诗，便可以淡然面对；如果你人生旅途阻滞，坎坷多舛，细细品读他的诗，便可以信步跨越，砥砺前行。他在其作品中运用语言的成功，让我们感受到口语白话完全可以将古典诗歌这一体裁建设成当代中国文学的重要表现形式。"

岳永勇的老师胡兆量教授是北京大学教授、著名文化地理学家和地理学教育家，他这样评价《岳永勇诗词散曲选》："他的诗词散曲之所以能有润物细无声的效果，离不开其创作的生活背景。他经历了祖国从积贫积弱到和平崛起的全过程。道路是曲折的，有波澜，也有险阻，他投身时代的大潮，自有深切的体验与感受。"

诗要有诗意，既有意象，又有思想，这是诗歌的审美高度。诗歌的意境有两种，一是"阳刚美"，二是"阴柔美"。今生今世经受了太多的坎坷与磨难的岳永勇，灵魂上的长期压抑对他的诗风产生了深刻影响。他说："我的诗缺乏飘然世外的朦胧意境和跃然纸上的万丈激情，其风格往往是苍劲悲凉的，而少有激越高亢的昂扬精神。"岳永勇的诗词散曲少有阴柔美，也没有什么渲染夸张和太多的雄奇壮美和磅礴之气，但诗中却明显展示了一种旷放开朗、深邃沉郁、苍凉悲壮的阳刚之风。他这种风格不在诗势，而在负载着调侃、戏谜、讽喻、针砭时弊、关注民生、扫视环球和抒发感悟的平实语言之中，或者说笔墨之外所含的不尽之意还有待更多的阐释。

退而不休更惜阴　诗与微命已难分

1999 年退休之后，岳永勇不甘寂寞，不断转变角色。他的生活中所闻、所见、所感，从身边琐事到天文地理、人文历史，从五湖四海到古今中外、四极八荒，都在他的笔下生花，这是一位成熟的诗人给人留下的叹为观止的印象，我们不禁会问："这位老师的文学功力和素养从何而来？"

岳永勇的诗所涉及的社会、生活、人生之广是少见的。呈现在他的诗稿里的那些丰富的篇名，诸如大漠行吟、北疆纪游、西行散记、天山杂咏、难忘陕南、田园情趣、盛世赞歌、思古幽情、八闽见闻、抗震救灾、人生百态、梦中苦旅等数十个，显示的不仅是内容的浩瀚，更见其内心世界，是一位作者的伟大情怀。

虽然他写诗的时间不长，但他的成绩显然是积水成渊、积厚流光的结果。人们常说"愤怒出诗人""苦难出诗人",这两点都当之无愧地具备了生活和历史赋予的精神。生活最终将他锻造成一个不计个人得失的爱国者,爱国不是一句空话,他以自己一生的言行和劳作实践了爱国者的情操。

我读他的诗词散曲时,最大的印象是,普天之下的大事小情、点点滴滴,在他笔下都能点石成金,甚至可以化腐朽为神奇。岳永勇以为,旧体诗词和新诗(自由诗),两者可以互取长短,竞相发展,其关键在于能言其志、说真话、抒真情,承继中国诗美的传统,让其不断完善和发展。

"新古体诗作为古体诗的一部分,强调诗的意境、诗的可读性、诗的内容和诗的时效性,只要是言之有物、富有激情和诗的味道就是好的作品,而不再刻意追求和拘泥于平仄的工整、韵律的完美。全国发行的诗歌杂志《诗国》就秉持和提倡这种与时俱进的文学新观念。如果把我的诗归类在新古体诗的门类中,那是十分准确的。《诗国》杂志也在新古体诗这个版块中,选登过我的诗作若干首。"岳永勇说。

岳永勇明白如话的诗,亦是贵在感情深邃、沉郁而真诚,他的喜怒哀乐、人格、思想、道德、理想和情趣,都明白不误或明或暗地蕴藏在他的作品里。他的诗作,有些另类,对于平仄的工整,并不刻意追求。他所看重的,是诗的气势,是诗的时效性和创新性,像这种风格的诗作,也是根本无法用平仄的窠臼,进行约束和考究的。他说:"我窃以为,如果像小学生完成作业题一样,按照平仄的格式,字字句句对号入座,进行填空,从而出笼一首首'诗作',那这样的'诗作'又怎能有深邃的意境和鲜活的情趣可言呢?"

努力达到雅俗共赏的写作效果,一直是他的最大愿望与追求。他的诗，语言诙谐，文笔犀利，颇有一点嬉笑怒骂皆成文章的味道；他的诗，紧扣时代脉搏，充满生活气息，力求描绘出一幅生动鲜活的历史画卷；他的诗，个人风格特色鲜明，寓教于乐，吟咏之间，常常是呼之欲出，绝无搜索枯肠、无病呻吟之困惑。

即将出版的第八卷上，岳永勇准备了谜语诗特辑。"谜语诗作"更是诗囊中的一块瑰宝，又是诗苑中的一朵奇葩。我看了他的样稿后，感觉眼界顿开，耳目一新。其中的诗谜有地名、人物、历史、生物、汉字、成语等知识亮点，更是史海拾贝、文苑镶珠，令人爱不释手。诗集中每一个谜底所诠释的故事，都是一个时代的缩影，一个历史的里程碑，这对于传播中华文化具有一定的作用与价值。如地名诗谜中，"骄阳喷薄出，墙体尽染朱。枝间生珠玑，曹国曾建都。（谜底：东明、赤壁、玉树、定陶）""形似倒三角，文明称古老。拥众十三亿，近半愁温饱。（谜底：印度）""蒋军八十万，决战徐蚌间。身陷十面围，精锐化灰烟。（谜底：淮海战役）"

岳永勇从2004年6月到现在写下了2万多首诗词，堪称奇迹。纵观历史上，陆游一生写诗9300多首，而传世者只有3000首左右；乾隆皇帝，诗歌有《御制诗》《御制文》《乾隆御稿》等，总数43630首，但是他的诗，多有臣下拙笔之嫌。岳永勇的诗天马行空、汪洋恣肆、纵横捭阖、风格独特、不受平仄押韵的羁绊，不做缠脚妇们的扭捏之态；他的诗，短则数句，长则千韵，五言七言，无不如芙蓉绽出水，清新去雕饰；他的诗，小到蚊蚋螺虫，大到浩瀚宇宙，上下五千年，纵横五万里，包罗万象，精彩纷呈。

写诗需要生活，也需要智慧，他的诗充满了语言和思想的智慧。他的诗韵味隽永、韵律自然，既平实顺达，又不乏古朴苍劲之风。他也讲求平仄、对仗、押韵，但对于前两者并不强求，因为他是一位自由的"诗神"。

岳永勇的诗，不似春风大雅秋水文章，却可以"坐变寒暑"，深得一种精神营养。透过他的诗，我所窥视的是一种智慧，一种人生。"严谨缜密集一身，浪漫多情诗中人。"岳永勇微笑地说道，他是融工程师的严谨、缜密与诗人的浪漫、多情于一身的一个人。

说到老年，往往会和黄昏联系在一起，总会让人想起"夕阳无限好，只是近黄昏"这样悲凉的诗句。叶剑英元帅的一句极富感染力的名言"老夫喜作黄昏颂，满目青山夕照明"，给人以鼓舞和力量，登高望远，化腐朽为神奇，激发出人们美好的憧憬和万丈豪情。对岳永勇来说，他最美的晚年岁月，是和诗词"琴瑟和谐"。他说："自己遇到了一个好时代，一个越来越重视中华传统诗词的时代，我希望能通过诗歌讴歌伟大的新时代。因为有诗词的陪伴，我的晚年生活多了一分美丽，更多了一分诗意。"

（齐鲁晚报·齐鲁壹点·青未了·菏泽创作基地 2021-12-28、幸福东明 2022-01-19）

刘松华：穿汉服的女作家

怜情惜雪，本名刘松华，女，山东省作家协会会员，东明县作家协会副主席，国网山东省电力公司东明县供电公司法律专员。

熟悉刘松华的人都知道，她不仅作品写得好，还是一个汉服文化的传承者。

知名女性言情作家

怜韵悠扬，情浓浓，最是冰清玉洁。

惜黛芳华，雪翩翩，美人红袖添香。

——怜情惜雪笔名的由来

真正采访刘松华，是在 2011 年的夏天，当时她的网络小说很火，我便去了东明县供电公司。采访非常顺利，去了她的单位，又去了她的家，看了她是如何在简陋的环境里写作的。可是，后来自己一懒，这事便"流产"了，感觉很对不住刘松华。这次再次采访她，心中忐忑不安，老是觉得欠她许多东西一样。

刘松华并不介意，让我心里舒服了许多。

一见面，因为在县作协里一起共事过多年，同为《东明文艺》的编辑，聊起来很顺利。

刘松华的写作，最擅长的类别是网剧、电影、电视剧，最擅长的类型是古装、奇幻、历史，2006年毕业于武汉理工大学计算机科学与技术专业。她的行文笔锋细腻、想象力丰富，代表作品以时空门、惊魂岛为类别，主要有《绝潋玉滟》《鬼魅校园》《宁死毋爱》《幽冥宫主》《无心泪垠》等。刘松华这个人，其实只是一个很爱文学的女生，喜欢看着精彩的故事在自己的手中演绎出来罢了，网友们喜欢叫她"美女雪""雪雪"。

1985年3月出生的刘松华，2007年开始接触网络。喜欢幻想，喜欢做梦，酷爱武侠，曾痴迷于金庸与古龙两位老师的小说。她说她平生无大志，只愿开心书写属于自己的故事。她已经出版的书有《绝潋玉滟》《帝妃劫》《一世红颜》《无心泪垠》《异度迷影学院》，以及繁体字版《鬼魅校园》《绝潋玉滟》等。

看她本人以及照片，感觉刘松华属于比较纯净的那种类型，生活中的她，又是什么样呢？

刘松华说："生活中的我，有些单纯，有些迷糊，可能是接触外界的黑暗少，所以才能保持这份干净的心态吧。用句现在的话来说，属于宅女型的，除了上班外，其余时间基本都宅在家里……"

读她的作品，就一个印象：血色、浪漫多。尤其前者"血色"，比如，在《绝潋玉滟》开篇就是三句："血，遍地的鲜血。墙壁上、树木上、池塘边、房顶上，入目之处尽是鲜红的血液；碎木、枯叶四处飞扬，血流成河。"这感觉和生活中的刘松华给人的印象有很大反差，"是啊，现在的虐文比较多，但是个人认为身体上的伤害远不及心灵上的痛苦。"刘松华说。

一个人的外貌是会骗人的，刘松华看起来很文静，但是偏偏喜欢武侠之类的小说。作品中的人物有时候寄托着作者自己的梦想，那些在生活中无法去做，无法去想的事情，可以在小说中得到实现。刘松华说："希望由一场杀戮引入，实际全书表达的是一种心灵上的创伤。开始很显然是一场杀戮，但这场杀戮，痛苦的其实是行凶之人，后面的内容能让读者明白这点。"

"女生对于杀戮，都不太擅长描写。当时就为了表达这样的场景，看了好多恐怖片，以及一些有关的文章，纠结了许久，才决定这样诠释。"刘松华这样描述她的作品，"灵感有时候就是一闪而过。所以我有个习惯，想到了什么，就立刻写下来。我随身带一个袖珍本子，可以贴身收藏。"

"每当我遇到了瓶颈，都会尽量让自己放松下来，或是看看动漫，或是弹弹古筝，又或许做做其他喜欢的事情，让自己心情平静下来。然后慢慢找到自己写作的感觉，引出灵感，从动漫、音乐中找灵感……"刘松华慢慢地道出了她的写作秘籍，"古曲乐曲可以陶冶人的情操，熏陶人的气质，给人灵感。"

"每个女孩心中都有一份自己梦想的爱情，而在现在的社会，很少再有执子之手、与子偕老的爱情了。当时，文章的整体架构，其实是最先确定的结局，我喜欢有情人终成眷属，所以，女主的结局是幸福的。"刘松华说，"比如，在《绝潋玉滟》一书中的上官绝玉。不得不说，在整本书里面，上官绝玉是我最喜欢的一个角色，现在这种霓虹灯彩、物欲横流的世界中，我们已经很难再做到像上官绝玉那般的坦坦荡荡。虽然在开始的时候她很任性，或者说其实她也很痛苦，这是个令人心疼的孩子呀。难以想象，一个只有七岁的孩子，却目睹自己的父母遭人毒手，母亲用最后的力气将她藏了起来，这对一个孩子来说，是怎样残酷的一件事，哪怕到了现在，我想也没有什么人能够承受那种无能为力的绝望。绝玉对潋滟的爱是一种坚守和一份难言的执着，从头到尾我都以那种悲凉沧桑的情感贯穿着全文，我相信无论谁看到绝玉那些坚贞不屈的话语和冷酷中带点温柔的信任时都会被深深感动。"

让她用一句话描述一下她的作品，她笑了，细细地想了又想，开始一一描绘：

《爱上另一个世界的你》，原世界的赵安安因逃婚无意中获得昆仑镜而在睡梦中来到平行世界，破坏了魔道阴谋，保护了两个世界的平衡。

《凤归之王爷请自重（厉王妃）》，一个为爱失去自我、痛失腹中孩子、险些丧命的女人，在绝境中成长，坚强不息，最终收获属于自己爱情的故事。

《爱与背叛：诱惑》，讲述出身隐世家族二小姐刘月一心追求平凡生活，因爱上渣男，被其背叛，终遇真爱，明白自身强大，方才能守护爱情的故事。

《绝潋玉滟》，一次偶遇，爱恋一生；一次错误邂逅，却是痴缠半世。绝世棋局，孰是孰非，若非局中人，又怎知局中事？天下棋盘，谁胜谁负？终难定……

……

刘松华的作品在网络上出名后，盗版作品接二连三地出现。为此，她还打了一场官司，与某出版社、某信息技术有限公司侵犯著作权纠纷案。官司源于《绝潋玉滟》一书，该小说曾在纵横中文网、逐浪、中文在线等网站上转载，某出版社未经作者同意，擅自出版，官司打了两年，最终在 2010 年 7 月，刘松华胜诉而归。

大众网、山河网、中国菏泽网、菏泽电视台"百姓天天看"栏目等媒体以《东明才女刘松华 网络上圆了作家梦》《刘松华：

让梦插上飞腾的翅膀》《书写梦想的女孩》《守候一份古典的爱》等为题，先后刊出了大量的报道。2017 年 6 月，作为电力作协的成员，刘松华被发展成为山东省作家协会会员。

汉服文化传承者

人生若只如初见，何事秋风悲画扇。

等闲变却故人心，却道故人心易变。

骊山语罢清宵半，泪雨零铃终不怨。

何如薄幸锦衣郎，比翼连枝当日愿。

——怜情惜雪的自白

刘松华不仅仅是一个写作者，她还是一位汉服文化的传承者。

汉服，全称是"汉民族传统服饰"，又称汉衣冠、汉装、华服，是上至黄帝即位下至明末清初汉民族的主要服饰，在汉族的主要居住区，以汉文化为背景和主导思想，以华夏礼仪文化为中心，通过自然演化而形成的具有独特汉民族风貌性格，明显区别于其他民族的传统服装和配饰体系，是中国衣冠上国、礼仪之邦、锦绣中华的体现，承载了汉族的染、织、绣等杰出工艺和美学，传承了 30 多项中国非物质文化遗产以及受保护的中国工艺美术。

如今汉服成为不少年轻人喜爱的服饰，穿汉服出游甚至成为时尚风潮，刘松华爱穿着汉服去大街上行走，到超市里逛逛，进公园游玩，她不怕别人的指指点点，她认为这是一种美的传播，一种大众认知的改变。她让日常生活中的她与她作品中的他们相关联，相互牵扯，相互勾手，每天，她都会走进她的作品里，她把汉服与作品中的人物加以比较，融会贯通地展开想象……

"可以这么说，我很少有烦恼的事情，我觉得与其去追悔，倒不如化为动力，去争取。"刘松华谈起生活，"你问我对人生的态度是什么？问题大了点，你可能是看到我的小说中有这样一段话：发生的事情，无法改变。可未来的事情，却是掌握在自己的手中。与其自责，与其自虐，与其懊悔，倒不如去挽回。你是一个一直向前看的人吗？"

"我个人的喜好之一是幻想。实际上我喜欢的东西很多，古典的、科幻的、武侠的、修真的、玄幻的，都很有感觉。"聊起她的喜好，她又侃侃而谈，"或许和温瑞安的书一样，是暗合。创意到了一定的境界，会有汇聚的现象。怎么会突然想到写未来的世界呢，这和喜欢古典似乎有点矛盾。"

刘松华说："以前看了很多古典小说，现在忙着写作和工作，能去静静看书的时间很少。我就喜欢看一些乱七八糟的东西。周易、奇门遁甲、黄帝内经等一些书籍都有涉猎，只是纯粹爱好，这些东西很难看懂。"

我问她："你说到自己喜欢古筝，这是音乐中的古典。文学中的古典你还常接触哪些？"刘松华回答："诗词、古文以及繁体字。"说起繁体字，她还出了两部繁体字的作品。

古筝、汉服、繁体字、周易、奇门遁甲、黄帝内经，在刘松华这里，似乎都是易事。

刘松华组织与她有共同爱好的伙伴们一道，组成汉服表演演出队，走进工厂车间、走向舞台广场、走到田间地头，用他们编排的舞姿，庄严古朴的仪式，透出那份积淀千年的文明之美，向大众传播汉服的魅力，传播汉服文化的博大精深。

"汉服中蕴藏着中国古代的礼仪和文化，因为穿汉服是分场合的，它反映的是儒家的学派对于礼仪文化的信仰和尊崇，只不过是用服饰的形式把这种礼仪给无形化了，但是还是能够让人感受到中国文化和中国元素的魅力。中国的礼仪就潜藏在它的生命中。"刘松华这样理解汉服文化，"同样的，汉服的意义在于文化的传播，因为不管是古代还是现在很多人对汉服还是很喜爱的，所以它极大地扩展了对中国文化的喜爱，同样地也传播了中国文化，它是无声的传播。汉服对于中国文化的意义在于能够让人很好地品味中国文化，它展现了中国文化的博大精深，展现了中国文化的历史记载，然而这些我们都可以从历代的汉服中一目了然地看出来。"

在工作中，刘松华还是全省"七五"普法中期先进个人，2016—2017 年度全国无偿献血先进个人，先后获得好几项国家实用新型专利，诸如《一种多功能教室的无线电控制器》《一种便携式多功能测电笔》等，维普网上还能查到她的论文《单相电能表计量标准装置测量不确定度探析》。

网友"幻月公主"这样评价刘松华的作品："只能说《绝潋玉滟》中的情表现得愈加深沉。感情岂是只有爱情一种？那更美的，不是那慈母般的疼爱么？不能不说，《绝潋玉滟》一文，雪雪给的故事架构是庞大的，支架也很繁杂，人物性格千层不一，然而雪雪能把这样庞大的结构配合得天衣无缝，这是我特别佩服的。江湖恩怨，痴怨情愁，深入人心。"

（齐鲁晚报·齐鲁壹点·青未了·菏泽创作基地 2021-08-05）

王冠臣：墨翰书香风韵高

2021年6月11日，中国作家协会2021年第1号公报发布，公布了2021年发展中国作家协会会员名单，东明县的王冠臣榜上有名。这是东明人的骄傲，也打破了东明县没有中国作协会员的记录。《东明文艺》的编辑们让我给王冠臣写点东西，我应了下来。开始找寻他，很快与他联系上了。不巧的是，他在东北长春的孩子家中，说等回来了再联系。

于是，每次我写好东西，总会先发给他看看，他都提出了个人意见。我认为，他提的意见很好。但王冠臣给我提的大多是夸奖，我想让他给提一些比较中肯的建议，他每次都答应得很好，一出手，仍然是老一套。

如对《王雨增：生命救援的守护神》一文评价："拜读了王雨增的文章，顿觉一位无私奉献、平凡而伟大的光辉形象在我心中熠熠生辉。以前总觉得雷锋有着高不可攀的精神形象，现在才知道活的雷锋就在我们身边。而且已形成了一个群体，聚集了众人的力量和智慧，正在无时无刻地保护着我们，保护着美好的社会！我不仅为王雨增的动人事迹所感动，更为作者生动娴熟、优美的文笔而拍手叫绝！作者看似不动声色地娓娓道来，却能燃起读者烈火般的激情，让读者为之泣下、为之动容。作者不仅行文流畅，而且文章重点突出，布局周详，结构恰到好处，使我见识了报告文学的魅力！"

对《从小作坊到产业集群的蜕变：东明县大屯镇决胜乡村振兴侧记》一文评价："大屯镇抓住板业生产腾飞了！文章有点有面，生动地呈现了大屯镇党委、政府的宏伟规划、得力举措和取得的辉煌成就。作者特别注重用数字说话，使得文章更加具有说服力，宏扬正气，鼓舞人心！也体现了报告文学无可替代的宣传威力！"

对《郑强胜："跑烂八双鞋"的故事》一文评价："祝贺作者又一篇报告文学问世！文章气势恢宏，情节跌宕起伏，生动感人，展现了村台建设、民众搬迁的工程浩繁，虽然过程困难重重，但在党的富民政策引导下，优秀的基层干部郑强胜以不怕苦、不怕累、顽强拼搏的精神，团结和发动群众，终于战胜重重困难，圆满完成了迁建工程，造福于人民。文中的人物形象丰满，事迹突出，感人肺腑！"

对《刘松华：穿汉服的女作家》一文评价："文章以细腻的笔触，描写了一位青春靓丽、性格单纯，而又才华横溢的美女作家。作者甚至把刘松华的情趣、爱好、创作特色都展现得淋漓尽致，使读者对美女作家刘松华，有了更深入全面的了解！"

……

与王冠臣聊天聊的东西不多，他最近由于身体欠佳，在京住院理疗刚刚回家不久，我也不便与他进行更深入的沟通。电话聊天中，知道了我们原来还是近老乡，我的舅舅家还与他是同村的本门世家呢。在中秋节后的第二天下午，我上门拜访了王冠臣先生，他身体每况愈下，我坐在他的病榻前，他本来躺着，见我来了，便坚持要坐起来与我交流。

格律诗词三百首

今年 74 岁的王冠臣久耕杏坛，一生教书育人，曾就职于县教研室，文脉厚重，酷爱格律诗词创作。或五言、或七言、或律诗、或绝句、或词、或赋、或山水景色、或田园风光、或咏物抒情、或记述时事、或针砭时弊、或读书心得、或诗友唱和，生活所见，日常所思，一点一滴，尽发为吟咏，神采飞逸，颇受诗词爱好者赞赏。

他出版的《格律诗词三百首》，是从多篇诗词作品中精选 300 首，几近诗经之数。诗人的存在形式决定了诗作表现出来的美学风貌，任何一首诗作，都深深凝聚着诗人主体的烙印，都渗透着诗人的个性、气质、情操及审美倾向，是诗人整体精神风貌的载体。读王冠臣的诗词，如同与他当面做谈，他温良恭俭让的形象就如在眼前。

诗词不是空中楼阁，必须植根于大地，应当反映当下的现实和生活。王冠臣的诸多诗作中，反映新成就、新风貌、新农村、新城市、新业态的作品颇多，如新农村建设、大机器生产、电子商务、移风易俗等，尤其令人称羡。在《七律·迎夏忙》中，描绘了农村的电商经营，"键盘敲定丰收季，网络争来土产商"；在《七律·收麦快》中，写出了生产方式的变更和进步，"一望无边小麦黄，收禾机器万台狂。何须镰刀挥星月，难觅赢牛拽碌场"；而在《七律·农家新居》一诗中，更是集中写出了新农村新农民的新居新楼、新的机械化耕作方式和新的读书风尚，"出厦红楼野陌横，钢筋结构石盘擎。阳台常看桃梨果，屋后时闻燕鸽声。耕作全凭机械化，创收却要技能精。农夫卧室藏书架。灯下查询到四更"。

中国是一个诗的国度，诗词创作源远流长。从古代歌谣到四言诗、楚辞体、乐府诗、古代诗，再到唐代成熟的近代诗，一直延续到宋、元、明、清、民国和当代，王冠臣就是这样一位延续优秀诗词传统的作家。

王冠臣，笔名墨翰翁，是中华诗词学会会员、山东省老干部诗词学会会员、东明县诗词学会理事。他先后在《中华诗词》《中国风》《诗词世界》《诗潮》《齐鲁诗歌》《老干部之家》《黄河奔流》《北极光》《青年作家》《菏泽诗词》《东坡赤壁诗词》等国家和省级报刊上发表作品200余篇，有100多首格律诗词入编《百年诗词精选》《当代诗人词家作品汇编》《当代中国诗词精选》等书籍中，另有200多首诗词发表于《诗词在线》《诗词论坛》《中华文学》《诗词吾爱》等网站，2017年10月，团结出版社出版了王冠臣的《格律诗词三百首》一书。

我国历代文人学者都注重文以载道，将人格与文章艺术风格统一起来，王冠臣的诗词既有味道，又有格调，张扬了主旋律，传播了正能量，培育了健全情志。如《满江红·武警忠魂》《七律·国庆吟》《游长城感怀》《献给成武武警》《入老年大学有感》《满江红·东明刑警颂》《谒金门·咏鲁西南》《望海潮·菏泽颂》《蝶恋花·西瓜之乡》等篇章，仅仅从标题上就可以看出他的文风是多么的扎实。古人说："诗者，志之所之也。在心为志，发言为诗。情动于中而行于言。"王冠臣的一些写景抒情言志诗作，也写得细腻入微、活灵活现、缠绵悱恻、生动感人，如《水龙吟·思念》《鹧鸪天·初夏嫩荷》《拜星月慢·思念》《蝶恋花·秋思》《鹧鸪天·盼君还》《七绝·春景》《七绝·夜闻笛声》等篇章。纵观他的诗作，皆以成熟的技巧、严格的韵律、凝练的语言、缜密的章法、充沛的情感及丰富的意象，深入浅出地表现了社会生活和精神世界。

2017 年 6 月，王冠臣发表在《诗词月刊》的《小重山·春晚吟》里这样写道："细雨温存杨柳新，夕阳涂秀色，锦波匀。青山悠远阻烟尘，昨日梦，荡起一湖春。携手入山门，浓浓松柏影，近黄昏。泉声缱绻绕仙君，今宵月，留下断肠魂。"描写的春夜是如此地美妙，景色细腻如歌，吟唱得淋漓尽致，极似一幅优美的画卷。

大辽晚歌

王冠臣在翻阅历史中，发现有关辽朝的文学作品非常少，小说更少，可以说是一项空白。如何填补这一段历史空白呢？王冠臣陷入了沉思。

王冠臣知道，辽朝是中国历史上由契丹族建立的朝代，共传九帝，共 218 年。907 年，辽太祖耶律阿保机成为契丹可汗，916 年始建年号，建国号"契丹"，定都上京临潢府（今内蒙古赤峰市巴林左旗），947 年，辽太宗耶律德光率军南下中原，攻占汴京（今河南开封）登基称帝，改国号"大辽"，改年号为"大同"，983 年复更名"大契丹"，1007 年辽圣宗耶律隆绪迁都中京大定府（今内蒙古赤峰市宁城县），1066 年辽道宗耶律洪基复国号"大辽"，1125 年被金朝所灭。辽强盛时期疆域东到日本海，西至阿尔泰山，北到额尔古纳河、外兴安岭一带，南到河北中部的白沟河。

王冠臣为了了解大辽的故事，翻遍了《契丹国志》《契丹史略》《辽金简史》《新五代史·四夷附录》《资治通鉴》《东都事略》《辽史·太宗纪》《中国文明史·宋辽金时期》《中国通史·中古时代·五代辽宋夏金时期》《辽朝国号考释》等有关于辽朝的书籍。为了了解这段历史，他又先后去了内蒙古赤峰市巴林左旗、辽宁辽阳市、北京市、山西大同市、河南开封市等涉及辽朝的地方，实地考察各个地方的历史和史志，尽可能地去还原当时的原貌，走在有着辽朝过往的大地上，王冠臣似乎看到了当年金戈铁马的战场，看到了风云变幻的交战场景。

一幅王朝末世群像图，适合做说书人的话本。王冠臣打破以往《水浒传》《杨家将》《说岳全传》里头番邦仅是敌国的粗浅形象，若照此理，可以续写一部"大金晚歌"。"完颜阿骨打与耶律大石的开国事迹相对振奋人心，西辽七州十八部，疆域宽广，无奈隔绝西北，其重视程度肯定不能与占据中原金朝可比。"王冠臣在角色塑造上更加鲜明，不论是形貌，抑或是个性，他似乎把精力都放在战场的描写上。王冠臣用了一年的时间写了一部50余万字的《大辽夕烟》。出版时，编辑把书名改成了《大辽晚歌》，全书描绘了大辽一代从兴到衰的历史，着重讲述了辽朝末代皇帝耶律延禧的故事。

《大辽晚歌》是具有历史意义和现实意义的一部作品，展示了中华民族是一个以汉族为主体、56个民族共同组成的多民族国家，以铸牢中华民族共同体意识为主线，推动中华民族走向包容性更强、凝聚力更大的命运共同体。西辽在文化交融和多民族共存上，比起北宋，更像是唐朝的继承人。可以说，西辽是汉文化在古代历史上最后的黄昏，西辽虽是契丹建立的少数民族政权，但在民族文化上已经高度中原化，是中原文化自唐朝后向中亚地区的二次输出。

一曲《大辽晚歌》，一咏三叹，余音绕梁，意犹未尽。该书出版时的推荐语这样写道："纷繁复杂的时代风云，波澜壮阔的山河画卷。纵横捭阖的三国往事，跌宕起伏的英雄史诗。王朝末路，刀光剑影，一时风云际会，谁来为这纷扰的世界定下乾坤？"

2019 年 3 月，王冠臣的章回体小说《大辽晚歌（上部·阿骨打崛起）》《大辽晚歌（下部·群雄称帝）》由中国文史出版社出版。同时，在在起点中文网、凤鸣轩小说网、铁血读书网上发表了《西辽侠女》和《大辽夕烟》等有关大辽的章回体小说。

风雨石榴路

2016 年 8 月，菏泽市作家协会联合《菏泽日报》《牡丹晚报》、山东《牡丹》文学、山东新华书店集团有限公司菏泽分公司、菏泽市图书馆，开展了"大美菏泽"文学作品大展赛征文活动，王冠臣的《望海潮·咏菏泽》获得诗词歌赋类优秀奖。近年来，王冠臣还在全国和省市诗词大赛和文学作品大赛中多次获奖。

2019 年 1 月 7 日，山东省作家协会发布了《关于公布 2018 年度发展会员名单的公告》，王冠臣位列其中。同时，王冠臣的《格律诗词三百首》《大辽晚歌（上下部）》等书籍被山东省图书馆、山东大学图书馆、菏泽市图书馆收藏。

王冠臣的作品，清新自然，诚有耳目一新的感觉。在小说《家乡的小河》的开头，他这样写道："我的乳名叫小河。听奶奶说，我小时候很娇，我们这里有个风俗，因害怕小孩不成人，父母就不给他取名字，要抱着小孩在黎明时出去闯名，在路上碰上谁就让谁给孩子取个名。那天天还没亮，爹抱着我从村东头走到村北的小河边时，才碰上一个拾粪的老头，爹请他给我起个名字。那拾粪的老头也没文化，一时想不出啥好名来，就把手中的粪镲往河里一指，说'就叫小河吧'。"

王冠臣写的《风雨石榴路》原本是一个忧伤的故事，是一本扶贫爱情小说。书中穿插两条线，一条是扶贫线，一条是感情线。石榴从小没娘，与爸爸相依为命，是鹌鹑店村里的贫困户。在政府扶助下，她像其他孩子一样接受了九年义务教育，成长为有志青年。但在她读技校时，爸爸得了脑梗，落下了半身不遂的后遗症。石榴只好放弃学业，回家伺候父亲，生活又陷入了困境。乡政府听说石榴家的困难情况，发动村民帮石榴在临街盖了两间房，让石榴利用在技校里学到的手艺开个理发店，家里的生活得到了改善。后来她又建成了木材加工厂，带动乡亲致富。因为爱情，苦命女等待终遇真情，风雨兼程，荆棘路亦有锦绣前程，一部乡村少女的成长史，亦是鲁南生活的进化史。全书穿插着石榴的情感经历，讲述着她与老同学河娃、二猴子、扎根之间的友情、爱情故事。故事生动，情节曲折，文字优美。

共25万字的《风雨石榴路》在2020年10月由中国文史出版社出版，作品以精彩的文学笔墨，书写了美丽乡村建设的具体实践，展现了鹌鹑店村人民的昂扬精神风貌；真实地写出了乡村人物的丰富性与复杂性，展现了乡村少女参与脱贫攻坚事业的曲折过程；王冠臣以诗性的语言讲述一个乡村女青年的脱贫经历，彰显了当代青年的责任感和使命感。

王冠臣说："文学创作要不断推出讴歌党、讴歌祖国、讴歌人民、讴歌英雄的精品力作，现实题材的作品有着自身的独特性和优越性，其具有观照现实的及时性、题材内容的时代性和思想意义的现实性，因此才能够受到广大群众的喜爱。"

网友说王冠臣的网络小说不枯燥，言辞丰富生动，作者文笔很好，雅致而灵动，不愧是诗词学会会员；考据也严谨，难能可贵的是能够将枯燥的史料，还原成生动的文字。

东明县文联主席张飞评价王冠臣的作品时说："用优美的语言歌颂美好的生活和伟大的祖国，彰显了一个作家高尚的情操和宽阔的胸怀。"

编辑和庄老师这样评价王冠臣："幸晤王冠臣先生，还是因在作家协会工作和编辑刊物时，在诸多稿件中，署名'墨翰翁'的诗词清丽新奇出类拔萃，让人眼前一亮，心头一震。文如其人，后来在讲座活动中见到了王冠臣先生，他和善、温良、谦虚、质朴、优雅、睿智，一如他的诗词作品。"

借用他人给王冠臣写的一首诗作为结尾，我认为极其恰当不过：

> 墨翰诗章风韵高，似倩麻姑痒处搔。
>
> 天外凤凰谁得髓，有人解合续弦胶。

（齐鲁晚报·齐鲁壹点·青未了·菏泽创作基地 2021-09-26）

爱心奉献

平民英雄武国升

楔子

2021 年 11 月 15 日，"菏泽市见义勇为英雄"武国升表彰仪式在英雄的家乡东明县菜园集镇宋寨村举行。菏泽市委副书记、市长张伦向为武国升家属颁发了"菏泽市见义勇为英雄"证书和奖金，菏泽市委常委、政法委书记王卫东主持表彰仪式。大众日报、腾讯网、搜狐网、齐鲁壹点、菏泽日报等媒体对事迹纷纷进行报道。

截止到目前，菏泽市人民政府已授予在广东救援的曹县籍尹起贺、杭州救人的郓城籍张雪岭、黄河救援的东明籍武国升三位勇士为"菏泽市见义勇为英雄"。

他跳进冰冷的黄河里

如果不是因为猝然离去，这本是武国升生命中极普通的一天，甚至是他生命里普通得不能再普通的一天了。

2021 年 2 月 21 日，农历正月初十。大多数人都还沉浸在春节的喜庆氛围中，春节把温馨、和睦、团聚和欢乐带给了人们，让人们有了几天暂时放弃劳作、抛弃烦恼、专心享乐的日子。虽然年前已经立春，正月初七就过了雨水节气，但空气中依然裹着初春的寒冷，黄河边的"溜河风"相当刺骨，黄河水依然那么冰凉。

武国升，1986年4月出生，山东省东明县菜园集镇宋寨行政村的一位普通村民，为救落入黄河的儿童，他将生命永远定格在了35岁，定格在了那一天。

当天，16时许。东明县高村黄河浮桥南约一公里的黄河滩区里，武国升和他60岁的父亲武喜增正在田地里为麦子浇水。

在这春寒料峭的日子，农民已经开始春耕。农村在小麦种植过程中有"头水早，二水晚，三水四水洗个脸"的说法。经过一冬，冬日的雪水基本上也都被吸收或蒸发殆尽了，此时的麦苗正是需要水分和养分的时候，这里所说的头水，就是指小麦的返青水。浇灌返青水宜早不宜迟，当大地回春，万物复苏，麦地里的麦苗开始返青的时候，就要及时浇灌返青水了。

当天，16时30分许。麦地浇完，父子俩开始收拾灌溉工具，突然，河边传来了呼救声："救人啊，有人掉黄河里了。"武国升二话不说，放下水带飞快地向黄河岸边跑去，到黄河边发现有一男一女两个儿童在水里面挣扎着。后查实，两个儿童为东明县菜园集镇西李寨村村民，二人系姐弟俩，其邻居带着他们在黄河边玩耍时，姐姐不慎掉落水中，弟弟跳入水中试图靠近营救。当时正值正月，黄河水流湍急且冰冷刺骨，天气比较寒冷，事发处水面上有一个大漩涡，两个儿童随时都有生命危险。

在这危急时刻，武国升甩掉胶鞋后便奋勇跳入黄河水中施救。他先将离岸边较近的弟抱上岸，并叮嘱他不要再往深水区去，要注意自己的安全。随后武国升又义无反顾地再次跳入水中去救助姐姐。此时，姐姐已被水流冲远在波涛里时隐时现。武国升在奋力向她靠近的过程中，逐渐体力不支，二人最终一起被湍急的河水卷走。

武国升的父亲武喜增与另外一位在地里撒肥料的邻居赶到时，武国升已经跳进了波涛汹涌的黄河里面。河里，孩子正在时稳时现地挣扎着。

不惜一切代价进行搜寻施救

当天，16 时 50 分。事情发生后。宋寨村里的大喇叭响了起来，村支书刘聚生呼喊村里的男女老少们帮助搜救，大家自发地向黄河边跑去，微信群里也有村民发出了搜寻武国升的呼吁。

当天，17 时。当地相关部门、消防与东明闪电救援、斑马救援、飞鹰救援等几个公益组织得到消息后，也紧急携带了救援船只等专业的设备赶到了现场。斑马救援队负责人王雨增说，他们是第一时间到场的，下午 5 点接到县 110 指挥中心的指派，去了 45 辆车，救援人员有 80 多人，与县政法委常务副书记王德华等领导一道赶到现场开展救援，一直打捞到晚上 12 点。第二天又去了 40 多辆车，又打捞了一天。后来又去了几天。

当天，22 时。东明县委书记张继争，县委常委、政法委书记牛明光等人带领县救援人员携带救援物资紧急赶往落水施救现场。

当天，23 时。菏泽市委常委、政法委书记王卫东赶往落水施救现场，要求东明县要不惜一切代价进行搜寻、施救，并在现场对武国升的亲属进行了慰问。经过救援队无数次的搜寻，还是杳无音讯，没有发现任何线索。同村村民们也自发地组成搜寻队昼夜寻找，同时，周边村的村民也自发组成搜寻队，但始终没有发现武国升。经多日多次搜救查找未果，至今仍下落不明。

当天，23时。市县救援部门组织人员进行搜寻、施救。宋寨行政村支部、村委会组织全体村干部轮流在武国升家中陪护他的家人，稳定家属情绪，做好家属的心理安抚。在广播上呼吁，号召全村有车人士外出寻找武国升的消息，每辆车每天100元油钱。几天下来，全村的车辆全部出动了，但没有一个村民领走一分钱。村支部书记刘聚生讲到这里，情绪非常激动，他为他们的村民感到自豪和由衷的感谢。

第二天上午，2021年2月22日，农历正月十一。东明县委副书记、县长孙迁国带领县民政、慈善、卫健委等部门的负责人，带着慰问金看望武国升的家人，批示一定要把武国升家庭纳入贫困家庭，除建立基本生活保障制度外，还将对其实行医疗救助、教育帮扶、农村留守儿童救助保护等服务保障，完善健全分层次的社会保护机制。

在场的人无不掩面泪下

此时的东明县黄河段正在排凌，河水惊涛拍岸，河面冰块相撞，咔咔作响。

中新社郑州2021年2月21日电，中国水利部黄河水利委员会21日消息称，受气温回升影响，黄河内蒙古河段开河持续发展，黄河进入2020至2021年度开河关键期。据黄河水利委员会水旱灾害防御局介绍，当前，黄河开河水势整体平稳。黄河水利委员会正密切跟踪开河发展，确保黄河防凌安全。

宋长友再次回忆起当时的情景："武国升边跑边甩掉了浇地

时穿的胶鞋，看到有个小女孩掉入了河中，一个小男孩在岸边也已进入了危险的河中想要施救，武国升一把将其拉出让他脱离了危险，自己衣服没顾上脱就跳入了黄河。"回想起当时的情景，村民宋长友依旧激动，"我赶到时，看到武国升正迎着汹涌的河水，朝着离岸边不远的一个孩子游去。"宋长友说，武国升把第一个孩子救上岸后，转身再次跳入水中，想去营救另一个被水流冲进波涛里的孩子。"就在武国升马上要抓住孩子的时候，暗流涌动的河水把武国升卷了进去，他再也没上来。"宋长友说完，沉默了许久。

正月里的河水格外寒冷刺骨，水流湍急，但武国升一心只想着救孩子，丝毫没有考虑自己的安危。他奋力游向了孩子，在即将抓住小女孩的时候，由于水下暗流与旋涡不断涌动，他终因体力不支消失在了黄河之中。

这是个极其悲壮的时刻。滔滔的黄河岸边，武国升的父母早已哭瘫在了地上，在场的人无不掩面泪下。

关怀备至的慰问

2021 年 2 月 25 日，农历正月十四。受菏泽市委常委、政法委书记王卫东的委托，菏泽市委政法委二级巡视员、菏泽市见义勇为基金会副理事长兼秘书长李冠斌一行慰问武国升家属，了解询问搜救工作进展情况，并送上 1 万元慰问金和慰问品，"我们第一时间看望了武国升家属，并向家属承诺，一定做好英雄家属的保障工作，绝不让英雄'伤身又伤心、流血再流泪'。"李冠斌一行详细了解武国生家属的生活情况，转达了省委政法委、省见义勇为基金会的关心，高度赞扬了武国升见义勇为的救人行为，嘱咐其家属要保养好身体，并叮嘱菜园集镇党委、政府要多关心见义勇为人员的家庭情况，主动为他们排忧解难，帮助他们走出痛苦，重塑生活信心。

李冠斌对相关部门要求，要尽最大努力寻找落水人员，不到最后一刻，绝不放弃。同时，要落实专人做好落水人员家属的思想安抚工作，做好心理疏导，妥善处置善后工作，防止次生事故发生。李冠斌说："武国升这种在危急时刻挺身而出的见义勇为行为，体现了中华民族的传统美德，传播了社会正能量，要及时地总结和宣传，号召全社会崇尚见义勇为、支持见义勇为、参与见义勇为。同时，要按要求尽快落实见义勇为奖励、抚恤政策。"

"只有做好见义勇为牺牲伤残人员困难家庭的救助帮扶，才能让更多的人有勇气见义勇为。"李冠斌说，菏泽市完善常态化关爱救助机制，对见义勇为人员的权益进行及时跟进保护，通过即时救助、动态帮扶、跟踪保护，常态化开展见义勇为人员的医疗救治、抚恤慰问、困难救助等保障工作，最大限度消除见义勇为人员的后顾之忧。菏泽市见义勇为基金会对受表彰的见义勇为人员逐人逐户建立了档案，及时了解他们的工作情况和生活状况，同时帮助解决住房、就业、医疗、社保、子女入学等难题。自 2019 年以来，开展救助帮扶事项 60 件次，发放慰问金、救助金 60.7 万元。同时，发动社会力量参与见义勇为工作，加大社会募集力度，通过举办募捐晚会募集资金 1878 万元，为见义勇为事业提供资金保障。

见义勇为是需要大力弘扬的美德。社会的安稳和正义，离不开见义勇为者的支撑和维护。敢于与不法分子作斗争，面对危险迎难而上，不仅需要勇气，还要承担风险。因此，对于那些在国家利益或他人生命财产受到危害时能够挺身而出的"勇士"，给予奖励是必要之举。

"不让见义勇为者寒心，不让英雄流血又流泪"早已成为社会共识。面对如何保护见义勇为人员权益保护问题，菏泽市委政法委、菏泽市见义勇为基金会联合出台《关于进一步加强见义勇为人员权益保护意见》《菏泽市见义勇为牺牲伤残人员困难家庭救助补助实施办法（试行）》等文件，落实对见义勇为人员的关心关爱、保护救助政策和举措，常态化开展见义勇为人员的医疗救治、评烈评残、抚恤慰问、权益保护、困难救助等，织密见义勇为者权益保护之网，最大限度消除见义勇为的后顾之忧，不让英雄"伤身又伤心，流血再流泪"。

2021 年 3 月 6 日，武国升被东明县见义勇为协会评为"东明县见义勇为先进个人"。

失去的是顶梁柱

时间在悄悄地流逝着，武国升的遗体仍然未能寻回，他或许顺着河水一直而去，或者早已长眠于厚厚的河沙之下。

2021 年 6 月 29 日，东明县菜园集镇人民政府出具证明，证明武国升已经没有生还的可能。

2021 年 7 月 7 日，东明县人民法院在《山东法制报》发出寻找武国升的公告，法定公告期间为 3 个月，现已届满，武国升仍然下落不明。

武国升的父母身体不好，干不了重活，武国升生前是家里的顶梁柱。他的离开让家里断了经济收入，只能依靠黄河边的几亩薄田补贴家用，巨大的生活压力让这个本不富裕的家庭雪上加霜，生活也一时陷入了困境。"我想国升舍己救人的时候，也不会想着成为英雄。"武国升的父亲武喜增说。

所有人都相信，武国升一定会跳下去救人。和他平时散发的温暖、不假思索的义举一样，所有人都相信，这个年轻的好人当时看到孩子落难在黄河里，一定是没有一点犹豫，完全出于本能地冲了上去。只是这一次，武国升再没有回来。

武国升走了，走得很匆忙，来不及告别，他留下了恩爱的妻子与少不更事的孩子。武国升共有 3 个孩子，年龄最小的才几个月大。武国升的父母都已年过花甲，他们的身体不好，患有腰椎间盘突出、骨质增生等多种疾病，体弱，干不了重活，武国升的孩子也因病需要手术。

笔者见到武国升的父母时，事情已经过去将近一年之久，但他们依然没有从白发人送黑发人的悲痛中走出来，脸上弥漫着丧子的哀痛。武国升的母亲说："事已至此，我们什么也不会埋怨，孩子将是我们一辈子的骄傲。"说完，她的眼角涌起了泪花。

社会各界的看望

2021 年 8 月 21 日上午，东明县委统战部、县新联会、县徒步运动协会一行到菜园集镇宋寨村武国升家中进行了看望慰问。县委统战部三级主任科员、新联会秘书长崔振兴，县新联会徒步运动专业委员会杨大力，徒步运动协会副会长邓志杰、尹富全，徒步运动协会菜园集分队队长姜桂花、副队长许雪亭、北东分队长李忠善，及爱心企业金德管业东明区域总经理安杰、姚松鹤夫妇，携带了米、面、油、肉等生活用品赶到了宋寨村，与武国升家属进行了亲切的交谈。

2021 年 8 月 24 日上午，东明县三合一机动车检测与东明县众志驾校等一行人对武国升家属进行了看望慰问。三合一机动车检测负责人吴振雷、吴建鹏、张俊立了解到武国升女儿在学校学习成绩优异，特意为其购买了书包、课外读物、作业本、钢笔等学习用品。众志驾校负责人王志峰、吴建波为武国升家属送上了慰问金，表达了对武国升不顾个人安危、英勇救人的敬佩之情及对其家属诚挚的慰问。宋寨村支书刘聚生将武国升勇救落河少年的详细情况向到场的领导与爱心人士进行了介绍，表示将在上级党委、政府的关怀指导下，尽最大的努力为武国升家属提供尽可能的帮助，解决其实际的困难。

2021 年 10 月 9 日，东明县人民法院终审判决，宣告武国升死亡，年仅 35 岁。

武国升舍生取义的英雄壮举，矗立起一座精神丰碑。东明县慈善总会、县妇联、团县委等社会各界代表，纷纷到武国升家中慰问关怀。

见义勇为英雄的表彰

2021 年 11 月 15 日，"菏泽市见义勇为英雄"武国升表彰仪式在英雄的家乡东明县菜园集镇宋寨村举行。

表彰仪式上宣读了《菏泽市人民政府关于授予武国升"菏泽市见义勇为英雄"荣誉称号的决定》，菏泽市委副书记、市长张伦向武国升家属颁发了"菏泽市见义勇为英雄"证书和奖金，菏泽市委常委、政法委书记王卫东主持表彰仪式。市委宣传部、市委政法委、市总工会、团市委、市妇联、市教育局、市公安局、市司法局、市民政局等分管负责人及群众代表参加仪式。东明县委宣传部、县委政法委、县见义勇为基金会负责人以及东明县各界领导、县直部门单位、各乡镇负责人等以及武国升的亲戚朋友和上千名社会各界人士来到现场参加了表彰仪式。

"武国升是我们村的骄傲。""值得我们年轻人学习。""好可惜！这么年轻这么好的人。"说起武国升，东明县菜园集镇的村民纷纷点赞。

张伦说："武国升同志在儿童落水的危急时刻，不顾自身安危挺身而出，用实际行动展现出人间大爱，用宝贵生命彰显了人生价值，弘扬了中华民族见义勇为的传统美德。见义勇为是中华民族的传统美德，菏泽市委、市政府高度重视见义勇为工作，各级各有关部门要持续深入地宣传见义勇为的英雄事迹，不断增强见义勇为的社会感召力，要全力做好见义勇为英雄模范的保障服务，健全完善表彰奖励、常态化关爱救助机制，织密织牢见义勇为者的权益保护网。"

张伦要求，各级党委、政府要大力弘扬见义勇为精神，各级见义勇为基金会（协会）要把见义勇为工作机构建成弘扬正气的"前沿阵地"、见义勇为勇士的"温暖之家"、热心人士资助的"爱心桥梁"，推进菏泽市见义勇为事业不断健康发展。

菏泽市创新见义勇为即时表彰工作机制，确保发生即发现、发现即确认、确认即表彰、表彰即宣传。既保证了不让英雄"伤身又伤心、流血再流泪"，又营造了人人崇尚见义勇为、人人支持见义勇为、人人关注见义勇为、人人敢于见义勇为的良好氛围。

2021年11月19日，山东省见义勇为基金会秘书长孙伟一行走访慰问"菏泽市见义勇为英雄"武国升亲属。菏泽市委政法委二级巡视员、市见义勇为基金会副理事长、秘书长李冠斌陪同慰问。孙伟与武国升家属亲切交谈，详细了解他们在生活和工作中遇到的实际困难，对武国升的见义勇为精神给予充分肯定和称赞，并送上了慰问金。孙伟在慰问中表示，武国升为救人而牺牲，在全市、全省乃至全国影响很大，给社会做出了榜样，他这种见义勇为的行为，受到了整个社会的褒奖，人民会以他为榜样。

截至目前，菏泽市共确认表彰见义勇为人员 327 人。经推荐受到全国表彰的模范 6 人；受到省级表彰的模范 36 人；受到菏泽市人民政府表彰的见义勇为英雄 3 人；受到市级表彰的模范 190 人，模范群体 3 个；受到市级表彰的先进分子 18 人，积极分子 76 人。

英雄的壮举并非偶然的

2022 年 2 月 8 日，农历正月初八，武国升逝世一周年纪念日前夕，笔者在菜园集镇政府工作人员的陪同下来到他的家中。他的家就在村道边。一枝枯藤从墙门伸出，几片残叶在萧瑟的北风中飘摇。大门上的"欢度春节"，还是武国升去年贴的，如今卷着边，蒙上了一层厚厚的尘土。

武国升的父亲武喜增没有在家，他母亲和他妻子，还有三个孩子在家。她们的脸上依然带着悲伤凄惨的面容，依然没有从武国升去世的悲哀中走出来。

在村委会里，我们几个人坐在一起聊起了武国升的过去。村支书刘聚生讲起了武国升救火的事情。"那是七八年前的一个冬天，晚上十点多钟，村里的一家小孩白天玩火时没有把火完全熄灭，到了夜晚，被北风一吹，火苗蹿了起来，把一个破旧的轮胎燃着了，引发点燃了豆秸。我们听到呼喊声急忙赶过去时，看到武国升在那里一盆水接一盆水地往着火点上泼。当我们赶到时，火基本上被熄灭了。武国升身上被水溅得全部湿透了，很快就结了冰。救火一停下来，冻得他浑身直打颤。我赶忙叫他回家换衣服，由我们把余火清理干净。"

40岁的常海俊是武国升的生前好友，他提起武国升，有些激动，眼眶里的泪水禁不住地想往下掉。"武国升啥事都是为别人着想，而不为自己着想。2007年的时候，我们在苏州打工。一次外出办事的途中，他看到一个十多岁的女孩在路旁乞讨，问明情况后，他毫不犹豫地掏出了身上仅有的100多元钱给了那个女孩。我们几个都惊讶极了，要知道，那个时候打工，一天的工钱才20块钱。"常海俊声音有些哽咽，"还有一次，我俩外出打工在火车上。发现有个小偷在偷一个妇女的东西，武国升看到后，站起来走到妇女身边，用脚踢了一下那个妇女。妇女反应过来，加强着警惕。小偷用眼睛瞪着武国升，小声给他说：'你小心点，等着吧！'武国升没有理会小偷，一直站在妇女身边。过了一会儿，小偷才快快地走了。"

他不再是一个人的象征

古代南华多君子，今日东明多好人。深厚的历史文化底蕴，积淀了"提升境界、担当作为、争先进位、勇创一流"的东明精神和大气包容、勤劳淳朴、见义勇为的优良品格。因为他们，见义勇为这一中华民族传统美德在东明大地蔚然成风，树立了惩恶扬善、扶危济困、崇尚正义的新风尚，成为了东明的一张靓丽名片。

在生死考验面前，武国升不顾自身安危谱写了一首壮丽的生命赞歌，他的事迹在当地一时传为美谈，被村民称颂。作为一名普通的农村青年，他无惧面对生死，他舍己救人的高尚情操弘扬了中华民族见义勇为的传统美德，更诠释了当代青年的价值追求；作为一名平民百姓，每一次奋不顾身，都是善的本能。

武国升在儿童落水的危急时刻，面对冰冷刺骨、涌流湍急的黄河水，临危不惧，舍己为人，不幸遇难。他在人民群众生命安全受到威胁和侵害时，表现出强烈的社会责任感和正义感，用实际行动展现出人间大爱，用牺牲生命彰显了人生价值，生动诠释了什么是"最美东明人"，为全社会树立起一座令人敬仰的道德丰碑。

2021年12月8日至14日，2021年山东省见义勇为模范（群体）推荐人员名单公示，武国升位列菏泽市第一名。公示里说道："武国升在关键时刻，把个人安危置之度外，冒着危险去救一个与自己毫不相识的陌生人，用舍己为人的无私奉献、舍生取义的英雄壮举，谱写了新时代的英雄赞歌，树立起不朽的精神丰碑。千百年来，忠厚仁义的基因深植于菏泽大地，融入菏泽儿女的血脉。武国升是菏泽儿女的杰出代表，更是全体菏泽人民的骄傲。"

见义勇为是中华民族的传统美德，是中国精神的重要组成部分，是传递社会正能量、推动社会发展的强劲动力。大力推进这项伟大而崇高的事业，让见义勇为成为东明大地一道靓丽的风景线。

2022年1月27日上午，东明县斑马志愿者协会大队长王雨增一行对救人的英雄武国升家人进行慰问，队员们看着满墙孩子们的奖状，驻足观看着，大家内心非常欣慰。希望在社会各界人士的爱心帮助下，他们有一个美好的未来。

在东明县的黄河岸边，武国升的名字已经不再是一个人的象征，而是一个个的群体，志愿服务队中的队员每日轮守在黄河岸边，上演着爱心接力。武国升的故事与精神正在东明县黄河岸边传颂、弘扬，他被人们誉为"黄河岸边的生命守护者"。自己置身危险，把希望留给他人，武国升的跳进黄河救人的义举，将山东人厚道尚义、舍己为人、勇敢可靠的精神品质诠释得淋漓尽致。

愿逝者远去，生者坚强！

平民英雄武国升，一路走好！

（山东省作家协会"见义勇为杯"文学作品征文，《东明文艺》2022 年 10 月第六期）

黄艳萍：承诺

认识黄艳萍是多年以前的事情了。记得那是在2013年东明县爱心义工志愿者协会刚成立时，协会组织志愿服务者进乡镇敬老院，为孤寡老人包水饺、送棉衣棉被食品水果、演出节目、义务理发……我也是一名爱心义工，常常利用业余时间参加义工活动，在队伍里，最忙碌的就是她——黄艳萍，我记住了她的名字。这么多年以来，在县里的一些重大活动场合，总是能看到她的身影，偶尔，我们还说说话，但缺少更深的交流。这次，坐在茶社，我们慢慢地聊天，听她讲她的故事，听她叙述她的往事。

妻子

黄艳萍给丈夫李国忠说："我想跟你约定一个期限为此生的誓言，我想跟你走一场时间为一辈子的旅行。"

作为山东明胜纺织有限公司的一名普通职工，2019年5月19日，黄艳萍组织了一场简单而温馨的结婚纪念日活动，地点在东明县一家医院的病房里，她的丈夫李国忠卧病在床，眼睛看不见的他一点一点地摸索着，为妻子黄艳萍戴上戒指，黄艳萍在一旁泣不成声，趴在丈夫耳边低喃着："天长地久有时尽，此情绵绵无绝期。"这是李国忠写给她的定情诗句。

他们是一对堪称模范的夫妻，两人是初中同学，他也是一位退伍军人，还是一名篮球教练。虽然毕业后二人走上了不同的人生道路，但李国忠心里始终惦记着他心爱的女孩，终于，在李国忠的真诚追求下，他们于1991年顺利结婚，李国忠给了黄艳萍所有的包容和宠爱，后来还有了一个可爱的儿子。这是人人称羡的一家三口，可就在此时，一个晴天霹雳降临了，1997年正月初四晚上，李国忠毫无预兆地倒在黄艳萍面前，一家人匆忙把他送到医院，检查结果却让黄艳萍几近崩溃，李国忠突然被查出恶性脑瘤。在那段突逢大变的日子里，看到丈夫一次次病愈，又一次次倒下，黄艳萍心如刀割。

面对生活的重压，她没有多说一句话。24年的坚守，只为一个当初的承诺。不抛弃，不放弃，只为心中的那份真爱。

为了给丈夫治病，黄艳萍带着丈夫北上南下求医问药。最终，黄艳萍接到的是一张丈夫的病危通知书。哭成了泪人的黄艳萍决定不放弃，继续坚持为李国忠治疗。第一次手术后，丈夫的病有了好转。然而，不久之后李国忠的病情再度复发，在做完第二次开颅手术后，当年生龙活虎的小伙子变成了"植物人"。

黄艳萍把悲伤埋在心底，每天陪在丈夫身边，为丈夫讲述着他们一起度过的快乐时光，并每两个小时为"植物人"丈夫擦一遍身，为丈夫做康复训练，按摩、压腿、静力收缩练习……

只要是有利于丈夫康复的活动，她都会竭尽全力去尝试。从医院搬回家治疗之前，黄艳萍专门向护士学习打针。为了练习打针，黄艳萍不知道在自己的身上扎了多少针眼。为了不让丈夫的食道与消化系统功能萎缩，黄艳萍坚持每天给丈夫喂饭。吃饭前，先用勺子将嘴撬开，然后用筷子卡住，再慢慢地向丈夫嘴里喂稀饭。每顿饭，都需要很长时间，有时会一两个小时，尤其是翻身、按摩、擦澡这样的体力活，每次都把黄艳萍累得满身是汗。

做好一次两次容易，可这些事情她每天都在重复做，并且一做就是二十多年。

二十多年间，丈夫身上没有起过一次褥疮，多年生活的重压，让黄艳萍的身体也大不如以前，不仅患上了严重的糖尿病，腰肌也有损伤。但是，面对瘫痪在床的丈夫和年幼的孩子，黄艳萍每天都提着精神，周围的亲戚朋友曾经劝过她，要她放弃。但她认为，人活着，就要有信念。在结婚的时候，自己承诺了婚姻，就应该担起自己应该承担的责任。"我不求问心无愧，但求自己内心的一份宁静。"黄艳萍说。

母亲爱的坚守，儿子李思远看在了眼里，他大学毕业后，继承了父亲的职业，在一所小学做体育老师。"我妈就是一直围着我爸转，围着锅台转，围着我爸床边转。我妈好好地把我爸照顾好，让他少受点罪，这就是我爸我妈的爱情。"李思远说。

家庭沉重的压力也曾让黄艳萍陷入抑郁。"不管精神压力多大，经济压力多大，一直都没有想过放弃，光会哭也不行，莫斯科不相信眼泪，东明也不相信眼泪，你还得勇敢地适应当下的生活。"黄艳萍说。

是责任与爱给了黄艳萍继续坚持的力量与勇气，是当初的一句承诺让黄艳萍坚持一生。

2019年6月22日晚21：42分，央视社会与法频道播出17分钟专题报道《我的妻子黄艳萍》，讲述了她的故事。

爱心义工志愿者

承诺，请不要让时间等待；荒废了时间，请不要匆匆离去，或许没有下次的相遇。黄艳萍又是一位公益的先行者与践行者，积极投身公益事业帮助更多的人，让社会充满了更多的温暖与能量。

婷婷是在黄艳萍家附近的初中读书的一名女孩。近两年，她每天中午都要来黄艳萍家里吃饭。对这名毫无血缘关系的孩子，黄艳萍承担起了一个义务家长的责任。

事实上，像婷婷这样的孩子与贫困家庭，黄艳萍帮助了很多。

"我需要一个平台，用这个平台来证明自己不仅仅是一个家庭妇女，我还能做一点点小事。"黄艳萍说。

2013年黄艳萍组织成立了东明县爱心义工志愿者协会，她在上级主管部门的指导下，积极参加各种新时代文明实践活动，从最早的20多人发展到了现在的1100多人，组织发起的一系列活动取得了良好的社会影响。

从2013年至今，东明县爱心义工志愿者协会组织志愿服务进乡镇敬老院，在全县15个乡镇的敬老院建立了志愿服务站。为孤寡老人送温暖、送爱心。针对困境儿童问题，成立了爱心妈妈团，和孤儿、贫困学生、留守儿童、服刑人员子女一对一结帮扶对子，从物资救助、亲情呵护、心理辅导、学业帮助等方面开展活动。

领头人黄艳萍自己的行动感染了更多人。

协会发起了一系列活动，例如"快乐6+1"关爱留守儿童项目、精准助学关爱贫困学生、关爱水资源生态环境等，"春风十里不如陪您"关爱农村孤寡老人项目获得山东省最佳志愿服务项目。

在黄艳萍看来，自己至少是一个健全的人，就应该为需要帮助的人和事出力，"我也希望大家都能勇于承担家庭责任，希望越来越多的人走上公益的道路。"

2019 年 2 月 1 日下午，寒冬腊月，阳光和煦，黄艳萍一行在县法院驻刘楼镇张庄村"第一书记"张世华、工作队工作人员安祥斋的陪同下到张庄村看望慰问了 10 多名鳏寡孤独困难群众，送去了米、面、油等春节生活慰问品，并送去了春节的祝福。

黄艳萍与他们亲切交谈，询问困难儿童张春燕、张国庆姐弟俩的学习生活情况和目前困难，送去 2000 元慰问金，并鼓励他们的家人要有克服困难的信心，教育抚养好两个孩子长大成人，把爱心传下去。

近几年来，黄艳萍被选为菏泽市第十九届人大代表，当选东明县新联会常务副会长，多年的付出，让她获得了众多荣誉。先后连年获得东明县优秀义工志愿者、东明县义工志愿者优秀组织者、全县第四届道德模范；菏泽市第五届孝老爱亲道德模范、第十二届感动菏泽年度人物、齐鲁网菏泽论坛年度优秀公益人士奖；山东省"弘扬家庭美德，共建和谐企业"活动好妻子、山东好人、山东省第七届道德模范、山东省学雷锋志愿服务"四个100"先进典型活动最美志愿者、全省抗击疫情优秀志愿者等荣誉称号。

黄艳萍表示，荣誉只代表过往，而前面的路还很长，需要做的事还很多。她希望以榜样的力量，教育、影响、带动身边更多的人，让中华传统美德、新时代文明实践公益活动在更多人心中绽放、开花、结果,她在她选择的道路上正大步前行,而在前方,充满了阳光和美好……

黄艳萍说:"我要时刻用模范的标准来要求自己,带动社会上更多的人,承担家庭责任,对工作尽职尽责,在生活的点点滴滴中讲奉献、讲爱心。"

"妈妈团"与编外"未检人"

在东明县爱心义工志愿者协会中,一个由90多名爱心妈妈组成的"妈妈团"显得格外温情。"妈妈团"充分发挥了女性在志愿者服务中的特殊力量,让那些缺失母爱、渴望母爱的孩子找到妈妈般的温暖。

"我现在也在资助一个孩子,每天中午都跟着我吃午饭,天热了、天凉了,给自己的孩子添置东西的时候,我都想着给他也置办上,'妈妈团'的其他成员也是一样的,都在用一点一滴的小事,让孩子们感受到来自社会的关爱。"黄艳萍说。

"妈妈团"是东明县爱心义工志愿者协会的一角。在黄艳萍的感召带动下,积极投身公益事业的人越来越多,协会会员在各行各业都起到了积极的示范带动作用,成为了东明县志愿者服务中的一个亮点。

在东明县检察院未成年人检察工作的队伍里,有一名不在编的未检人,她就是黄艳萍。

黄艳萍在一次受邀参加检察开放日活动时,了解到检察院的未检工作情况,在办案过程中,对于服刑人员未成年子女或是遭受性侵女童陷入困境的,除了及时开展司法救助等,还会积极寻求社会支持,共同构建保护困境孩子的大格局。黄艳萍对此不仅给予了肯定，还主动表示她可以协助检察机关做一些工作。由此，她与未检人结下了不解之缘。

2019年6月，东明县检察院办理了一起性侵未成年人案。案发时，被害人小红（化名）刚刚上小学五年级。小红7岁时，父母离异，母亲从此杳无音讯。为了生计，父亲每天一早便外出打零工，小红则一边上学，一边担负起照顾奶奶（患有精神病）和弟弟的重任。2019年6月的一天，一名醉汉尾随小红回家，将小红强奸。案件移送到检察院后，黄艳萍得知了小红的遭遇，她当天便携带生活用品，带领义工协会人员前往小红家看望。回来后，黄艳萍又马不停蹄地寻求社会捐助，她所在的爱心义工群也积极向小红捐款捐物，希望能为小红的生活带去温暖。

黄艳萍组织开展的"向阳花行动"，为保护未成年人隐私专门设计了葵花遮脸板。她说道："我们这个行动并不是单靠某个人的力量撑起来的，我们得到了党委政府和有关部门的大力支持，也得到了我们协会爱心妈妈团和专业义工的专业保障，这才能让这个项目做优做精。"

黄艳萍关心照料困境儿童，就像对待自己的孩子一样。2018年4月，服刑犯人的女儿珊珊、莎莎（均为化名）姐俩的日常生活完全靠爷爷奶奶照顾，但爷爷奶奶年纪大了，没有固定收入。黄艳萍听说了珊珊、莎莎的困难，马上将爱心捐款1000元送到孩子家中，此后又隔三差五地联系检察院工作人员给孩子送去学习用品，叮嘱她们要好好学习，将来做一个对国家和社会有用的人。正是这种涓涓细流的关爱，让两个孩子感受到了春天般的温暖。

2019年中秋之夜，通过黄艳萍组织，大家把珊珊、莎莎和小红等10名困境儿童接到城里，陪她们一起观看中秋晚会，并为她们募集钱款和学习用品等。当晚告别时，孩子们都高兴地说：
"今年的中秋有意义！"

看着孩子们开心的背影，黄艳萍会心地笑了，她说："我们
要把困境儿童救助工作作为一项公益事业去探索。"在黄艳萍的
信念里，"一切为了孩子安全成长"的工作没有分内分外之分，
只要孩子们需要帮助，他们就要倾心尽力帮孩子们协调好、解决
好，依法维护好孩子们的合法权益。

黄艳萍，一位普普通通的工人代表，东明县爱心义工志愿者
协会会长，我身边的一位道德模范，用一言九鼎的承诺验证了自
己当初对爱人、对家庭、对社会的誓言。

（齐鲁晚报·齐鲁壹点·青未了 2021-07-15、美丽东明
2021-07-16）

王雨增：生命救援的守护神

人的一生其实就是在做两件事：一是做人，二是做事。王雨增用孝道饺子宴来践行自己做人的道理，用斑马志愿者无偿救援来践行自己做事的大爱。

一个人一辈子能把一件事情做好，就堪称完美。一事精致，便已动人；从一而终，便是深邃。而王雨增，却做了两件事，能否堪称更加完美呢？

多少年以前，我就认识他，还去过他家，因为我家属与他夫人关系很好。再次见到他时，他没有认出我，但我认出了他。与他聊天时，我说我去过他家，就在山东省东明县东明集镇临河店村，他表示疑惑，于是我又把对他家的记忆描述了一番，他方才相信了我。如此一来，我们聊得很投缘。我讲了关于他的故事，他很惊讶，他说，似乎看到我每次活动都在他身边一样。我笑了，说我们是老朋友了，我如何不关心你呢？况且，我又是一个写作者，很想给你写点东西。王雨增笑了，于是我们约定了时间，好好地聊一聊。

到了约定的时间，在他家，我们又见了面。王雨增不善言谈，但说出的话都很有分量，又能侃侃而谈，说出的故事着实令人感动。王雨增个子不高，只有一米六的个头，却挑起了千斤重担。王雨增，山东省菏泽斑马志愿者救援中心东明斑马义务救援队大队长。

孝道饺子宴

1985年1月，王雨增中学毕业后就到当时的临河店乡政府上班，刚开始是一名临时工，后来农转非才转了正，始终在计划生育服务站上班。2002年12月，国家计生委还给他颁发了从事计生工作满15年优秀志愿者团体证书。2012年4月23日，王雨增去县计生服务站办公事，路上遭遇车祸，三辆大车相撞，他的车卡就在其中，整辆车都报废了，他住了20多天医院，造成内伤外伤一大堆。出院后继续上班，坚持到年底，胸口疼痛不断复发，无奈之下他办理了病退，从此，赋闲在家养伤。

不上班了，王雨增开始学着做好事，参加了传统文化促进会。4月的一天，与菏泽市传统文化促进会的领导王美云一道去河北孙家寨考察付宏伟举办的"千人饺子宴"，感触颇深。学习了外地的先进经验，王雨增与妻子魏素莲一商议，决定也办个"孝道饺子宴"。

因为个人的力量有限，王雨增与妻子魏素莲一道找到同村的王兰彩夫妇俩商量是否能一起做，两家人一拍即合，并得到了临河店村"两委"的支持，大家一起学习举办饺子宴的成功经验。

外出考察回来后的第二天，他们两家就自掏腰包，拿1万余元购买了锅碗瓢盆等物品，购买了30多套桌椅板凳，开始准备饺子宴活动，并把举办活动的日期定在每月农历的十二，每月举办一次，开启了东明县"孝道饺子宴"的先河。我问他为啥要选择定在每月的十二，王雨增笑着说道："因为我俩结婚的日子是

1988 年腊月十二，所以定在每月的十二，好纪念我们的结婚纪念日。"

百善孝为先，为进一步弘扬孝道精神，让老年人过得更幸福，他精心策划了"孝心饺子宴"的活动，计划请村里 65 岁以上的老人吃免费的饺子。第一次孝心饺子宴在临河店村委会大院举行。县、镇相关部门领导到场指导，县优秀文化传统促进会也派人来，参加活动的志愿者有 60 多人，本村与邻近村庄的老人们来了 300 多人，老人们脸上洋溢着幸福的微笑。志愿者们在现场调馅、和面、擀皮，同时为老人们准备了丰富的戏曲、小品、歌舞表演等节目，大家在一起其乐融融，进一步丰富了老年人的精神文化生活，为他们送上了精神食粮。热腾腾的饺子端上了饭桌，老人们吃着、说着、笑着，也有老人流下了感动的眼泪。这一幕幕被志愿者们看到眼里，更加坚定了他们把这件事继续做下去的信心。

"帮助别人，快乐自己。"这是王雨增常说的一句话。每次看到被帮助人投来感谢的目光、听到感谢的话语，都让王雨增觉得自己做的是很有意义的事情，也更加坚定了在公益这条道路上走下去的信心。

第二次饺子宴，本村和周边村的老人们都来了，不少爱心人士现场发了手套、帽子，夏天有时还发草帽、扇子。

第三次，县电视台派记者来了，录制了现场视频，报送市县电视台播放，一连播放很多天，影响非常大。

邻村有位老大爷见了他们办的饺子宴，说道："这是在作秀，在显摆，坚持不了多少天，把国家的钱花完了就不会再办了。"后来，一次次的饺子宴如火如荼地开展着，老大爷也认可了王雨增他们的行动。

自此，饺子宴活动不管刮风下雨从不间断，影响也越来越大，越来越多的爱心人士不断加入队伍中。临河店村会计谷德囍说："孝心饺子宴举办以来，我们村里发生了很大变化，村民们非常认可，希望以后可以长久地办下去，越办越好。"根据季节的变化，大家有时候还会为老人们变花样，炖大锅菜、做胡辣汤、炸油条……为老人改善口味。王雨增同时将做法推广到了全镇，他们带上米面油等食材到多个村去，让更多的老人感受到关爱与社会大家庭的温暖。

"做义工，一定要去向全国各地的先进义工们学习。"王雨增先后到河南郑州、登封、汝州，山东淄博、菏泽市牡丹区、定陶等地学习。我问他每次外出的花费如何，王雨增说："除了车费，其他的都很少花钱，能省的就省了。"

2018年元月，在东明县石化大礼堂举行的一次全县表彰大会上，县委宣传部、县文明办等多部门联合为王雨增等人进行表彰，临河店村也被命名为"东明县孝德文化示范村"。推行"夕阳红行动"，形成全社会"孝老爱老"的浓郁氛围。回来后，王雨增自费出资6000多元，制作了"东明县孝德文化示范村"过街横屏，在村头显著位置展出。村民们看了，很是骄傲，也很有促进作用，邻里街坊的关系明显得到了改善。

"夕阳红行动"

2018年，王雨增等人经过充分考察后，决定在当地成立东明县斑马志愿者协会，并于同年7月正式挂牌。协会不仅仅局限于道路应急救援与寻人寻物，还包括为老人举办饺子宴、参与扶贫帮困助残等慈善活动、为孤老弱群体提供生活服务、文化娱乐等

"夕阳红行动"，这也是他们举办孝心饺子宴活动的升华。

"夕阳红行动"是协会一直坚持的一项活动，通过爱心企业商家、爱心人士的捐助筹集资金和物质，面向全县敬老院和各村镇孤寡老人进行走访慰问，为老人们送去慰问品、生活用品，开展义务劳动，同时为大家理发、洗脚、剪指甲、浆洗、举办爱心饺子宴活动等。

孝道是中国传统文化的核心，渗透到了几千年来中国社会生活的方方面面。王雨增开展的饺子宴活动，让更多的老人感受到温暖。王雨增的妻子魏素莲说："做人，一心向善好。学好，这是本分。"当然，一个人的力量是有限的，一支队伍的力量也是有限的，但参与"夕阳红行动"的每个人都积极奉献社会，不图回报，所以前行的道路并不孤单，大家用无私奉献的力量正影响着越来越多的人参与到这项行动中。没有人喊苦喊累，没有人嫌脏嫌苦，在东明县的多个乡镇，都活跃着王雨增他们的身影。"夕阳红行动"推行的几年来，面向全县敬老院和各村镇孤寡老人，进行定期慰问，发放慰问金、生活用品、义务劳动、理发、浆洗、举办爱心饺子宴，参加饺子宴的老人，至今已达四千余人次，足迹遍布整个县乡。"以前有跟老人分居的，参加完活动后将老人接回家赡养，更多的人学会了感恩，也有了担当，对父母的态度发生了改变，更懂得了为社会做奉献；街上也没有吵街骂巷的了，邻里之间更多的是互敬互爱。"王雨增说。

2019 年 1 月 18 日，临河店村第十六届饺子宴开始举行。一大早，东明县的义工们早早地来到现场，和面、剁菜、擀皮、包饺子、照顾老人，大家都忙得不亦乐乎。义工们还为老人带去月饼，表演了文艺节目，让他们感受到节日的喜悦。义工家人们不论天气如何寒冷，还是早早起来打扫卫生，布置饺子宴现场。音响师来到后，老人们也到了，演出正式开始，义工家人们为老人们献上各种文艺节目。老人们看着演出，不知不觉地已经到了中午，义工家人们也准备好了午饭。他们把热腾腾的饭菜端到了老人面前，老人忙声说"谢谢"。老人在一起吃着饭，聊着家常，拉进了邻里关系，也让感到孤独的老人不再孤独。午饭过后，活动发起人王雨增、王兰彩为老人发放小礼品。这次活动共有150多位60岁以上的老人参加，他们大多来自周边村庄。活动不仅让老年人体会到社会大家庭的温暖，也让年轻人学会知恩感恩报恩，更好地弘扬祖国的传统美德、弘扬孝道文化。王雨增说："春节前夕，我们举办这次敬老孝老饺子宴，是为了让老人有家的温馨、有家的感觉，让他们过一个愉快祥和的春节。"

到2020年春节，王雨增他们共举办"孝道饺子宴"21次。

做人最基本的莫过于孝敬自己的父母和长辈，这也是中华民族的传统美德。2019年8月，菏泽市传统文化促进会授予王雨增"弘扬优秀传统文化先进个人"称号。2020年3月，菏泽市委宣传部授予王雨增"岗位学雷锋标兵"称号。志愿者王雨增不断用自己的实际行动诠释着付出与奉献、推动着新时代精神文明的建设、践行着社会主义核心价值观，得到了社会各界的一致赞许。2020年重阳节前夕，县里有关部门征求王雨增关于"孝道饺子宴"的相关活动说明，随即，全县范围内的"重阳节饺子宴"活动在"第一书记"的引导下，全面铺开，引申开来。

斑马义务救援队

王雨增每天都在忙碌着。他在帮助他人的同时，也能收获一份别样的感悟。说起"孝道饺子宴"，又是如何与斑马救援队扯上钩了呢？

2018年3月的一天，王雨增去定陶开展义工活动时，在一起的定陶义工刘新生对他说："你把东明的斑马救援队活动搞起来吧！"王雨增这才开始关注斑马义务救援。回来后，他与好友王朝阳、王泽普、高俊义等四人商议后，决定开始考察成立斑马义务救援队。四人购买了装备，把对讲机、特定服装等物件简单装备齐，经市斑马救援中心的授权，召集了10多个人，2018年7月20日，就开了成立大会。县委宣传部文明委、民政局、公安局、县妇联、团县委、交警队等部门都前来祝贺。

2018年8月25日上午，王雨增接到东明县城关办事处梁庄行政村代河沟村人的电话求助，刘女士于24日下午2点在李江庄村东头走失。得到消息后，王雨增心急如焚，急忙在当日晚上9点2分下达了紧急通知，并详细安排了队员工作。副队长李振振紧密配合，及时赶到了现场。斑马义务救援队在他俩的带领下，不放过每个路口和监控，迅速细致地在锁定目标。救援队助理李燕华，在收集周围群众的信息。队员们锁定着渔沃办事处高满城行政村。救援队队员们及时走访群众、联系村干部……终于，这位老人找到了。此时此刻，队员们的心情无比激动，又一次回馈了群众对伙伴们的信任。

东明斑马志愿者协会现共有队员458人，累计开展志愿服务10163小时，人均开展志愿服务25小时。下设城区、城东、城西、城北、城南、沙窝、三春、东明集、王店、陆圈、长兴集、马头等多个支队，总队直辖督察队、特勤队、慈善队、应急队、应急预备队、宣传部及办公室五个直属支队及部门。

2018年年底，傍晚时分，王雨增接到救援电话：马头镇小康寺村附近发现一走失老人。王雨增立刻带领3名队员赶到现场。

老人是一位男性,有 70 多岁,在附近已有半年之久,浑身上下散发着阵阵恶臭。王雨增带他去当地派出所寻找信息,未果。询问老人,他嘴里嘟囔着"小宋,小宋"。通过查找,发现河南兰考县有个小宋乡。当时天气严寒,北风呼啸,冷风嗖嗖地打在人脸上。赶到小宋乡,终于找到了他的家。把人送到家中后,他的家人拿出一沓钱硬要塞给王雨增,王雨增婉言谢绝了老人家人的好意,要他们留下来吃饭,也被婉拒了。

救在眼前,援在身边。2019 年 8 月的一天,王雨增接到一个救援任务:一哑女找不到家。他与 10 多个队友开着四辆车赶到长兴集乡时,见到一位 30 多岁的聋哑妇女,正在哺乳期,由于长时间未给孩子哺乳,其胸部胀疼得厉害,急得她"哇哇"直叫。在派出所寻不到信息,王雨增果断地判断:去河西。当开车赶到河南省长垣县芦岗乡时,天已经很黑了,当地派出所的人认出了哑女,找到了她的家。当送到她家中时,王雨增看到她的丈夫也是聋哑人,家中有三个不大的孩子,最小的一个只有三个月大。王雨增掏出身上所有的钱,放下后转身就开车离开了。

我问王雨增为什么救援队的电话后三位都取"119"火警的报警电话,王雨增解释说:"救急就像救火,救民于水火之中,救人于水火之间,胜造七级浮屠啊。"

东明县斑马志愿者协会和东明县斑马义务救援队自成立至今,在县政府各级领导以及社会各界爱心人士的支持帮助下,通过全体队员的努力,共计开展各项大小救援 700 余次,寻找走失老人和儿童 60 余次,救援打捞溺水人员 40 余次……

(齐鲁晚报·齐鲁壹点·青未了 2021-06-17、菏泽日报·菏泽通 2021-06-19、指尖东明 2021-06-18)

义工张翠玲和她的爱心团队

2021 年 2 月，当东明县爱心义工志愿者协会沙窝分会被评为
"2020 年度先进分会"的时候，张翠玲和她的"沙窝是我家，温
暖送天下"成员们掉下了激动的眼泪。四年来，以无私的奉献，
温暖的情怀，以"传播正能量，做好沙窝人"为己任，他们用自
己的一片赤诚诠释出"爱心"的真正含义。

一次难得的机会，我有幸见到了张翠玲女士。虽然她除了一
间以镶牙补牙为生的门市外，没有其他属于自己的产业，为了生
计，常年疲惫奔波，但追溯她几年来的爱心公益道路，一点儿也
不显得突兀。

从小生长在农村的她，是一位地地道道的农民，曾经吃过太
多的苦。既然饱尝过贫穷的滋味，又何尝不知道金钱的重要？自
步入社会以来，她在为自己的生计而奔波时，每每见到贫苦的群
体，都会流下同情的泪水。为此，她有了一个心愿：一定要为这
些生活在社会最底层的人做些善事、好事。

四年来，沙窝分会由最初的几个人逐渐发展壮大到现在的 66
名正式注册会员，并发展培养了一批有能力的骨干会员，涌现出
了很多好人好事。2020 年，张翠玲带领大家组织参与各种公益活
动 62 次，2021 年，已经组织参与各种公益活动 76 次。

沙窝分会身处农村，在张翠玲的带领下，以服务党政为中心，以构建和谐社会为宗旨，紧紧结合当地实际情况开展志愿服务活动，典型的有"呵护雏鹰，文明出行"走进沙窝学校疏导交通、消防公益宣传、"春风十里，不如陪您"走进沙窝敬老院以及关爱农村孤寡老人、关爱残疾人、无偿献血、烈士陵园公祭、八一武警官兵慰问等一系列公益活动。

献爱心　为他人带去快乐

　　沙窝一中位于沙窝镇东面，紧靠黄五路。黄五路是交通要道，车流量大，道路又较狭窄，每个周末，快到放学时间，学校前面都会出现严重交通堵塞情况，过路车辆、行人和周边村民意见很大，也带来诸多安全隐患。2019 年 3 月 8 日下午，沙窝分会 20 多名义工在张翠玲会长的带领下，走进沙窝一中，开展了"呵护雏鹰，文明出行"志愿服务活动。义工们在离放学时间还有一个多小时就早早来到了服务现场。简单地集结动员后，大家各自散开，分头行动，井然有序、有条不紊地指挥过往车辆通行，引导接孩子的家长停放车辆。在义工志愿者的认真精心疏导下，路上车辆和行人安全畅通，没有出现丝毫的拥堵现象。义工们向学校，向学生家长，向过往行人，向社会各界展示了义工的良好形象。

　　2021 年 3 月 2 日早上 7 点，沙窝分会部分公益伙伴在名誉会长冯忠义的带领下，在 106 国道冯口段开展"呵护雏鹰，文明出行"疏导交通志愿服务活动，为明贤学校顺利开学保驾护航。本次活动是由志愿者们自发组织，现场志愿者们有条不紊地指挥着过往车辆，有的引导送孩子的车辆安全停放，有的推着车辆缓慢前行，看到陷在泥地里的汽车，大家不顾地面泥泞，齐心协力将汽车推出泥潭。

三年多来，"呵护雏鹰、文明出行"志愿服务活动已成为沙窝分会长期开展的项目，为维护学校放学时间段交通安全环境做出了很大贡献，受到校方领导、师生、家长和周边村民一致好评。

2018年12月19日上午，沙窝分会的文明实践志愿者们走进沙窝镇敬老院，开展"春风十里，不如陪您"关爱孤寡老人的活动。志愿服务活动以"暖暖冬至日，浓浓敬老情"为主题。在敬老院，志愿者们用自己带去的饺子馅、面粉、擀面杖现场给这些孤寡老人们包了一顿猪肉白菜大葱馅的爱心水饺，志愿者们有和面的、有调馅的、有擀皮的、有包饺子的，很快，两大锅香气四溢的水饺就煮好出锅了，让老人们度过一个温暖的节日。

2019年1月21日，沙窝分会一行5人来到沙窝镇西温寨村看望了贫困残疾人温红山，送去了捐赠的残疾人轮椅一台，并给他进行了义诊。受到义工的感染，当天下午就有一名群众要求加入沙窝分会。

2020年6月3日上午9点30分，由东明电视台、沙窝镇政府、沙窝分会联合发起的公益助农行动在镇政府府前广场做现场直播。直播现场，与县爱心义工协会合作的各个爱心企业踊跃参与订购下单，1250斤、2000斤、2500斤、6600斤……成交数额喜人。

2021年1月23日上午，沙窝分会在张翠玲会长的带领下，在沙窝镇新时代文明实践志愿服务站举办沙窝镇青年志愿者公益知识培训。张翠玲会长结合自身工作经验，通过详实的数据展示和鲜活的案例剖析，从什么是志愿者、为什么要成为一名志愿者、如何成为一名合格的志愿者、志愿服务的概念价值和意义、协会简介及开展公益项目的流程和意义五个方面，与青年志愿者进行了深入的交流。

2021 年 2 月 23 日下午，沙窝分会组织青少年志愿服务队到镇驻地街头举行了一次主题为"垃圾不落地，沙窝更美丽"的志愿服务活动。张翠玲会长为青年志愿者进行了垃圾分类讲解分析，介绍了生活垃圾的多样性以及垃圾分类的重要意义、可回收垃圾和不可回收垃圾都包括哪些类别、应该如何分类处理等。紧接着，志愿者带领青少年志愿服务队，带上垃圾袋到各处捡拾垃圾。每条小路，每片草坪，以及绿化带、广场周边，在大家的共同努力下，都变得干干净净。

6 月的初夏，烈日炎炎，骄阳似火，正值麦子收割的季节，沙窝分会志愿者们连续多日开展以"走进田间地头，确保农民颗粒归仓"为主题的麦收防火宣传活动。活动中，志愿服务队顶着酷暑，走在田间小路上进行防火宣传，一些志愿者们主动放弃自家的农活，投入到麦田防火行动中去。志愿者们兵分几路，深入到村庄路口、田间地头、大堤两旁，零距离向村民宣传麦田防火政策，发放宣传页，讲解麦田恣意放火的危害及后果，提高其对麦田防火与保护生态环境重要性的认识。

生命不息，公益不止

2019 年 8 月 10 日、8 月 19 日和 8 月 21 日，随着暑假接近尾声，高三毕业生也都陆续拿到录取通知书，为帮助优秀学子更好地完成学业，沙窝分会密集开展了"暑期爱心助学"公益活动。志愿者们来到沙窝镇东堡城村、南霍寨村和柳里新村现场进行了奖学金发放仪式，对三名考上名牌大学的优秀学子奖励每人 2000 元的现金。

"助力脱贫，关爱困境儿童"，2020 年"六一"儿童节到来之际，沙窝分会走进沙窝镇土地张村张远航小朋友家慰问，捐助 500 元现金。在爱心慰问特别困难家庭活动中，几年来，会员们纷纷伸出援助之手，李永波捐款 1000 元，何梅捐款 700 元，刘喜强、朱爱菊、吴凤菊各捐款 500 元……

2020 年 9 月 20 日下午，县爱心义工协会的义工们来到沙窝镇菜寨村和姜屯村看望了两位年近百岁的老人，带着月饼和米面油，带去了志愿者们对百岁老人的关爱和祝福。沙窝姜屯村的 96 岁老人，已与爱心义工结对关爱 4 年，中秋节前夕，义工们又来到老人家，不仅给老人带去食品，还为老人现场理发和剪指甲，和老人聊起了家常。

九九重阳节，浓浓敬老情。2020 年 10 月 23 日上午，沙窝分会一行十几人走进沙窝镇土地张、齐王集、冯口三个行政村，在张翠玲分会长的带领下开展慰问关爱孤寡困难老人的志愿服务活动。志愿者们深入 6 户孤寡困难老人家中进行慰问关爱，每到一户，志愿者们都给老人送上节日礼品，细心询问老人身体状况和生活情况，让老人多多保重身体。

2020 年 10 月 27 日上午，沙窝镇冯口行政村文化广场气氛热火朝天、暖意融融，沙窝分会"冯口村第二次饺子宴"正在这里举行。饺子宴不仅请到了本地的曲艺家在台上演唱戏曲，还为老人准备了瓜子、花生、热水等。冯口行政村支部书记冯忠义说："举办本次活动，旨在弘扬敬老爱老传统美德，促进家庭和谐，融洽邻里关系，同时让老年人感受到党和政府的关心，丰富老人们的精神文化需求。感谢沙窝分会来到现场助力，为这次饺子宴增光添彩。"张翠玲会长说："因为有更多公益伙伴的参与活动，今天的饺子不仅是饺子，它包的是幸福，下的是快乐，端的是爱心，吃的是温暖。这次感恩公益饺子宴的成功举办让老年人倍感温暖，关爱老人，传承孝德，应从我们每个人做起。生命不息，公益不止，我们永远在路上！"

2020 年 10 月 27 日晚上，沙窝分会来到沙窝镇 13 个"希望小屋"贫困家庭，开展发放团县委配置的温暖包活动。温暖包配置齐全，包括毛巾 2 盒，台灯 1 台，四件套 1 套，儿童被芯 1 个，枕芯 1 个，床垫 1 个。志愿者们连晚饭都顾不得吃，一直忙到晚上 10 点多，才将 13 个"希望小屋"温暖大礼包全部发放到位。

2020 年 12 月 9 日下午，沙窝分会的志愿者们开展"情暖冬日，关爱老人"为主题的暖冬行动，为沙窝镇土地张村、唐庄村两个行政村的 6 户困难孤寡老人送去了棉被和食品，也送去了寒冬的祝福和关爱，细心询问了老人的身体状况，嘱咐他们要注意防寒保暖，照顾好身体。

2021 年 3 月 15 日，沙窝分会 13 位爱心志愿者来到他们所结对的"希望小屋"儿童家中，为孩子们送去新衣、新裤、书籍等物品，并与结对儿童谈心交流。活动中，沙窝分会志愿者帮助孩子们收拾床铺，清理房间卫生，深入了解每一个结对孩子的学习、生活及家庭情况，临走时，还嘱咐他们一定要热爱祖国、孝敬父母、好好学习、感恩社会。

2021 年 3 月 21 日下午，在沙窝分会的参与下，东明县爱心义工志愿者协会的志愿者一行 9 人，到沙窝镇五名"事实孤儿"家中，开展 2021 年度成美慈善基金会"事实孤儿"第二次入户走访考察。走访中，每到一户，黄艳萍会长、张翠玲分会长都实地查看"希望小屋"的使用情况，详细询问并记录每位孩子的学习、生活情况，并就孩子父母及监护人情况做进一步核实。

大爱，仍然在延续

自 2020 年以来，为了配合党委、政府做好抗击疫情防控工作，沙窝分会发起了共抗疫情做贡献的倡议。这一倡议迅速得到了全体会员的响应和一致赞同，各村志愿服务队迅速组织、快速出击、全力配合，有序参与村里抗击疫情防控工作。大年初二一早就主动放弃休息时间，在家人的支持和牵挂中，自愿投入到"抗疫"一线。作为沙窝分会会长的张翠玲勇于担当，以身作则，主动放弃休息时间，投入到抗击疫情第一线，积极联系爱心企业，给各村捐赠食品和消毒物品，从抗击疫情开始到战胜疫情的一个多月中，张翠玲带领大家不畏辛苦、不惧严寒、不计时间、不讲报酬、只讲奉献，坚守到最后。

沙窝分会全体会员都是地地道道的农民，他们有热情有热血，有爱国爱人民的情怀，有农民骨子里的纯朴。虽然不能像医护人员那样冲锋在一线救治病人，但是可以尽己所能为抗击疫情贡献一份力量。冯口村的志愿者们以多种方式为村里进行了喷洒消毒，并为值勤人员捐赠水果、食品、饮料。对不听话爱串门的村民多次上门进行劝阻，并亲自坚守路口值勤。齐王集村的公益伙伴们在志愿服务队长宗建春的带领下，更是连续多日坚守在路口值勤，每天都身背喷雾器喷洒消毒，卫生垃圾清除、抗击疫情宣传等公益志愿服务也从多方面开展。土地张村在会员张路生的带领下，自发捐款为值勤点购买了消毒液和食品等，每天都身背喷雾器或用电动车改成的消毒车为村里大小胡同消毒。李沙窝村在分会长苏凤娇的带领下，多日坚守路口值勤，踏踏实实，认真负责。任姜庄村公益伙伴吴麦立更是一直坚守在抗击疫情一线，把自己家的拖拉机改成了专用消毒服务车，免费给全村消毒。

为了遏制疫情扩散传播，沙窝分会志愿者们都在力所能及地务力付出，用切身行动践行着爱心义工志愿服务精神。在这场抗击战中，每个人都是其中的一分子，每个人都身肩责任。疫情还没有结束，沙窝分会义工志愿者们会一如既往地奋战在"抗疫"一线。

吴麦立是沙窝分会第一个走到"抗疫"一线的公益伙伴。由于黄五路沙窝段贯穿任姜庄村中心，车流量较大，无法做到路面封堵，村里就设置了免费消毒服务站。吴麦立第一个主动报名参与，大年初二一早就上岗值勤了。每天为过往的车辆进行全方位消毒，为全村群众的生命健康筑起安全屏障。为了更好地让村里得到全面的消毒，他主动把自家的拖拉机贡献出来，改装成专用消毒服务车，每天坚持为村里喷洒消毒。在他的带动下，由最初的几个人到后来几十个人参与义务消毒服务，前所未有地团结，让防疫变得不再困难。"每天给村里撒一遍消毒液，大概需要2到3个小时，大小胡同、大小街道全部要喷洒到位。"吴麦立说。作为爱心义工沙窝分会一员，作为一名农民爱心义工志愿者，吴麦立虽然不能像医护人员那样在一线救治病人，但每天都是以最好的状态和勇气尽己所能为这次抗疫贡献力量，用他的实际行动诠释了爱心义工志愿服务精神。疫情还没结束，吴麦立表示："抗击疫情是我们每一个人的责任，更不能忘了自己是一名爱心义工志愿者，我会一如既往、信心坚定地为疫情防控工作贡献自己的一份力量。"

叶松林名誉会长少年时期因家贫早早辍学，成年后勤奋创业，白手起家，还不忘回报社会。多年来，他坚持为孤寡老人送棉衣和生活用品；为敬老院的老人送鸡蛋、糕点、水果等物品；为贫困的优秀大学新生送资助金。当他看到疫情日益严峻时，主动联系到消毒用品的购买渠道，派人在菏泽等了三天，才抢买到了 1800 瓶（60 箱）84 消毒液，迅速送到村里值班点一线。2 月 1 日至 2 日，在协会管理层和沙窝分会会员的配合下，他把 1800 瓶 84 消毒液和 60 个喷壶送到沙窝陆圈 60 个村庄值班点，并宣讲了疫情防控常识，劝导村民居家隔离，不外出，彰显了一位企业家和一名公益人士的社会责任。

张翠玲和她的团队，用爱心的力量影响着社会，用实际行动践行着"传播正能量，做好沙窝人"的诺言，书写着这片土地上爱的篇章。信仰，永远在路上；大爱，仍然在延续……

（齐鲁晚报・齐鲁壹点・青未了・菏泽创作基地 2021−08−31）

杏林好人柏建军

柏建军，在东明县小有名气。我没有通过任何关系去要他的联系方式，在网上就找到了柏建军的信息。

我在微信上留言说我要采访他，他有些不相信，一直没有回我消息。我又留言说我们见过面，在老家的一个婚礼上，我们相遇过，而且我们的老家是邻村。这样，他相信了我，约好了见面的时间和地点，采访才得以顺利地进行。

我去过东明县天健医院三次，但都没有与柏建军直接见面。一次是学习他们医院的党建墙，一次是探望一个病人，另一次是陪同领导开会参观。医院坐落在东明县东明集镇城子村的西边，长金路路北的地方，走进医院，干净整洁的三层楼房处处充满温馨，院子不大，大概有3000平方米，很整洁，绿树相间，三面房子环绕，很是温馨。

悬壶济世为民众

柏建军一米七八的个头，1969年1月出生于中医世家。在他儿时的记忆里，家里就从不间断地免费为贫困百姓治病。"爷爷和爸爸都是远近闻名的医者，只要有患病的穷苦人到家里看病，全都不要钱。"柏建军说。正是这样以"善"为本的家风，在他幼小的心灵里埋下了一粒传递大爱、惠及众生的种子，成为了他一生的精神支柱。

柏建军受家庭影响，酷爱中医，深得祖传良方精髓；后考入曲阜中医药学校，研修于哈尔滨医科大附属医院，历时七年，对祖传良方进行研读，创立柏氏外伤组合式疗法，获得 3 项国家实用新型专利。为回报家乡，他拒绝高薪聘请，放弃大城市优雅的生活，毅然回到家乡开始创业。凭着精湛的医术、高尚的医德，在不到 10 年里，柏建军硬是将一个名不见经传的乡村诊所，打造成为总投资 3000 万元、拥有 100 多个床位的非营利性的综合性医院。

那年的冬天特别寒冷。渔沃街道办事处王满城村的王青莲身患残疾，行走不便，老两口仅靠几亩薄地度日，到处寻医问药，积蓄花光后，王青莲就在医院哭，老伴心里也很是难受。一位熟人给王青莲推荐了柏建军的医院，老两口抱着试试看的态度找到了柏建军。柏建军听了两人的境遇之后很是同情，随即到王满城村落实情况并查看病例，第二天便将她接到医院。仅仅过了二十多天，王青莲的病情明显减轻，经过一年多的治疗，王青莲竟与常人无异。王青莲见人总是激动地说："多亏了柏院长，不然俺早就不在人世啦！"

大屯镇龙山集村的王刚印，突如其来的一场怪病让他倒下。那年只有 40 岁的他，突发高烧不退，送到市里面医院查不到病因，转到济南的医院依然找不到病根。在重症监护室住了 68 天，一直打退烧针、睡冰毯，体温就是降不下去，以至于最后已经不能行走、说话了，为了治病，前后共花费三十余万元，花光了家里的积蓄。妻子刘素娇听邻居说，柏建军院长的医院病看得好，柏院长还是一位好人，经常做好事做善事。她便抱着试试看的态度去了。时隔多年，柏建军依然记得当时王刚印被人抬着送到医院时的情景，病情岌岌可危，意识模糊，随即对他进行治疗。出院后的王钢印无以言谢，特意赶制一面锦旗送到了医院。

2011 年春节前夕，白同兴到春亭街上办事时不慎被车撞倒，腿部血流不止，人当即昏迷不醒，被紧急送到菏泽的医院，又被转到济南。下午 4 点他被推进手术室，第二天早上 8 点多才被推出来。医院专家经过商议，给出了截肢的建议，不然有可能命也保不住。这消息对于妻子李玉莲来说就像天降霹雳，住院一个多星期花费二十多万元，积蓄已花光。再看着丈夫的腿保不住，还有患上尿毒症的风险。此时大儿子的婚期到了，对她来说，天似乎要塌下来了。偶尔地，李玉莲听说了柏建军的医院。经过两个多月的治疗，病情基本稳定，可又有难题摆在了李玉莲的面前。积蓄早已花干殆尽，柏建军了解到情况后，对她说："没钱没事，病得治。"于是，白同兴一直在医院治病，直到他可以下床走路。

2020 年 1 月 3 日，王文柱妻子车二娟不慎绊倒造成大腿骨折，在医院治疗后回家静养。卧床期间，由于翻身不及时，造成血液流动不畅，臀部大面积褥疮，后送入医院治疗。经过柏建军一段时间的治疗与医院的精心照顾，病情逐渐有了好转。但手中的钱却所剩无几，王文柱对护士说"不看病了"，想出院终止治疗。柏建军了解了他的家庭情况，当他知道王文柱属于建档立卡的低保户，便对他的费用进行了减免，让他能继续治疗。"感谢柏医生的人道主义精神，对病人无微不至的关怀与体贴，不是亲人胜似亲人。"出院后，王文柱将一封感谢信送到了柏建军的手上，并用大红纸将感谢信贴到医院一楼大厅。

医者仁心、悬壶济世、救死扶伤，多年来，为多少患者减免了医疗费，柏建军已记不清楚。他只知道，每次看到病人轻松地离开，他比解决了自己的困难还要充实。

公益善行传大爱

在 2020 年抗击疫情的战斗中，柏建军不怕危险、放弃休息，连续多日一直坚守在疫情防控一线。2 月 9 日，柏建军到东明集镇政府捐赠现金 1 万元、消毒液 40 桶；同时购买方便食品、口罩、消毒液、酒精、洗手液等物品送到当地部分村庄一线人员手中。在他的影响下，正上大二的儿子柏通也将多年积攒的压岁钱 6917.8 元向县红十字会进行了捐献。2 月 19 日，柏建军一行再次来到县红十字会，代表医院党支部捐赠消毒液 300 桶。

疫情发生以来，东明集镇新时代文明实践志愿服务队志愿者在柏建军的带领下，积极有序开展疫情防控应急志愿服务，在社区防控、心理疏导、服务群众生活、助力企业复工复产等方面无私帮助他人、真诚奉献社会，为打赢疫情防控人民战争、总体战、阻击战做出了应有的贡献。2020 年 5 月 7 日，鉴于他在疫情期间的突出表现，柏建军被授予"省级抗击疫情优秀志愿者"称号。

2020 年 2 月 28 日，柏建军到东明集镇井店村，将数吨化肥捐献给村内的五保户、低保户。与村支书文朝金交流过程中，了解到村内一座桥两头是土路，给大家的出行造成不便，柏建军当即拿出 1 万元。4 月 7 日，仅仅用了不到一天时间，就铺设了 15.7 米的水泥路道路，方便了群众出行，得到了村民的称赞。

柏建军经常参加各种公益与爱心活动，并对在他医院就诊的患者，总是竭尽所能提供更多的帮助。不仅如此，柏建军还积极参加县义工志愿队伍组织的各项活动，在繁忙中抽出时间带头参与。有一次县义工队伍要到沙窝、刘楼两个敬老院参加义诊，当时柏建军感冒发烧39℃，正在输液，全身无力，他接到通知后，立刻拔掉针管参加义诊，带领精干技术人员，圆满坚持到活动结束。

渔沃街道办事处的程国顺从小失去父母，四十多岁了，身边无一亲人。20年前他患上了强直性脊柱炎、双下肢肌萎缩症，双下肢静脉曲张溃疡，仅靠低保度日。2018年6月，柏建军把他从家中接到医院，配制了各种药物，辩证施治。经20天的治疗，溃烂面愈合，脊柱炎疼痛减轻，走路无任何不适，2万多元的住院治疗费、生活费，柏建军一律免除。

2020年6月25日，东明集镇新时代文明志愿者在柏建军的带领下，开展端午"粽"是情的志愿服务活动。在天健医院，大家准备了热气腾腾的粽子送到老人的手中，老人们吃在嘴里，甜在心上。在东明集镇敬老院，志愿者们将粽子送到了老人们手中，与他们亲切交流，并给老人们送去了蔬菜。在测量血压的现场，柏建军给每人送上300元体检卡。他们又走上街头，为环卫工人送上粽子、水、西瓜与祝福。

一方有难、八方支援。2021年7月20日，河南突遭暴雨，郑州、新乡等地水灾严重。7月29日，东明县天健公益协会在柏建军会长组织下，带领十余名会员到受水灾严重的河南省卫辉县多个村庄开展了爱心慰问活动，为灾区群众带去了米、面、油、矿泉水、药品、食品等价值3万余元的慰问物资。

作为一家有社会责任感的民营医院，院长柏建军用实际行动诠释着自己的神圣职责与使命。天健公益协会自成立以来，长年从事各项公益活动，扶贫济困、助残助学，开展义诊与无偿医疗服务、为群众减免医疗费用，每年组织开展公益活动数十次，得到了社会各界的一致好评。

正是他的高超技术和善行义举，柏建军先后荣获"东明县优秀志愿者""慈善楷模""助人为乐道德模范""菏泽市优秀共产党员""山东好人""省优秀志愿者"等称号；柏建军卢春丽家庭当"选菏泽市最美家庭"；2013年1月26日菏泽电视台在演播厅举办"寻找身边的感动"联欢晚会，寻找到五位感动人物，其中就有东明县杏林雷锋柏建军。爱心公益人士柏建军的事迹报道，先后被多家媒体刊发或转载。

践行初心与使命

柏建军当选县人大代表后，积极履行职责和承担社会责任。近年来，他热忱地投身于志愿服务中，经常参加爱心义诊、健康扶贫、捐资助学、入户慰问、爱心帮扶等多种活动。服务当地群众、奉献社会，他心甘情愿、无怨无悔，受到了群众及社会各界人士的广泛好评。柏建军说："没有什么是比人的生命更重要的，扶贫济困就是我的使命。"他先后为困难群众免去医疗费100多万元，向社会捐赠善款70余万元，用实际行动践行了自己的初心。

自从医以来，柏建军始终牢记家训——扶危济贫。自从医以来始终坚持公益道路，凭着精湛的医术为社会孜孜奉献，用实际行动诠释着自己的神圣职责与使命。

75岁的崔进有是山西省五台山法雷寺的一名僧人，一次在山中迷失方向，在厚厚的雪地里行走，双足冻烂、皮肤坏死，被送至当地一家大型医院进行医治。经过诊疗，医生最后给出的建议是需要截肢，保守疗法已无法保住双脚。2017年7月，崔进有历经辗转，在他人的陪同下不远千里来到这里找柏院长。柏建军说："他无法行走，脚部已经部分坏死，脚趾头与部分脚面已全部变成黑色，目不忍睹。"柏建军给予了他生活上最大程度的照顾，还安排专门房间与医护人员。住院三年多时间，医院没有向崔进有收取过任何费用，崔进有的朋友想着为医院凑一些费用，但都被柏建军婉言谢绝了，他们便送了一块"慈悲仁心 悬壶济世"的牌匾。这是对柏建军的付出是最好的慰籍。

"成为人大代表之后，我更加清楚自己身上肩负的责任，我要继续做好表率，要始终不忘的初心，在自己擅长的领域救助更多的人。"柏建军说，"尽自己最大的能力去帮助别人，是我要坚持一辈子的事情。"自从医以来，他常年为周边的贫困患者和困难群众减免医药费、上门义诊、免费诊治、资金帮扶。仅2018年就联系36家贫困户，帮扶160人，成为当地传颂一时的佳话。

战"疫"期间，"山东好人"柏建军不怕危险、放弃休息，自愿坚守在疫情防控一线。他与镇、村干部一同宣传新型冠状病毒防控科普知识，进行24小时值班严防死守，为群众测量体温，发放消毒液、洗手液、酒精、口罩、头套脚套等防疫物品，并做好基本情况登记随时上报，防止疫情的扩散，为取得疫情防控战"疫"的胜利积极奉献力量。

2020年12月31日，东明县人大常委会张留印主任一行到天健医院进行视察指导工作。一行实地参观了人大代表联络室、党建室，详细了解联络站的工作情况。张留印对联络站的建设情况表示满意，要求柏建军继续履行好人大代表的职责，切实发挥代表作用。人大代表联络站自成立以来，柏建军积极、依法行使权力，已收集群众意见建议20余条，逐一分类建立了台账并跟踪落实，人大代表联络站已成为联系、服务当地群众的重要桥梁，也成为传递社情民意的重要渠道。

柏建军常年热衷于公益事业，连续数十年开展公益活动，每逢春节、端午节、中秋节、重阳节等节日，他就会与当地的志愿者带上物品去看望敬老院以及周边的孤寡老人，同时，他还在繁忙的工作之外，积极组织义诊活动，为周边群众送去健康与关爱，不断用实际行动践行着自己的初心与使命。中华公益网、中华慈善总会网、中华慈善公益网、公益中国网、中国公益事业网、中华公益新闻网、中国社会公益网等网站对他进行了报道或转载。

"天行健，君子以自强不息。"这是院长柏建军的座右铭。他始终肩扛责任，不负重托，用实际行动践行着自己的初心与使命，为社会做出越来越多的奉献。

（齐鲁晚报·齐鲁壹点·青未了·菏泽创作基地 2021-08-17）

后　记

　　2021 年 6 月，我加入了山东省作家协会。于是，给自己定了一个"小目标"：每周写一篇 6000 字左右的人物纪实文学作品，在"齐鲁晚报·齐鲁壹点"网络平台上发稿。就这样，我开始了每周写一篇人物纪实文学作品，稿子发出来后，社会反响很是不错。一直坚持到春节，已经写了近 40 篇文章 23 万字，够出一本书了，假日期间编辑成《乡村振兴路上的追梦人》一书。

　　在写作的过程中，有喜有悲，喜忧参半。很多人物和事件，都是自己寻求的线索，有一些人不太想让我去写，问过几次都不给面子；有些是朋友介绍推荐让给写的；有些是应景而写的；有些是没法去写的；还有一些是偶然间遇见的。全书分为追梦故事、艺林求索、作家风采、爱心奉献等四个部分，作品中的人物和事件都是在乡村振兴路上的追梦人，全景式地描写了一个个活生生的人物，以现实生活中的真人真事来描写，人物事迹塑造了丰满的形象细节，使人物形象更鲜明，事件意义更突出。

　　我以前主要写的是通讯和新闻报道，现在写报告文学和纪实文学，刚开始写人物的时候手法有点生疏，慢慢地就习惯了。通讯报道与报告文学两种文体之间界线模糊，不易区别，通讯报道与报告文学最大的相似点就是都不允许虚构和编造，必须在真实人物与事实的基础上完成写作。

新闻记者与报告文学作家进行采访调查，都将面对许多不可预见的因素，探寻真相是共同的追求。但是，这两种文体之间还有着更多的不同，从历史上看两者就不是一回事，随着专业分工越来越细，新闻媒体日趋发达，报告文学也不断走向成熟，在报告文学业界基本上不再倡导作品的新闻性，而以"现实性"代之。通讯报道负载职务使命、体现媒体意志，报告文学强调追求个性、书写作家情怀。

就创作深度而言，报告文学呈现优势。通讯报道和报告文学，作者通过采访获得第一手材料，然后动笔，这是相同的。但是，采访的具体方式却有不小的差别。在多数情况下，记者常以问答方式突进采访，采访对象正在进行中的表面化行为、只言片语，处处重要，皆可入笔。而报告文学作家在创作前进行采访，除紧急情况外，恰恰不会满足于简单的问答，也不乐意仅仅采访一两次就匆匆动笔，报告文学作家已经近乎于一名专业同行，又大幅度地吸收了社会学、人类学的田野调查方法。另外。二者的立意与构思的不同。通讯报道的写作必须在短期内交稿。报告文学则有时较快，有时较慢，快些更好，慢也无妨。写作通讯报道，普遍偏短怕长，写作报告文学，普遍偏长怕短。通讯报道旗帜鲜明，直奔主题，报告文学色调复杂，多元含蓄，一旦直奔主题反而简单化了。

通讯报道以"放大了的新闻"立意构思，写好一档大新闻，有意义有难度，颇不容易；而报告文学则是"文学的报告"。作家运用个性化语言，记者运用共性化语言；作家运用文艺化语言，记者运用新闻化语言；作家运用陌生化语言，记者运用通常化语言。可以肯定的是，从记者出身成为优秀报告文学作家，到底要比别人容易许多。

这里需要感谢的是陈银生师兄在百忙之中写了序言，需要感谢的是齐鲁晚报·齐鲁壹点·青未了·菏泽创作基地的编审马学民老师的辛勤付出，需要感谢的是孙建兴老同学的鼎力支持，需要感谢的是冷钢法老师给予的纠错修改，以及给予帮助提供采访线索的朋友们，在这里一并予以致谢。

由于本人水平有限，写作手法简单，文章中纰漏之处在所难免，还望读者批评指正。

田　丰

2022 年春节